Presente

Cecelia Ahern

Presente

Tradução:
Ivar Panazollo Júnior

Novo Conceito

1ª Impressão – 2014

Produção Editorial:
Equipe Novo Conceito
231014sf

Este livro segue as regras da Nova Ortografia da Língua Portuguesa.

Dados Internacionais de Catalogação na Publicação (CIP)
(Câmara Brasileira do Livro, SP, Brasil)

Ahern, Cecelia
O presente / Cecelia Ahern ; tradução Ivar Panazollo Júnior. -- Ribeirão Preto, SP : Novo Conceito Editora, 2013.

Título original: The gift.
ISBN 978-85-8163-444-9

1. Ficção irlandesa I. Título.

13-10372 CDD-ir823.9

Índices para catálogo sistemático:
1. Ficção : Literatura irlandesa ir823.9

Novo Conceito

Rua Dr. Hugo Fortes, 1885 – Parque Industrial Lagoinha
14095-260 – Ribeirão Preto – SP
www.grupoeditorialnovoconceito.com.br

Todo o meu amor a minha família. Obrigada pela amizade, pelo estímulo e pelo amor: mamãe, papai, Georgina, Nicky, Rocco e Jay. David, obrigada.

Agradecimentos imensos a todos os meus amigos por trazerem alegria à vida; a Yo Yo e a Leoni pelas opiniões.

Obrigada, Ahoy McCoy, por compartilhar seus conhecimentos sobre navegação.

Obrigada à equipe da HarperCollins pelo apoio e pela confiança, o que sempre é motivador e estimulante; obrigada a Amanda Ridout e aos meus editores Lynne Drew e Claire Bord.

Obrigada, Fiona McIntosh e Moira Reilly.

Obrigada, Marianne Gunn O'Connor, por ser Você.

Obrigada, Pat Lynch e Vicki Satlow.

Obrigada a todos que leem meus livros. Sou eternamente grata pelo apoio.

Rocco e Jay;
Os maiores presentes,
ambos, ao mesmo tempo.

Sumário

1

Um exército de segredos

Se você caminhasse pelas calçadas de um condomínio suburbano no início da manhã de Natal, não conseguiria deixar de observar as fachadas decoradas com enfeites brilhantes e coloridos, iguais às caixas dos presentes que estão embaixo da árvore de Natal em todas as casas. Cada casa guarda seus segredos. A vontade é de bisbilhotar: sacudir um pacote ou espiar por uma fresta entre as cortinas e vislumbrar uma família na manhã de Natal. Capturar o momento mantido a distância de todos os olhares curiosos. Lá fora, num silêncio inquietante, que existe somente nessa manhã, ano após ano, as casas se postam lado a lado como soldadinhos de chumbo pintados: peitos estufados, barrigas encolhidas, orgulhosamente protegendo tudo e todos que estão em seu interior.

As casas, na manhã de Natal, são arcas de tesouro repletas de verdades ocultas. Uma guirlanda na porta é como um dedo sobre o lábio; persianas são pálpebras fechadas. Então, em algum momento, um brilho morno surge; é o indício sutil de que algo está acontecendo ali dentro. Como as estrelas no céu noturno, que aparecem uma a uma, e como pequenas pepitas de ouro reveladas enquanto a areia é peneirada num riacho, as luzes se acendem por trás das persianas e das cortinas, na meia-luz do amanhecer. Assim como o céu se enche de estrelas e as fortunas se fazem, quarto após quarto, casa após casa, a rua começa a despertar.

Na manhã de Natal, um ar de tranquilidade reina fora das casas. As ruas vazias não provocam medo; na verdade, são o retrato da segurança, e, apesar do inverno, há certo calor. Por diversas razões, todos acham melhor comemorar esse dia, todos os anos, simplesmente ficando em casa. Enquanto o lado de fora é sombrio, o interior das casas é um mundo de cores fortes e alegres, e todos compartilham a histeria de rasgar papéis de presente; fitas coloridas voam por todos os lados. Músicas natalinas, o cheiro festivo de canela e de várias outras coisas boas enchem o ar. Gritos de alegria, abraços e agradecimentos explodem como serpentinas. O Natal é uma festa celebrada a portas fechadas; não há nenhum pecador confesso fora de casa, e até mesmo eles têm um teto sobre suas cabeças.

Somente as pessoas que vão de uma casa a outra pontilham as ruas. Carros estacionam e presentes são descarregados. Sons de saudações ecoam pelo ar frio através das portas abertas; mostra-se um pouco do que está acontecendo do lado de dentro. Se nesse momento você estiver por ali, absorvendo o ambiente e partilhando o convite – pronto para atravessar a soleira da porta como um estranho que se sente um convidado bem-vindo –, a porta da frente se fechará e esconderá de você o resto do dia, como uma advertência de que aquele momento não lhe pertence.

Exatamente nesse bairro, feito de casas que parecem de brinquedo, uma alma perambula pelas ruas. Essa alma não consegue ver a beleza no mundo secreto das casas. Essa alma está concentrada num objetivo: quer puxar o laço e rasgar o papel para revelar o que há por trás da porta de número vinte e quatro.

Não é importante sabermos o que os habitantes da casa estão fazendo, mas, se você está curioso, um bebê de dez meses, confuso pela presença do enorme objeto cheio de pontas espetadas e luzes brilhantes no canto da sala, está estendendo a mão em direção à bola vermelha e brilhante que reflete de maneira cômica sua mão, familiar e rechonchuda, e sua boca sem dentes. Ao mesmo tempo, uma menina de 2 anos rola sobre papéis de presente, cobrindo-se de purpurina como se fosse um hipopótamo na lama. Ao seu lado, Ele fecha um novo colar de diamantes ao redor do pescoço Dela, que suspira, surpresa, levando a mão ao peito e balançando a cabeça sem acreditar, como viu fazerem as atrizes nos filmes em preto e branco.

Nada disso é importante para a nossa história, embora signifique muito para a pessoa que está em pé no jardim da casa vinte e quatro, olhando para as cortinas fechadas da sala de estar. Com 14 anos e uma imensa mágoa no coração, ele não consegue ver o que está acontecendo, mas sua imaginação foi alimentada pelo choro da mãe durante a noite. E ele é capaz de adivinhar.

O garoto ergue os braços acima da cabeça, toma impulso e, com toda a força, arremessa o embrulho que tem nas mãos. Ele recua para observar, sentindo um misto de alegria e amargura, quando um peru congelado de quase sete quilos arrebenta o vidro da janela da sala de estar da casa 24. As cortinas fechadas refreiam um pouco a trajetória da ave pelo ar. Mas, sem ninguém para alterar seu destino, ela – e suas vísceras – cai sobre o piso de madeira da sala, desliza, gira ao redor de si mesma e finalmente para debaixo da árvore de Natal. O presente do garoto para eles.

As pessoas, como as casas, guardam seus segredos. Às vezes, os segredos as habitam; outras vezes, são elas que habitam seus segredos. Elas os envolvem fortemente com os braços para protegê-los, prendem a verdade na língua. Mas, após algum tempo, a verdade prevalece e se ergue acima de tudo. Ela se torce e se retorce dentro das pessoas, cresce até que a língua, inchada, não seja mais capaz de segurá-la; então, chega o momento em que a pessoa precisa cuspir as palavras, arremessar a verdade com força pelos ares e deixá-la se espatifar no mundo. A verdade e o tempo sempre trabalham juntos.

Esta história é sobre pessoas, segredos e tempo. Sobre pessoas que, assim como os embrulhos, guardam segredos, escondem-se sob várias camadas, até encontrarem as pessoas que poderão desembrulhá-las e ver o que há dentro. Às vezes é preciso se entregar a alguém para perceber quem você realmente é. Às vezes é preciso remexer as coisas para chegar ao âmago.

Esta é uma história sobre uma pessoa que descobre quem é. Sobre uma pessoa que é desembrulhada, e cujo interior é revelado a todos que a estimam. E todos são revelados a ela. No momento certo.

2

Uma manhã de meios sorrisos

O sargento Raphael O'Reilly andava de maneira lenta e metódica pela cozinha da delegacia de polícia de Howth, a mente revirando os acontecimentos da manhã. O'Reilly, chamado pelos colegas de Reifí, tinha 59 anos e ia se aposentar no ano seguinte. Nunca pensou que ansiaria pelo dia da aposentadoria até que os eventos daquela manhã o agarraram pelos ombros e o viraram de cabeça para baixo, como são virados os globos de neve que enfeitam algumas casas. Ele foi forçado a ver todas as suas antigas ideias se espalharem pelo chão. A cada passo que dava, ele ouvia suas crenças, outrora sólidas, sendo esmagadas sob suas botas. A manhã daquele dia fora um dos momentos mais impressionantes dos seus quarenta anos de carreira.

Ele colocou duas colheres de café instantâneo em sua caneca, que tinha o formato de uma viatura do departamento de polícia de Nova York – um presente de Natal dado por um dos rapazes da delegacia. Fingia sentir-se ofendido por aquela caneca, mas secretamente a achava reconfortante. Segurando a caneca entre as mãos, quando a ganhou de presente na festa de Amigo Secreto da delegacia, ele viajou no tempo, cinquenta anos atrás, quando, no Natal, ganhara um carro de polícia de brinquedo de seus pais. Era um brinquedo de que gostava muito, mas um dia esqueceu a viatura no quintal e a ferrugem causada pela chuva obrigou seus homens a se aposentarem precocemente. Naquela manhã, bem longe do menino que brincava com o carro de polícia de brinquedo, ele teve vontade de fazer a caneca correr por cima do balcão e, imitando o barulho da sirene com a boca, fazê-la chocar-se contra o saco de açúcar, que, se não houvesse ninguém por perto para ver, tombaria e derramaria seu conteúdo sobre a viatura.

Em vez de fazer isso, ele deu uma olhada em volta, para ter certeza de que estava sozinho, e acrescentou meia colher de açúcar à caneca. Sentindo-se um pouco mais confiante, tossiu para disfarçar o barulho que o saco de açúcar fazia enquanto ele mergulhava novamente a colher no pó branco e rapidamente enfiou mais uma colherada cheia na caneca. Percebendo que saíra ileso após afanar duas colheradas de açúcar, sentiu-se atrevido o bastante para tentar mais uma vez.

– Largue a arma, senhor – disse uma voz feminina carregada com o tom da autoridade.

Assustado por aquela presença súbita, Raphie reagiu com um sobressalto, e o açúcar na colher caiu em cima do balcão. Era um típico engavetamento caneca-em-saco-de-açúcar. Hora de chamar reforços.

– Você foi pego em flagrante, Raphie – disse Jessica, aproximando-se e arrancando-lhe a colher da mão.

Ela pegou uma caneca do armário da cozinha – uma caneca com o formato de Jessica Rabbit, com os cumprimentos do amigo secreto – e deslizou-a sobre o balcão na direção de Raphie. Os voluptuosos seios de porcelana da personagem roçaram contra a sua viatura, e o garoto que havia em Raphie pensou no quanto os homens que estavam no veículo tinham ficado felizes.

– Vou tomar café também. – Ela invadiu os pensamentos de Raphie: seus homens faziam uma revista completa em Jessica Rabbit, apalpando-a por completo.

– Peça "por favor". – Raphie a corrigiu.

– Por favor – ela o imitou, revirando os olhos.

Jessica era novata. Chegara à delegacia há seis meses, e Raphie já gostava bastante dela. Tinha um afeto especial pela loira atlética de um metro e sessenta e cinco de altura e 26 anos, que parecia estar sempre disposta e animada, não importava qual fosse a tarefa a desempenhar. Raphie sentia que ela trazia uma energia feminina necessária à sua equipe, composta apenas por homens. Muitos concordavam, mas não exatamente pelas mesmas razões de Raphie. Para ele, Jessica era como a filha que nunca tivera. Ou como a filha que tivera, mas perdera. Afastou aquele pensamento e observou Jessica limpando o açúcar derramado no balcão.

Apesar daquela energia, seus olhos amendoados, e de um castanho tão escuro que pareciam quase negros, escondiam algo. Como se alguma coisa tivesse sido enterrada há pouco tempo e em breve ervas daninhas, ou o que estivesse em decomposição ali embaixo, começariam a aparecer. Naqueles olhos havia um mistério que ele não tinha vontade de desvendar, mas sabia que, o que quer que fosse, era dali que Jessica extraía forças para agir nos momentos tensos, nos quais a maioria das pessoas sensatas bateria em retirada.

– Meia colher a mais não vai me matar – disse ele, contrariado, depois de provar seu café, sabendo que a bebida ficaria perfeita se pudesse acrescentar mais uma colherada.

– Se o fato de ter abordado aquele Porsche na semana passada quase o matou, então meia colher de açúcar certamente vai acabar com você. Você está tentando ter outro ataque cardíaco?

Raphie enrubesceu.

– Foi um murmúrio cardíaco, Jessica. Nada além disso. E fale baixo – pediu ele.

– Você devia estar em repouso – ela disse em tom mais baixo.

– O médico disse que eu estou perfeitamente normal.

– Então, a sanidade desse médico precisa ser avaliada. Você nunca foi perfeitamente normal.

– Você só me conhece há seis meses – resmungou ele, entregando-lhe a caneca.

– Os seis meses mais longos da minha vida – ela retrucou. – Tudo bem, pode usar o mascavo – disse ela, sentindo-se culpada, enfiando a colher no saco de açúcar mascavo e esvaziando-a na caneca dele.

– Açúcar mascavo marrom, pão integral marrom, arroz integral marrom, tudo marrom. Eu me lembro de uma época em que a minha vida era mais colorida.

– Aposto que também se lembra de uma época em que conseguia ver seus pés quando olhava para baixo – emendou ela, sem pensar duas vezes.

Esforçando-se para dissolver completamente o açúcar na caneca dele, ela agitou a colher com tanta força que um portal líquido em forma de redemoinho apareceu no centro. Raphie o observou e perguntou a si mesmo: "Se mergulhasse naquele redemoinho, para onde ele me levaria?".

– Se você morrer por tomar isso, não venha me culpar – disse ela, entregando a caneca.

– Se eu morrer, vou voltar para assombrá-la até o dia em que você bater as botas.

Ela sorriu, mas o sorriso não chegou aos seus olhos. Apagou-se em algum lugar entre os lábios e o ponto onde o nariz se une à testa.

Ele observou o portal em forma de redemoinho na sua caneca começar a se desfazer, sua chance de saltar para outro mundo desaparecia rapidamente junto com o vapor que escapava do líquido. Sim, a manhã estava sendo terrível. Não era uma manhã para sorrisos. Ou talvez fosse. Uma manhã propícia para meios sorrisos, talvez. Ele não conseguia decidir.

Raphie entregou a caneca de café fumegante para Jessica – forte e sem açúcar, como ela gostava – e os dois se apoiaram no balcão, entreolhando-se, com os lábios soprando o café, os pés no chão e a cabeça nas nuvens.

Ele estudou Jessica; as mãos envolvendo a caneca e o olhar fixo no café, como se olhasse para uma bola de cristal. Desejava muito que fosse; desejava muito que tivesse o dom da premonição para impedir muitas das coisas que testemunhavam. As faces de Jessica eram pálidas; o círculo levemente avermelhado ao redor dos olhos era o único indício da manhã movimentada pela qual tinham passado.

– A manhã de hoje foi terrível, hein, garota?

Os olhos amendoados brilharam, mas ela se conteve e endureceu a postura. Concordou com um aceno de cabeça e engoliu o café em resposta. Pela careta que tentou esconder, Raphie percebeu que ela havia se queimado, mas tomou outro gole, como se quisesse mostrar que estava à altura do desafio. Enfrentava até mesmo o café.

– Na primeira vez que passei o dia de Natal de plantão, passei o dia inteiro jogando xadrez com o sargento.

Ela finalmente falou:

– Sorte sua.

– Pois é – ele assentiu, lembrando-se da ocasião. – Mas, naquela época, eu não pensava assim. Estava esperando muita ação.

Quarenta anos depois, ele conseguira aquilo pelo que tinha esperado, e agora queria contribuir. Retribuir o presente. Queria seu tempo de volta.

– Você ganhou?

Ele acordou do transe em que estava.

– Ganhei o quê?

– O jogo de xadrez.

– Não – disse ele, com uma risada. – Deixei o sargento ganhar.

Ela torceu o nariz.

– Eu nunca deixaria você ganhar.

– Não duvido disso nem por um segundo.

Imaginando que o café quente havia chegado à temperatura certa, Raphie finalmente tomou um gole e pôs a mão sobre a garganta, tossindo e cuspindo, fingindo que estava morrendo. Soube imediatamente que, apesar do esforço que estava fazendo para melhorar o astral, aquilo tinha sido uma brincadeira de mau gosto.

Jessica ergueu uma sobrancelha e continuou a beber.

Ele riu, e o silêncio continuou.

– Você vai ficar bem – Raphie lhe assegurou.

Ela assentiu outra vez e respondeu de maneira lacônica, como se já soubesse.

– Sim. Já ligou para Mary?

Ele confirmou com um aceno de cabeça.

– Na mesma hora. Ela está com a irmã. – Uma mentirinha branca, inocente, para uma época de festas natalinas. – Você ligou para alguém?

Ela fez que sim com a cabeça, mas desviou o olhar sem dizer mais nada. – Você... você contou a ela?

– Não. Não.

– Vai contar?

Ele olhou para algum ponto indefinido outra vez.

– Não sei. Você vai contar a alguém?

Ela deu de ombros, com a expressão indecifrável como sempre. Indicou o corredor onde ficavam as celas.

– O Garoto do Peru ainda está esperando lá dentro.

Raphie suspirou.

– Que desperdício – disse sem deixar claro se o desperdício a que se referia era o de uma vida ou do seu próprio tempo. – Esse aí até que poderia se beneficiar se soubesse.

Jessica se deteve antes de tomar mais um gole e fixou nele aqueles olhos amendoados e quase negros por cima da borda da caneca. Sua voz era tão sólida quanto a fé presente num convento, tão firme e desprovida de dúvidas que ele nem precisou questionar a certeza que ela tinha.

– Conte a ele – disse ela, firmemente. – Se nunca falarmos sobre o que aconteceu com ninguém, pelo menos teremos contado a ele.

3

O Garoto do Peru

Raphie entrou na sala de interrogatório como se estivesse entrando na sala de estar de sua casa, prestes a se acomodar no sofá com os pés para cima após um longo dia de trabalho. Não havia nada de ameaçador em seu comportamento. Apesar de ter quase um metro e noventa, não conseguia preencher o espaço que seu corpo ocupava. Sua cabeça ficava sempre curvada num estado de contemplação, e as sobrancelhas, caídas, quase lhe cobriam os olhos do tamanho de ervilhas. A parte mais alta das suas costas era levemente curvada, como se carregasse uma pequena concha para se proteger. Sobre a barriga havia uma concha bem maior. Em uma das mãos trazia um copo de isopor; na outra, a sua caneca da polícia de Nova York, cheia até a metade.

O Garoto do Peru olhou para a caneca na mão de Raphie.

– Legal. Só que não.

– Assim como jogar um peru congelado por uma janela.

O garoto abriu um sorriso torto e começou a mastigar a ponta do cordão do capuz de seu casaco.

– O que o levou a fazer aquilo?

– Meu pai é um idiota.

– Eu percebi que aquilo não era um presente de Natal em homenagem ao melhor pai do ano. O que o fez pensar no peru?

Ele deu de ombros.

– Minha mãe disse para eu tirá-lo do freezer – ele explicou.

– Então, como ele saiu do freezer e foi parar no chão da casa do seu pai?

– Eu o carreguei na maior parte do caminho, e ele voou pelos últimos metros. – O garoto abriu aquele sorriso torto outra vez.

– Quando vocês estavam planejando comê-lo?

– Às três horas.

– O tempo necessário para descongelar cada dois quilos de carne de peru é de, no mínimo, 24 horas. O peru tinha quase sete quilos. Você deveria ter tirado o peru do freezer três dias antes, se tinha a intenção de comê-lo hoje.

– Se você diz, deve ser porque sabe das coisas, Ratatouille. – Ele olhou para Raphie como se o policial fosse louco. – Se eu também recheasse o peru com banana, isso aliviaria a minha situação?

– A razão pela qual eu estou mencionando isso é que, se você o tivesse tirado do freezer quando deveria, ele não estaria duro o bastante para atravessar uma janela. Isso pode parecer um ato premeditado para um júri. Além disso, rechear um peru com banana não é uma receita inteligente.

– Eu não planejei fazer isso! – ele berrou, demonstrando a idade que tinha.

Raphie tomou o seu café e observou o adolescente.

O garoto olhou para o copo que estava à sua frente e torceu o nariz.

– Não tomo café.

– Tudo bem. – Raphie ergueu o copo de isopor da mesa e despejou o conteúdo em sua caneca. – Ainda está quente. Obrigado. Então, fale sobre a manhã de hoje. No que você estava pensando, filho?

– A menos que você seja o gordo desgraçado, dono da janela pela qual eu joguei o peru, então não sou seu filho. E o que é isso, uma sessão de terapia ou um interrogatório? Você vai me autuar por alguma coisa ou o quê?

– Estamos esperando para saber se o seu pai vai prestar queixa.

– Não vai – disse ele, revirando os olhos. – Ele não pode fazer isso. Tenho menos de 16 anos. Por isso, se você me deixar ir embora agora, não vai mais perder seu tempo.

– Você já me fez perder um bom tempo hoje.

– É Natal. Duvido que haja muita coisa para fazer por aqui. – Ele olhou para a barriga de Raphie. – Além de comer donuts.

– Você ficaria surpreso se soubesse.

– Então me surpreenda.

– Um garoto idiota jogou um peru por uma janela na manhã de hoje.

Ele revirou os olhos e olhou para o relógio na parede.

– Onde estão meus pais?

– Limpando a gordura no chão da sala.

– Eles não são meus pais – retrucou ele. – Pelo menos, ela não é minha mãe. Se ela vier com ele para me buscar, eu não vou sair daqui.

– Oh, eu duvido muito que eles venham buscá-lo. – Raphie enfiou a mão no bolso e tirou um bombom. Ele o desembrulhou lentamente, fazendo barulho com a embalagem em meio ao silêncio da sala. – Já percebeu que os bombons de morango sempre sobram na caixa? – Ele sorriu antes de enfiá-lo na boca.

– Aposto que não sobra nenhum na caixa quando você está por perto.

– Seu pai e a companheira dele...

– Quero que fique registrado – o Garoto do Peru interrompeu Raphie e se inclinou para perto do gravador. – Ela é uma puta.

– Eles podem vir até aqui para prestar queixa.

– Meu pai não faria isso. – Ele engoliu em seco, os olhos inchados pela frustração.

– É exatamente isso que ele está pensando em fazer.

– Não está, não – choramingou o garoto. – Se estiver, é porque ela o está influenciando. Aquela vaca.

– É mais provável que ele preste queixa porque agora a neve está caindo na sala de estar da casa dele.

– Está nevando? – Ele parecia uma criança novamente, com os olhos arregalados e cheios de esperança.

Raphie chupou o bombom.

– Algumas pessoas simplesmente mordem os chocolates. Eu prefiro chupá-los.

– Chupe isso aqui – o Garoto do Peru agarrou a virilha.

– É melhor dizer isso para o seu namorado.

– Não sou gay – bufou ele. Em seguida, inclinou-se para a frente e a criança retornou. – Está nevando de verdade? Deixe eu dar uma olhada lá fora, por favor. Só vou olhar pela janela.

Raphie engoliu o bombom e apoiou os cotovelos sobre a mesa. Falou com firmeza.

– Uma chuva de cacos de vidro caiu sobre o bebê de dez meses.

– E daí? – rosnou o garoto, recostando-se em sua cadeira, mas parecia estar preocupado. Começou a puxar um pedaço de pele que havia ao redor de uma unha.

– Ele estava ao lado da árvore de Natal, onde o peru caiu. Por sorte ele não se cortou. Estou falando do bebê, não do peru. O peru sofreu vários ferimentos. Não sabemos se ele vai sobreviver.

O garoto parecia estar aliviado e confuso ao mesmo tempo.

– Quando a minha mãe vai chegar para me buscar?

– Ela está a caminho.

– A garota com aqueles... – ele levou as mãos em concha para diante do tórax – ... peitões disse a mesma coisa há duas horas. O que aconteceu com a cara dela, por falar nisso? Vocês dois têm um caso? Andaram brigando?

Raphie se irritou com a maneira com que o garoto falava sobre Jessica, mas manteve a calma. Não valia a pena deixar que aquela provocação o afetasse. Valeria mesmo a pena compartilhar aquela história com ele?

– Talvez a sua mãe esteja dirigindo bem devagar. As ruas estão muito escorregadias com todo esse gelo.

O Garoto do Peru pensou naquilo e pareceu bastante preocupado. Continuou puxando o pedaço de pele ao redor da unha.

– O peru era grande demais – acrescentou ele, após uma longa pausa. Ele abria e fechava os dedos da mão sobre a mesa. – Ela comprou um peru do mesmo tamanho que costumava comprar quando ele morava com a gente. Pensou que ele voltaria.

– Sua mãe pensava isso – Raphie afirmou em vez de perguntar.

O garoto confirmou com um aceno de cabeça.

– Quando o tirei do freezer, fiquei louco. Era grande demais.

Silêncio outra vez.

– Não achei que o peru fosse quebrar o vidro – disse ele, com a voz mais baixa agora. – Quem imaginaria que um peru conseguiria quebrar uma janela?

Ele olhou para Raphie com tamanho desespero que, apesar da seriedade da situação, Raphie teve de lutar para não sorrir com o infortúnio do garoto.

– Eu só queria dar um susto neles. Eu sabia que estariam lá dentro brincando de família feliz.

– Bem, eles definitivamente não estão felizes agora.

O garoto não disse nada, mas parecia estar menos contente com a situação do que quando Raphie entrou na sala.

– Um peru de sete quilos parece ser grande demais mesmo para três pessoas.

– Sim. Bem, o meu pai é um gordo desgraçado. O que eu posso fazer?

Raphie decidiu que estava perdendo seu tempo. Aborrecido, levantou-se para sair da sala.

– A família do meu pai costumava vir jantar conosco todos os anos – disse o garoto numa tentativa de mantê-lo na sala. – Mas decidiram não vir este ano. Aquele peru do inferno era grande demais para nós dois – repetiu ele, balançando a cabeça. Deixando a irreverência de lado, mudou o tom de voz. – Quando é que a minha mãe vai chegar?

Raphie deu de ombros.

– Não sei. Provavelmente quando você aprender sua lição.

– Mas hoje é Natal.

– Um dia tão bom quanto qualquer outro para se aprender uma lição.

– Lição é coisa de criança.

Raphie sorriu ao ouvir aquilo.

– O que foi? – vociferou o garoto, defensivo.

– Eu aprendi uma hoje.

– Ah, esqueci de dizer que lições também são coisas para idiotas.

Raphie andou em direção à porta.

– Tudo bem, que lição você aprendeu? – o garoto perguntou rapidamente, e Raphie percebeu em sua voz que ele não queria ficar sozinho.

Raphie parou e virou-se, demonstrando a tristeza que sentia.

– Deve ter sido uma lição de merda.

– Você vai descobrir que a maioria das lições é assim.

O Garoto do Peru sentou-se curvado sobre a mesa, o capuz pendurado sobre os ombros, as orelhas pequenas e rosadas surgindo por baixo do cabelo ensebado, as faces cobertas por espinhas avermelhadas e olhos de um azul cristalino. Era só uma criança.

Raphie suspirou. Com certeza, seria forçado a se aposentar mais cedo por contar aquela história. Ele puxou a cadeira e sentou-se outra vez.

– Quero que fique registrado que foi você quem pediu que eu lhe contasse esta história.

O começo da história

4

O observador de sapatos

Lou Suffern sempre tinha de estar em dois lugares ao mesmo tempo. Quando dormia, sonhava. Entre os sonhos, analisava os eventos de cada dia enquanto planejava o dia seguinte, de modo que, quando o despertador tocava às seis horas da manhã, todos os dias, ele ainda se sentia cansado. Enquanto tomava banho, ensaiava apresentações e, ocasionalmente, com uma mão do lado de fora da cortina do chuveiro, respondia a alguns e-mails em seu BlackBerry. Lia o jornal enquanto tomava o café da manhã, e, quando sua filha de 5 anos lhe contava histórias malucas, o que ele ouvia eram as notícias da manhã. Quando seu filho de treze meses demonstrava novas habilidades, o rosto de Lou mostrava interesse, mas internamente tentava entender os motivos pelos quais sentia exatamente o contrário. Ao se despedir de sua esposa com um beijo, estava pensando em outra mulher.

Cada movimento, compromisso ou pensamento, de qualquer tipo, era entremeado por outro. Dirigir para o trabalho também era uma teleconferência pelo viva-voz. Cafés da manhã se transformavam em almoços; almoços, em drinques antes do jantar; jantares, em drinques após o jantar; e os drinques após o jantar... bem, isso dependia de sorte. Nas melhores noites, qualquer casa, apartamento, quarto de hotel ou escritório servia para desfrutar da companhia de outra mulher; é claro que ele convenceria a todos que não compartilhassem de sua felicidade – especialmente sua esposa – de que estava em outro lugar. Para os outros, ele estava preso numa reunião ou num aeroporto, cuidando de alguns documentos importantes ou preso no trânsito enlouquecedor da época de Natal. Em dois lugares ao mesmo tempo, quase num passe de mágica.

As tarefas se sobrepunham. Ele estava sempre em movimento, sempre tinha de estar em algum lugar, sempre desejava estar em outro lugar ou quem sabe, graças a uma intervenção divina, em dois lugares ao mesmo tempo. Gastava o mínimo de tempo possível com cada pessoa que encontrava e se despedia certo de que tinha sido o bastante. Não permitia que as coisas se arrastassem; era preciso, sempre pontual. Nos negócios, cumpria os prazos de maneira implacável, mas, na vida pessoal, era um relógio de bolso quebrado. Lutava para atingir a perfeição no trabalho e tinha uma energia inesgotável na busca pelo sucesso. Entretanto, a ansiedade para completar sua lista cada vez maior de desejos e a ambição de atingir o topo faziam-no passar por cima das pessoas mais importantes da sua vida. Não havia espaço em sua agenda para aqueles que, em alguns momentos do dia, poderiam lhe dar mais satisfação do que qualquer novo negócio seria capaz.

Em uma manhã particularmente fria de terça-feira na região portuária de Dublin, que não parava de crescer, os sapatos pretos de Lou, impecavelmente engraxados, andavam resolutos, observados por um homem. O homem olhava para aqueles sapatos naquela manhã, como fizera no dia anterior e como, imaginava, faria no dia seguinte. Nenhum pé era melhor que o outro, ambos tinham o mesmo talento. Cada passo cobria a mesma distância, numa combinação precisa entre os dedos e o calcanhar – os calcanhares atacavam o chão primeiro, e depois os dedos faziam sua parte; os passos se flexionando no tornozelo. Perfeitos e ritmados. Não faziam o barulho pesado, que chegava a tremer o chão, dos passos das pessoas que corriam de um lado para outro sob o ar da manhã, as cabeças ainda em seus travesseiros, enquanto seus corpos caminhavam por ali. Não, os sapatos de Lou tamborilavam tão impertinentes quanto gotas de chuva no teto de um conservatório; a barra das calças se agitando levemente como uma bandeira ao sabor da brisa no décimo oitavo buraco de um campo de golfe.

O observador imaginava que os blocos de concreto da calçada pudessem se iluminar cada vez que os sapatos pisavam neles, e que o dono dos sapatos pudesse executar um número de sapateado ao som de uma canção que falasse sobre como o dia estava alegre e agradável. Para o observador, o dia certamente seria muito alegre e agradável.

Geralmente, os brilhantes sapatos pretos, acompanhados por ternos impecáveis, também pretos, flutuavam elegantemente diante do observador e atravessavam as portas giratórias, passando pelo pórtico de mármore do moderno prédio de vidro, prontos para serem espremidos no elevador e lançados aos céus de Dublin. Mas, naquela manhã, os sapatos pararam bem diante do observador e se viraram fazendo um ruído seco sobre o concreto frio. O observador não teve escolha a não ser tirar os olhos dos sapatos e erguer o rosto.

– Aqui está – disse Lou, entregando-lhe um copo de café. – Espero que não se importe: é um americano; eles estavam com problemas na máquina e não puderam fazer um latte como eu pedi.

– Devolva-o, então – disse o observador, erguendo o nariz diante do copo de café fumegante que lhe era oferecido.

O comentário foi recebido com um silêncio estupefato.

– Estou brincando – disse rapidamente, com um sorriso, ao ver a reação atordoada de Lou, temendo que o seu benfeitor não gostasse da piada e desistisse do gesto. Estendeu a mão na direção do copo, pegando-o com os dedos entorpecidos.

– Por acaso eu pareço ser alguém que gosta de leite vaporizado? – ele sorriu, antes que sua expressão se transformasse numa demonstração de puro êxtase. – Hummmmm.

Ele pressionou o nariz contra a borda do copo para sentir o aroma dos grãos de café. Fechou os olhos e inspirou, sem querer que o sentido da visão interferisse naquele cheiro divino. O copo de papelão estava tão quente, ou suas mãos tão frias, que ele as sentiu queimando; ondas de calor e arrepios percorriam todo o seu corpo. Não tinha noção do quanto o dia estava frio até sentir aquele calor.

– Muito obrigado, mesmo.

– Sem problemas. Ouvi no rádio que hoje vai ser o dia mais frio do ano. – Os sapatos brilhantes batiam contra o concreto da calçada e as suas luvas de couro se esfregavam uma na outra como prova do que ele dizia.

– Bem, eu acredito neles. Está frio o bastante para congelar o meu saco. Mas não se preocupe, isso aqui vai ajudar. – Ele soprou levemente a bebida, preparando-se para tomar o primeiro gole.

– Não tem açúcar.

– Ah, não! – O observador revirou os olhos e afastou o copo dos lábios como se o líquido ali dentro tivesse o vírus de uma doença contagiosa. – Eu posso relevar o problema com o leite, mas esquecer o açúcar é imperdoável. – Ele estendeu o copo de volta para Lou.

Entendendo a mensagem e a piada dessa vez, Lou riu.

– Certo, certo. Já entendi.

– Mendigos não podem escolher. Não é isso o que dizem por aí? Será que isso significa que quem faz caridade pode escolher o mendigo? – O observador ergueu uma sobrancelha, sorriu e finalmente tomou seu primeiro gole. Estava tão absorto na sensação do calor e da cafeína percorrendo seu corpo frio que não percebeu que, subitamente, o observador se tornara o observado.

– Ah! Eu sou Gabe – disse, estendendo a mão. – Gabriel, mas todos que me conhecem me chamam de Gabe.

Lou estendeu a mão e o cumprimentou. Couro quente contra pele fria.

– Eu sou Lou, mas todos que me conhecem me chamam de canalha.

Gabe riu.

– Bem, pelo menos você é honesto. Que tal eu chamar você de Lou até conhecê-lo melhor?

Os dois trocaram um sorriso e ficaram desconfortáveis em meio ao silêncio súbito. Dois garotinhos tentando fazer amizade no pátio da escola. Os sapatos brilhantes começaram a se mover discretamente, inquietos, tip-tap, tap-tip, os passos de Lou, de um lado para outro, tentando se manter aquecido e tentando decidir se deveria ir embora ou ficar. Os sapatos giraram lentamente na direção do prédio vizinho. Ele logo seguiria na direção dos seus pés.

– A manhã está movimentada, não é? – disse Gabe tranquilamente, fazendo com que os sapatos voltassem a ficar de frente para ele.

– Falta pouco tempo para o Natal. Esta época é sempre movimentada – concordou Lou.

– Quanto mais pessoas passarem por aqui, melhor será para mim – disse Gabe quando uma moeda de vinte centavos caiu dentro da sua caneca. – Obrigado – ele disse à senhora que não parou para largar a moeda. Analisando a linguagem corporal da mulher, seria possível até mesmo pensar que a moeda havia caído por um buraco em seu bolso em vez de ser dada como um presente. Ele olhou para Lou com olhos enormes e um sorriso ainda maior. – Viu? Amanhã o café é por minha conta – riu.

Lou tentou se inclinar o mais discretamente possível para dar uma olhada no conteúdo da caneca. A moeda de vinte centavos estava no fundo, sozinha.

– Oh, não se preocupe. Eu a esvazio de vez em quando. Não quero que as pessoas percebam a fortuna que estou ganhando – riu novamente. – Você sabe como é.

Lou concordou, embora, na verdade, não soubesse.

– Não posso deixar que as pessoas saibam que sou o dono daquela cobertura do outro lado do rio – acrescentou Gabe, indicando o prédio com um movimento de cabeça.

Lou virou-se e olhou para o mais novo arranha-céu da região das docas de Dublin, o lugar a que Gabe se referia. Com vidros metalizados, era quase como se o prédio fosse o espelho do centro da cidade. Lá estavam o barco viking restaurado, ancorado no cais; os vários guindastes; os novos edifícios empresariais que cercavam o rio Liffey; e até o céu cheio de nuvens cinzentas nos andares superiores. O prédio capturava a paisagem e a refletia de volta para a cidade como uma enorme TV de plasma. Construído em formato de vela de navio, à noite o prédio se iluminava de azul e era o principal assunto das conversas. Ou, pelo menos, fora o principal assunto nos meses seguintes à sua inauguração. A popularidade dos lançamentos nunca dura muito tempo.

– Eu estava brincando sobre ser o dono da cobertura – disse Gabe, parecendo estar um pouco preocupado com a possibilidade de ter comprometido seus possíveis rendimentos.

– Você gosta daquele prédio? – perguntou Lou, ainda olhando para ele, em transe.

– É o meu favorito, especialmente à noite. É uma das principais razões para eu me sentar aqui. O prédio e o fato de que muitas pessoas andam por aqui, é claro. A vista do prédio, por si só, não pagaria o meu jantar.

– Fomos nós que o construímos – disse Lou, finalmente virando-se para olhar Gabe outra vez.

– É mesmo? – Gabe analisou Lou mais detalhadamente. Entre 35 e 40 anos; terno elegante; o rosto cuidadosamente barbeado, liso como o bumbum de um bebê; o cabelo bem penteado, com toques de grisalho espalhados de maneira uniforme, como se alguém o houvesse salpicado com um saleiro; e além do grisalho, o saleiro também tinha espalhado charme sobre aquele homem que lembrava um astro do cinema dos velhos tempos. Suavidade e sofisticação, tudo embrulhado num sobretudo preto de casimira.

– Aposto que esse trabalho pagou o seu jantar – disse Gabe, sentindo uma certa inveja. Estava incomodado agora; percebeu subitamente que o que era antes cortesia e camaradagem tinha se transformado em desconfiança e inveja. Pressentiu que, apesar de gostar de viver sozinho, assim que se despedisse do homem à sua frente sentiria uma imensa solidão, que nunca o incomodara antes, e seria tomado pelos ingredientes perfeitos para uma bela torta caseira de amargura: inveja, frio e solidão.

O prédio deu mais a Lou do que apenas o seu jantar. Rendeu alguns prêmios para a empresa e para ele, pessoalmente, uma casa na região de Howth e a troca do Porsche por outro mais moderno – mas ele só pegaria o carro novo depois do Natal. Lou sabia que não deveria dizer nada disso ao homem que estava sentado naquela calçada gelada, enrolado num cobertor infestado de pulgas. Ele sorriu educadamente e exibiu seus dentes perfeitamente restaurados por uma camada de porcelana. Estava, como de costume, fazendo duas coisas ao mesmo tempo. Pensando numa coisa e fazendo outra. Mas Gabe compreendeu perfeitamente as entrelinhas e isso aumentou o desconforto, com o qual nenhum deles queria lidar.

– Bem, preciso ir trabalhar. Eu trabalho...

– ... no prédio ao lado. Eu sei. Reconheço os seus sapatos. São os sapatos que passam à altura dos meus olhos – Gabe sorriu. – Mas você não estava usando esse par ontem. Acho que eram de couro marrom, se eu estiver certo.

As sobrancelhas bem cuidadas de Lou se ergueram um pouco. Como se uma pedra tivesse sido jogada num lago, uma série de ondulações se formou naquela testa que ainda não havia recebido sua primeira aplicação de botox.

– Não se preocupe, não sou um desses caras que ficam perseguindo os outros. – Gabe afastou uma mão do copo quente e a ergueu para se defender. – É que já faz algum tempo que estou aqui. Na verdade, são as pessoas que insistem em passar bem à minha frente.

Lou riu e, um pouco constrangido, olhou para seus sapatos, que eram o assunto da conversa.

– Incrível. Eu nunca vi esse homem aqui antes. – Lou pensou em voz alta e, ao mesmo tempo em que falava, revivia mentalmente cada manhã que viera ao trabalho por aquele caminho.

– O dia todo, todos os dias – disse Gabe, com um falso toque de humor na voz.

– Desculpe, nunca percebi você por aqui... – Lou balançou a cabeça negativamente. – Estou sempre correndo, falando ao telefone ou atrasado para uma reunião. Sempre tentando estar em dois lugares ao mesmo tempo, como minha esposa diz. Às vezes tenho vontade de ser clonado, para dar conta de tudo que tenho de fazer – riu Lou.

Gabe abriu um sorriso curioso ao ouvir aquilo.

– Por falar em correr, esta é a primeira vez que não vejo esses garotos passarem correndo por aqui – Gabe indicou os pés de Lou com a cabeça. – Quase não os reconheço quando estão parados. Não há nenhum incêndio para apagar hoje?

Lou riu.

– Sempre há incêndios para apagar ali dentro, acredite. – Ele fez um movimento rápido com o braço e, como se um tecido fino fosse tirado de cima de uma obra de arte, a manga do seu sobretudo deslizou o bastante para exibir o Rolex de ouro. – Sempre sou o primeiro a chegar no escritório, então não há motivo para me apressar. – Ele observou o horário com bastante atenção. Em sua cabeça, já estava conduzindo uma reunião no período da tarde.

– Esta manhã você não será o primeiro.

– O quê? – a reunião de Lou foi interrompida e ele estava de volta à rua fria, do lado de fora do seu escritório, com o vento do Atlântico castigando seu rosto e a multidão encapotada marchando em direção ao trabalho.

Gabe fechou os olhos, apertando-os.

– Mocassins marrons. Já os vi chegarem algumas vezes. Eles já entraram.

– Mocassins marrons? – Lou riu, confuso no início, depois impressionado e curioso, tentando identificar quem tinha chegado ao escritório antes dele.

– Você o conhece, anda de um jeito pretensioso. As franjas de camurça no sapato se agitam com cada passo, um cancan em miniatura. Como se ele as levantasse de propósito. Eles têm solas macias, mas batem no chão com força. Pés pequenos e largos, e ele anda pressionando a parte externa dos pés. As solas sempre ficam gastas do lado de fora.

Lou franziu as sobrancelhas, concentrando-se.

– Aos sábados, ele usa sapatos como se tivesse acabado de descer de um iate.

– Alfred! – Lou riu, reconhecendo a descrição. – Provavelmente isso acontece porque ele realmente acabou de descer do seu... – Deteve-se. – Ele já entrou?

– Há mais ou menos meia hora. Entrou e estava meio apressado, pelo que pude perceber, acompanhado por um par preto sem cordões.

– Par preto sem cordões?

– Sapatos pretos. Masculinos. Bem engraxados, mas sem um design especial. Simples e diretos, servindo apenas à função para a qual foram criados. Não dá para dizer muito mais além do fato de que andam mais devagar do que os outros sapatos.

– Você é bastante observador. – Lou o examinou, imaginando quem teria sido esse homem antes de se sentar no chão frio ao lado de uma porta; ao mesmo tempo, sua mente trabalhava em alta velocidade, tentando descobrir quem era essa outra pessoa. O fato de Alfred ter chegado cedo ao escritório o deixou intrigado. Um dos colegas – Cliff – havia sofrido um colapso nervoso e isso deixara todos empolgados – sim, empolgados – com a possibilidade de uma nova vaga. Se a saúde de Cliff não melhorasse, o que Lou desejava em segredo, grandes mudanças ocorreriam na empresa, e qualquer comportamento estranho de Alfred era questionável. Na verdade, qualquer comportamento de Alfred, em qualquer circunstância, era questionável.

Gabe piscou um dos olhos.

– Você não tem nenhum emprego disponível para uma pessoa observadora, não é?

Lou afastou as mãos enluvadas.

– Não tenho, desculpe.

– Sem problemas. Você sabe onde me encontrar se precisar de mim. Sou o cara que usa os Doc Martens. – Ele riu, erguendo os cobertores para mostrar as botas de cano alto que estava calçando.

– Gostaria de saber por que eles chegaram tão cedo. – Lou olhou para Gabe como se ele tivesse poderes especiais.

– Receio que não possa ajudá-lo com isso, mas eles almoçaram juntos semana passada. Ou, pelo menos, saíram do prédio na hora em que a maioria das pessoas almoça e voltaram juntos quando o resto das pessoas volta ao trabalho. Basta juntar dois mais dois para descobrir o que eles fizeram nesse meio-tempo – disse ele, com uma risada. – Não há moscas à minha volta. Não hoje, pelo menos – acrescentou ele. – Está frio demais para as moscas.

– Em que dia foi esse almoço?

Gabe fechou os olhos outra vez.

– Sexta-feira, eu acho. O cara dos mocassins marrons é seu rival?

– Não, ele é meu amigo. Mais ou menos. Na verdade, diria que é um conhecido. – Ao ouvir aquilo, Lou, pela primeira vez, deu sinais de que estava abalado. – Nós trabalhamos juntos, mas, como Cliff teve um colapso, essa é uma ótima oportunidade para que um de nós... bem, você sabe...

– Roube o emprego do amigo que está doente – Gabe terminou a frase para ele, com um sorriso. – Lindo. O cara dos sapatos que andam devagar? O dos sapatos pretos? – Gabe prosseguiu. – Eles saíram do escritório uma noite dessas acompanhados por um par de Louboutins.

– Lou... Loub... o que é isso?

– Sapatos identificáveis pela sola vermelha laqueada. Em particular, esses tinham saltos de 120 milímetros.

– Milímetros? – perguntou Lou. E disse em seguida: – Solas vermelhas. Certo – ele assentiu, absorvendo as informações.

– Você podia *perguntar* ao seu amigo-barra-conhecido-barra-colega-de-trabalho quem era a pessoa com quem ele estava – sugeriu Gabe, com um brilho nos olhos.

Lou não respondeu diretamente.

– Certo. Bem, é melhor eu correr. Muitas coisas para ver, pessoas para fazer, e tudo acontecendo ao mesmo tempo, acredita? – ele piscou de volta. – Obrigado pela ajuda, Gabe. – Ele colocou uma nota de dez euros na caneca de Gabe.

– Obrigado, cara – disse Gabe, com os olhos arregalados e imediatamente pegou a nota da caneca e enfiou-a no bolso. – Não posso deixar que saibam, lembra?

– Tem razão – concordou Lou.

Mas também discordou.

5

O décimo terceiro andar

– Sobe?

Houve um resmungo universal e movimentos de cabeça dentro do elevador abarrotado quando o homem que fez a pergunta, no segundo andar, olhou esperançoso para os rostos sonolentos. Todos, com exceção de Lou, responderam. Lou estava ocupado demais observando os sapatos que cruzavam com um passo o estreito vão, que levava ao poço frio e escuro até fundo do prédio, e entravam no espaço confinado. Sapatos marrons de bico redondo giraram cento e oitenta graus, para ficar de frente para a saída. Lou procurava por solas vermelhas e sapatos pretos. Alfred chegou cedo e tinha almoçado com os sapatos pretos. Sapatos pretos tinham saído do escritório junto com solas vermelhas. Se conseguisse descobrir quem era a dona das solas vermelhas, saberia com quem ela trabalhava e poderia saber com quem Alfred estivera se encontrando em segredo. Isso fazia mais sentido para Lou do que perguntar sobre o ocorrido a Alfred, o que indicava muito sobre a honestidade do colega. Pensou nisso no exato momento em que compartilhava o silêncio constrangedor que só é possível encontrar num elevador cheio de estranhos.

– Para qual andar? – perguntou uma voz abafada do canto, onde um homem estava bem escondido, possivelmente esmagado contra a parede, e, por ser a única pessoa com acesso aos botões, foi forçado a se responsabilizar pelo comando das paradas do elevador.

– Treze, por favor – disse o recém-chegado.

Houve alguns suspiros e uma pessoa resmungou em desaprovação.

– Este prédio não tem o décimo terceiro andar – respondeu o homem escondido.

As portas do elevador se fecharam e ele subiu rapidamente.

– É melhor decidir logo – alertou o homem escondido.

– Bem... – O homem mexeu em sua maleta, procurando pela agenda.

– Você quer ir ou ao décimo segundo ou ao décimo quarto? – disse a voz abafada. – O décimo terceiro andar não existe.

– Com certeza ele vai querer descer no décimo quarto – disse outra pessoa. – Tecnicamente, o décimo quarto é o décimo terceiro.

– Quer que eu aperte o botão do décimo quarto? – perguntou a voz, um pouco mais irritada.

– Bem... – O homem continuou a remexer seus papéis.

Lou não conseguia se concentrar com aquela conversa no elevador, que geralmente era silencioso. Estudava os sapatos à sua volta. Muitos sapatos pretos. Alguns com detalhes, alguns arranhados, alguns engraxados, alguns sem cadarços, outros com os cadarços desamarrados. Nenhuma sola vermelha à vista. Ele percebeu os pés à sua volta começarem a se inquietar; as pessoas apoiavam o peso do corpo sobre um pé, depois sobre o outro. Um par se afastou dele discretamente. Seu rosto se ergueu imediatamente quando ouviu o sinal sonoro do elevador.

– Sobe? – perguntou a jovem mulher.

Houve um coro mais animado de vozes masculinas dessa vez. Ela se colocou à frente de Lou e ele observou seus pés enquanto os homens à sua volta examinavam outras áreas do seu corpo em meio ao silêncio pesado que somente as mulheres sentem quando estão num elevador cheio de homens. O elevador voltou a se mover. Seis... sete... oito...

Finalmente, o homem com os sapatos marrons de bico redondo fechou sua maleta com as mãos vazias e, com um ar de derrota, anunciou:

– Patterson Empreendimentos.

Lou se irritou. Fora ele que dera a sugestão de que não houvesse o número treze no painel do elevador, mas é claro que havia um décimo terceiro andar. Não havia um espaço vazio antes de se chegar ao décimo quarto; o décimo quarto não flutuava sobre tijolos invisíveis; o décimo quarto era o décimo terceiro, e o escritório em que trabalhava ficava no décimo terceiro. Mas o andar era conhecido como o décimo quarto. Ele não fazia a menor ideia do motivo pelo qual aquilo confundia tanta gente; era claro como o dia. Saiu do elevador no décimo quarto andar e seus pés afundaram no carpete felpudo e macio.

– Bom dia, Sr. Suffern. – Sua secretária o cumprimentou sem tirar os olhos dos papéis.

Ele parou em frente à mesa dela e a observou com uma expressão confusa.

– Alison, me chame de Lou, como você sempre o fez, por favor.

– É claro, Sr. Suffern – disse ela, atrevidamente, recusando-se a olhá-lo nos olhos e levantando-se.

Enquanto Alison andava de um lado para outro, Lou tentou observar as solas dos seus sapatos. Ele ainda estava em pé ao lado da mesa dela quando Alison retornou e, mais uma vez, recusou-se a olhá-lo nos olhos, se sentou e começou a digitar. De maneira tão discreta quanto possível, ele se curvou para amarrar seus cadarços e espiou por uma fresta na mesa dela.

Ela franziu a testa e cruzou as pernas longas.

– Está tudo bem, Sr. Suffern?

– Me chame de Lou – repetiu ele, ainda confuso.

– Não – ela disse, um pouco irritada, e virou o rosto. Pegou a agenda que estava sobre a mesa. – Quer ver quais são os compromissos de hoje? – Ela se levantou e se pôs ao lado dele.

Blusa de seda justa, saia justa, os olhos de Lou a examinaram antes de chegar aos sapatos.

– Qual é a altura deles?

– Por quê?

– Têm 120 milímetros?

– Não faço ideia. Quem é que mede saltos em milímetros?

– Não sei. Algumas pessoas. Gabe – ele sorriu, seguindo-a enquanto entravam em seu escritório, tentando enxergar as solas.

– Quem diabos é Gabe? – resmungou ela.

– Gabe é um mendigo – ele riu.

Quando se virou, ela o apanhou com a cabeça inclinada, estudando-a.

– Você está olhando para mim do mesmo jeito que observa as obras de arte nessas paredes – disse ela, com esperteza.

Impressionismo moderno. Ele nunca foi fã do estilo. Frequentemente, parava para observar as manchas sem sentido que cobriam as paredes dos corredores dos escritórios. Respingos e linhas em telas que alguém considerava arte, e que poderiam facilmente ser colocados de cabeça para baixo sem que ninguém percebesse. Ele também pensava no dinheiro gasto naqueles quadros e depois os comparava aos desenhos que cobriam a porta da geladeira da sua casa. Arte produzida por sua filha, Lucy. E, enquanto inclinava a cabeça de um lado para outro, como estava fazendo com Alison agora, Lou sabia que havia uma professora de jardim da infância em algum lugar com os bolsos cheios de milhões de euros, enquanto crianças de 4 anos com tinta nas mãos, línguas de fora e ar de concentração recebiam balas de goma em vez de uma porcentagem dos lucros.

– Suas solas são vermelhas? – ele perguntou a Alison, enquanto se dirigia à enorme cadeira de couro, onde uma família de quatro pessoas poderia morar confortavelmente.

– Por quê? Pisei em alguma coisa? – Ela se equilibrou num pé e saltitou levemente em volta, tentando manter o equilíbrio enquanto verificava suas solas, dando a Lou a impressão de um cachorro perseguindo o próprio rabo.

– Não tem importância. – Ele se sentou, cansado.

Ela o observou, desconfiada, antes de voltar a se concentrar na agenda.

– Às oito e meia você terá uma reunião por telefone com Aonghus O'Sullibháin para aprender a falar irlandês fluentemente e comprar aquele terreno em Connemara. Mesmo assim, para você não ficar em desvantagem, fiz os preparativos para que a conversa seja *as Béarla*[1]... – Ela abriu um sorriso torto e jogou os cabelos que lhe cobriam o rosto para trás, como um cavalo faria. – Às oito e quarenta e cinco você tem uma reunião com Barry Brennan sobre as lesmas que eles encontraram no canteiro de Cork.

– Cruze os dedos e reze para que não sejam raras – gemeu Lou.

– Bom, nunca se sabe. Podem ser parentes suas. O senhor tem família em Cork, não é? – Ela ainda não o olhara nos olhos. – Às nove e meia...

– Espere um pouco. – Apesar de saber que estava a sós com Alison na sala, Lou olhava ao redor como se esperasse pela chegada de reforços. – Por que você está me chamando de senhor? O que mordeu você hoje?

Ela desviou o olhar, balbuciando alguma coisa que para Lou soou como "não foi você, com certeza".

– O que foi que disse? – Mas não esperou que ela respondesse. – Tenho um dia longo pela frente e podia passar sem o sarcasmo, obrigado. E desde quando a agenda do dia se tornou um anúncio oficial?

– Pensei que se você ouvisse em voz alta o quanto o seu dia está ocupado, talvez decidisse me dar permissão para marcar menos compromissos no futuro.

[1] *As Béarla* significa "em inglês" no idioma irlandês. (N. do T.)

– Você quer menos trabalho, Alison? É isso que você está querendo me dizer?

– Não – ela enrubesceu. – Não é isso. Só pensei que você poderia mudar um pouco a sua rotina de trabalho. Em vez desses dias loucos, correndo de um lado para o outro, você poderia passar mais tempo com menos clientes. Assim, teria clientes mais felizes.

– Sim, sim. E então eu e Jerry Maguire viveríamos felizes para sempre. Alison, você é nova na empresa, então vou relevar; mas é assim que eu gosto de cuidar dos meus negócios, entendeu? Gosto de estar ocupado. Não preciso de duas horas de folga para almoçar ou fazer lição de casa com as crianças na mesa da cozinha. – Ele estreitou os olhos. – Você disse "clientes mais felizes". Alguém fez alguma reclamação?

– Sua mãe. Sua esposa – ela disse, por entre os dentes. – Seu irmão. Sua irmã. Sua filha.

– Minha filha tem 5 anos.

– Bem, ela telefonou quando você se esqueceu de ir buscá-la na aula de dança irlandesa na quinta-feira passada.

– Isso não conta – disse ele, revirando os olhos – porque a minha filha de 5 anos não vai custar milhões de euros à empresa, não é? – Mais uma vez não esperou que ela respondesse. – Você recebeu alguma reclamação de pessoas que não tenham o mesmo sobrenome que o meu?

Alison pensou antes de responder.

– Sua irmã voltou a usar o nome de solteira depois que se divorciou?

Ele a encarou, irritado.

– Bem, então não, senhor.

– Por que você está me chamando de "senhor"?

– Eu pensei – disse ela, com o rosto corado – que, se você vai me tratar como uma estranha, então é isso o que eu farei também.

– Como é que estou lhe tratando?

Ela desviou o olhar.

Ele baixou a voz.

– Alison, estamos no escritório. O que você quer que eu faça? Que eu lhe diga o quanto gostei de transar com você enquanto discutíamos os compromissos?

– Nós não transamos. Apenas nos beijamos.

– É tudo a mesma coisa – disse ele, com um gesto de indiferença. – Por que está fazendo isso?

Ela não respondeu, mas seu rosto estava ardendo.

– Talvez Alfred tenha me dito alguma coisa.

Alguma coisa estranha aconteceu no coração de Lou. Algo que ele nunca sentira antes. Um tipo de palpitação.

– O que foi que ele disse?

Ela desviou o olhar e começou a dedilhar o canto da página.

– Bem, ele mencionou alguma coisa sobre você ter perdido aquela reunião na semana passada...

– Alguma coisa o quê? Quero informações específicas aqui, por favor.

Ela bufou.

– Tudo bem. Depois da reunião na semana passada com o Sr. O'Sullivan, Alfred – ela engoliu em seco – sugeriu que eu tentasse acompanhar você mais de perto. Ele sabia que eu era nova no emprego e me aconselhou a não deixar que você perdesse uma reunião importante outra vez.

O sangue de Lou fervia e sua mente funcionava em alta velocidade. Nunca tinha se sentido tão confuso. Lou passara a vida inteira correndo de uma coisa para outra, perdendo metade da primeira para conseguir chegar antes do fim da segunda. Fazia isso o dia inteiro, todos os dias, sempre sentindo como se estivesse correndo atrás das coisas, sem nunca alcançá-las. Era um trabalho longo, difícil e exaustivo. Fez enormes sacrifícios para chegar aonde estava. Amava seu trabalho, era totalmente profissional, dedicado a cada uma de suas demandas. Ser repreendido por perder uma reunião que não estava agendada quando ele tirou uma manhã de folga o deixou irritado. O que também o irritava era o fato de aquilo ter sido culpa de sua família. Se houvesse sacrificado aquela reunião para estar em outra, talvez pudesse sentir-se melhor, mas tinha sido por causa da mãe. Na manhã daquela reunião, teve de ir buscá-la no hospital depois da cirurgia no quadril a que ela tinha se submetido. Ficou irritado com a esposa, que tinha tido um ataque de fúria diante de sua sugestão de contratar um motorista e o convencera a buscar a mãe pessoalmente. Ficou irritado com sua irmã, Marcia, e com seu irmão mais velho, Quentin, por não assumirem aquela tarefa. Lou era um homem ocupado e, na única vez em que decidira colocar a família antes do trabalho, teve de pagar o preço. Ele se levantou e andou de um lado para outro em frente à janela, mordendo o lábio com força e sentindo tanta raiva que queria pegar o telefone e ligar para toda a sua família e lhe dizer: "Estão vendo? É por isso que eu não posso estar com vocês o tempo inteiro. Estão vendo? Percebem o que fizeram comigo?".

– Você disse a ele que eu tive de ir buscar minha mãe no hospital? – ele perguntou em voz baixa, porque detestava ter de dizer aquilo. Detestava ouvir palavras como as proferidas pelos colegas. Detestava as justificativas, o fato de deixarem a vida pessoal interferir no trabalho. Para ele, aquilo demonstrava falta de profissionalismo. Ou você fazia o seu trabalho ou não fazia.

– Bem, não, porque era a minha primeira semana no trabalho, o Sr. Patterson estava ao lado dele e eu não sabia o que você ia querer que eu dissesse.

– O Sr. Patterson estava com ele? – perguntou Lou, com os olhos quase saltando das órbitas.

Ela confirmou com movimentos de cabeça rápidos, os olhos esbugalhados como um daqueles brinquedos de pescoço flexível.

– Certo. – O coração de Lou começou a diminuir o ritmo, agora ele sabia o que estava acontecendo. Seu velho amigo, Alfred, estava aprontando algum de seus truques. Truques dos quais Lou presumira até agora estar livre. Alfred não conseguia passar um único dia agindo com honestidade. Ele observava as coisas de ângulos estranhos e entrava nas conversas com uma perspectiva inusitada, sempre tentando compreender como poderia tirar o melhor proveito da situação.

Lou observou sua mesa.

– Onde está a minha correspondência?

– Está no décimo segundo andar. O estagiário ficou confuso por não existir um décimo terceiro andar.

– O décimo terceiro andar existe! Nós estamos nele! O que há com todo mundo hoje?

– Estamos no décimo quarto. Não incluir o décimo terceiro andar foi uma falha terrível de projeto.

– Não é uma falha de projeto – disse ele, defensivamente. – Alguns dos maiores prédios do mundo não têm o décimo terceiro andar.

– Ou telhados.

– O quê?

– O Coliseu não tem telhado.

– O quê? – ele esbravejou novamente, confuso. – Diga ao estagiário para usar somente as escadas de agora em diante, e para contar os andares. Assim, ele não vai se confundir com os números. Aliás, por que deixaram um estagiário cuidar da correspondência?

– Harry disse que está com poucos funcionários.

– Poucos funcionários? Basta uma pessoa tomar o elevador para trazer a minha maldita correspondência. Como podem estar sem funcionários? – Sua voz estava alterada. – Até mesmo um macaco pode fazer esse trabalho. Há pessoas morando nas ruas que fariam qualquer coisa para trabalhar num lugar como...

– Em um lugar como o quê? – Alison perguntou para a nuca de Lou. Ele tinha se virado e olhava pela vidraça, que ia do chão até o teto, para a calçada lá embaixo; seu rosto tinha uma expressão estranha, que ela via refletida no vidro.

Ela começou a se afastar lentamente, sentindo, pela primeira vez nas últimas semanas, um alívio pelo fato de a relação entre os dois, embora não tivesse sido mais do que alguns amassos no escuro, não ter avançado. Talvez ela tivesse se enganado; talvez houvesse algo realmente errado com ele. Ela era nova na empresa e ainda não o tinha entendido bem. Tudo o que sabia sobre Lou era que ele a fazia se lembrar do Coelho Branco de *Alice no País das Maravilhas*, sempre muito, muito, muito atrasado para um compromisso muito importante, e que ele conseguia chegar a cada um deles no momento certo. Era um homem gentil com todos e muito bem-sucedido no trabalho. Além disso, era bonito, charmoso e dirigia um Porsche, e essas eram as coisas que ela valorizava acima de tudo. Claro, ela sentiu um pouco de culpa sobre o que acontecera na semana anterior, quando conversou com a esposa dele ao telefone, mas aquilo não tinha nenhuma importância, na opinião de Alison, pela absoluta ingenuidade daquela esposa em relação às infidelidades do marido. Além disso, todo mundo tinha um ponto fraco, e qualquer homem poderia ser perdoado se o seu calcanhar de Aquiles fosse uma mulher como Alison.

– Que tipo de sapatos Alfred usa? – perguntou Lou, logo antes de Alison fechar a porta.

Ela voltou a entrar.

– Alfred? Que Alfred?

– Berkeley.

– Não sei. – O rosto dela enrubesceu. – Por que você quer saber?

– Para comprar um presente de Natal.

– Sapatos? Você quer comprar um par de sapatos para Alfred? Mas eu já encomendei as cestas da Brown Thomas para todos, como você pediu.

– Apenas descubra isso para mim. Mas não faça com que fique óbvio. Pergunte de um jeito casual. Quero surpreendê-lo.

Ela estreitou os olhos, desconfiada.

– É claro.

– Ah, e aquela nova garota no departamento de contabilidade. Qual é o nome dela... Sandra, Sarah?

– Deirdre.

– Dê uma olhada nos sapatos dela também. Veja se eles têm solas vermelhas.

– Não têm. São da Top Shop. Ankle boots pretas, de camurça, com marcas d'água. Comprei um par no ano passado. Quando estavam na moda.

Ao dizer isso, ela saiu.

Lou suspirou; desabou em sua enorme cadeira e levou os dedos ao topo do nariz na esperança de estancar a crise de enxaqueca que estava à espreita. Talvez estivesse ficando doente. Tinha desperdiçado quinze minutos da manhã conversando com um mendigo, algo totalmente estranho para ele, mas lembrou que se sentira compelido a parar. Alguma coisa naquele rapaz exigiu que ele parasse e lhe oferecesse o café.

Incapaz de se concentrar na agenda, Lou se virou novamente para olhar a cidade. Decorações gigantes de Natal enfeitavam o cais e as pontes; enfeites gigantes em forma de ramos de visco, e sinos que balançavam de um lado para o outro graças à mágica festiva do neon. O nível do rio Liffey estava alto e passava em frente à sua janela, indo em direção à baía de Dublin. As calçadas estavam abarrotadas de pessoas que iam para o trabalho, acompanhando a correnteza, seguindo a maré. Pisoteavam o concreto, caminhando com pressa entre as estátuas de cobre vestidas com farrapos e erguidas em homenagem aos que durante a época da escassez de alimentos passaram por aqueles mesmos ancoradouros para fugir dali. Em vez de pequenas trouxas, os irlandeses levavam, agora, copos de café do Starbucks numa das mãos e maletas na outra. As mulheres caminhavam para seus escritórios usando saias e tênis; o sapato de salto guardado na bolsa. Um destino inteiramente diferente daquele que os antepassados enfrentaram e oportunidades infinitas aguardavam as pessoas que Lou via caminhando lá embaixo.

A única coisa que continuava estática era Gabe, encolhido num pórtico, enrolado em seu cobertor e observando os sapatos que marchavam à sua frente; as oportunidades para ele não eram igualitárias como eram para aqueles que passavam por ali. Embora pouco maior do que um ponto na calçada, treze andares abaixo, Lou podia ver o braço de Gabe se levantar e abaixar enquanto tomava seu café, fazendo com que cada gole durasse muito tempo, mesmo se o líquido já estivesse frio. Gabe o intrigava. Não apenas pelo talento para se lembrar de cada par de sapatos que entrava no prédio, como se eles fossem uma tabela de horários, mas, muito mais incrível do que isso, porque a pessoa por trás daqueles olhos de um azul cristalino lhe era incrivelmente familiar. Na verdade, Gabe fazia com que Lou se lembrasse de si mesmo. Eles tinham idades próximas, e com um bom banho, o penteado e as roupas certas, Gabe poderia ser facilmente confundido com Lou. Parecia ser um homem afável, amistoso e capaz. Poderia facilmente ser Lou sentado naquela calçada, observando o mundo passar à sua frente. Mesmo assim, suas vidas eram incrivelmente diferentes.

Naquele exato instante, como se sentisse os olhos de Lou, Gabe olhou para cima. No décimo quarto andar, Lou sentiu como se Gabe estivesse olhando diretamente para a sua alma, a intensidade daqueles olhos o queimava.

Isso deixou Lou confuso. Sabia perfeitamente que o lado de fora do vidro era reflexivo. Tinha participado do projeto e da execução do prédio. Gabe não tinha nenhuma possibilidade de enxergá-lo; o queixo no ar, mão sobre a testa para bloquear a luz, quase como se fizesse uma saudação. Só podia estar olhando para algum reflexo, pensou Lou. Talvez um pássaro tivesse atraído seu olhar. Isso mesmo, um reflexo; só podia ser isso. Mas o olhar de Gabe era tão intenso que se elevava pelos treze andares até a sala de Lou, até os olhos de Lou. Então, ele deixou de lado suas certezas e ergueu a mão, sorriu e fez uma pequena saudação. Antes que pudesse esperar pela reação de Gabe, Lou empurrou a cadeira em que estava sentado para longe da janela e girou-a, com a pulsação acelerada, como se tivesse sido apanhado fazendo algo que não deveria.

O telefone tocou. Era Alison, e ela não parecia estar feliz.

– Antes que eu lhe diga o que estou prestes a dizer, quero apenas informá-lo de que sou qualificada pela UCD[2] com um diploma em administração de empresas.

– Parabéns – disse Lou.

---

[2] University College Dublin. (N. do T.)

Ela limpou a garganta.

– Bem, lá vai. Alfred calça mocassins marrons de bico redondo, tamanho quarenta. Aparentemente, ele tem dez pares dos mesmos sapatos e os usa todos os dias, então eu não acho que a ideia de lhe dar mais um par como presente de Natal seja boa. Não sei qual é o fabricante, mas posso descobrir se você quiser. – Ela respirou fundo. – Em relação aos sapatos com solas vermelhas, Louise comprou um novo par e o usou na semana passada, mas eles estavam machucando seus calcanhares, então ela quis devolvê-los. A loja não aceitou, porque ficou óbvio que ela tinha usado os sapatos, já que a sola vermelha apresentava sinais de desgaste.

– Quem é Louise?

– A secretária do Sr. Patterson.

– Preciso que você descubra com quem ela saiu do trabalho semana passada, todos os dias.

– De jeito nenhum. Isso não está nas atribuições do meu cargo.

– Você pode sair mais cedo se descobrir isso para mim.

– Então, tudo bem.

– Obrigado por ceder sob tanta pressão.

– Não tem problema. Posso aproveitar para começar a fazer minhas compras de Natal.

– Não se esqueça da minha lista.

Assim, apesar de descobrir muito pouco, a mesma sensação estranha tomou conta do coração de Lou, algo que poderia ser identificado como pânico. Mas Gabe tinha razão em relação aos sapatos e, portanto, não era um lunático, como Lou secretamente suspeitara. Gabe perguntara se ele precisava de um olho observador no prédio e, pegando o telefone, Lou repensou a resposta que tinha dado a ele.

– Ligue para o Harry, da sala de correspondência. Depois, pegue uma camisa, uma calça e uma gravata das que deixo guardadas aqui no armário e leve-as até a calçada para o cara que está sentado ao lado da porta. Leve-o para o banheiro masculino, certifique-se de que ficou bem arrumado e, depois, leve-o para a sala de correspondência. O nome dele é Gabe; Harry estará esperando por ele. Vou resolver o problema da falta de funcionários.

– O quê?

– Gabe. É o apelido de Gabriel. Mas chame-o de Gabe.

– Não, eu quis dizer...

– Faça o que eu disse. Ah, e tem outra coisa.

– O quê?

– Eu gostei muito do nosso beijo. Estou ansioso para transar com você.

Ele ouviu o leve riso que Alison deixou escapar antes que ela desligasse o telefone.

Ele conseguira de novo. Em meio ao processo de contar a verdade, ele tinha a qualidade quase admirável de contar uma mentira quase inacreditável. Ao ajudar uma pessoa – Gabe –, Lou estava também ajudando a si mesmo; uma boa ação era um triunfo para a alma. Mas, de alguma maneira, Lou sabia que além daquilo que estava tramando, e da provável salvação da sua alma, havia outro motivo, que era o começo de uma salvação bem diferente: a salvação da sua própria pele. E mais profundamente, como camadas de uma cebola, ele sabia que seu ato de caridade era estimulado pelo medo. Não apenas medo de, se toda razão e sorte falhassem, estar no lugar de Gabe naquele exato momento, mas também, numa camada ainda mais profunda, medo de suas falhas serem expostas, de uma rachadura se abrir no projeto de carreira que tinha traçado para si mesmo. Talvez nem ele mesmo conseguisse sentir, mas o medo estava ali, estava ali o tempo inteiro disfarçado de outra coisa, escondido dos olhares de todo mundo.

Exatamente como o décimo terceiro andar.

6

Um acordo

Quando a reunião com o Sr. Brennan sobre as lesmas – por sorte, não eram raras, mas mesmo assim eram um problema – no canteiro de obras do condado de Cork estava chegando ao fim, Alison apareceu na porta demonstrando ansiedade e a pilha de roupas, que deveria entregar a Gabe, nos braços.

– Desculpe, Barry, vamos precisar terminar agora – apressou-se Lou. – Tenho de correr. Preciso ir a dois outros lugares do outro lado da cidade, e você sabe como é o trânsito.

E, simplesmente assim, com um sorriso de porcelana e um aperto de mão firme, o Sr. Brennan estava de volta ao elevador a caminho do térreo, com seu casaco de inverno num dos braços e a papelada enfiada de qualquer jeito na maleta que segurava no outro braço. Mesmo com essas atitudes, tinha achado a reunião agradável.

– Ele recusou? – perguntou Lou a Alison.

– Quem?

– Gabe? Ele não aceitou o emprego?

– Não havia ninguém lá – disse ela, parecendo confusa. – Fiquei na recepção chamando o nome dele sem parar... meu Deus, que vergonha! E ninguém veio. Por acaso isso é uma piada, Lou? Não acredito que eu caí em outra das suas brincadeiras! Não bastava ter me mandado levar a florista romena ao escritório de Alfred?

– Não é piada. – Ele a pegou pelo braço e a arrastou até a janela.

– Mas não havia nenhum homem ali – ela disse, exasperada.

Ele olhou pela janela e viu que Gabe ainda estava sentado no mesmo lugar, no chão. Uma chuva leve estava começando a cair e respingava no vidro; rapidamente os pingos começaram a se transformar em granizo. Gabe se encolheu ainda mais contra o vão da porta, trazendo os pés para bem perto do peito, longe do chão molhado. Ele ergueu o capuz do casaco por cima da cabeça e puxou os cordões com força. Do alto do décimo terceiro andar, aqueles cordões pareciam presos ao coração de Lou.

– Aquilo ali não é um homem? – ele perguntou, apontando pela janela.

Alison apertou os olhos e aproximou o nariz do vidro.

– Sim, mas...

Ele arrancou as roupas dos braços dela.

– Eu mesmo vou cuidar disso.

Assim que Lou passou pelas portas giratórias do saguão, sentiu o ar gelado fustigar seu rosto. Seu fôlego foi momentaneamente arrancado por uma forte lufada de vento, e a chuva lhe deu a sensação de que sua pele estava sendo atingida por cubos de gelo. Gabe estava concentrado intensamente nos sapatos que passavam por ele, com a mente focada em alguma outra coisa, sem dúvida para tentar ignorar a chuva que castigava tudo ao seu redor. Em sua mente, ele estava em algum outro lugar, qualquer outro lugar. Numa praia onde o clima estivesse quente, onde a areia fosse como o veludo e o rio Liffey, à sua frente, fosse o mar que se estendia até o horizonte. Enquanto estava nesse outro mundo, sentia uma espécie de êxtase que um homem na posição dele não deveria sentir. Seu rosto, entretanto, não refletia isso. A expressão de contentamento desaparecera. Seus olhos azuis estavam mais frios agora do que no início da manhã e seguiam a trajetória dos sapatos de Lou, da porta giratória até a ponta do seu cobertor.

Enquanto Gabe observava os sapatos, imaginava que aqueles eram os pés do homem que trabalhava na praia onde ele estava relaxando. O homem se aproximava dele com um coquetel equilibrado no centro de uma bandeja, a bandeja erguida e exibida como as hastes de um candelabro. Gabe pedira sua bebida há algum tempo, mas não se importava com o pequeno atraso. O dia estava mais quente do que o habitual, a areia estava lotada de corpos resplandecentes cheirando a óleo de coco, e por isso ele perdoava aquele deslize. O ar abafado deixava todos um pouco letárgicos. Os pés calçando chinelos que se aproximavam dele afundavam, espalhando grãos de areia a cada passo. À medida que os pés se aproximavam, os grãos de areia se transformaram em respingos de chuva, e os chinelos se transformaram num par de sapatos brilhantes muito familiares. Gabe ergueu os olhos, esperando ver um coquetel multicolorido cheio de frutas e guarda-chuvas em miniatura. Em vez disso, viu Lou com uma pilha de roupas nos braços e precisou de um momento para se ajustar de novo ao frio, ao barulho do trânsito e ao corre-corre que tomou o lugar do seu paraíso tropical.

A aparência de Lou também estava diferente da que exibira no início da manhã. Seu cabelo perdera o brilho ao estilo de Cary Grant; o topete cuidadosamente penteado e os ombros do paletó pareciam cobertos de caspa à medida que os pequenos flocos de neve cobriam seu terno caro e demoravam a derreter. Depois de derretidos, os flocos deixavam manchas escuras no tecido. Lou estava estranhamente desgrenhado e seus ombros, geralmente relaxados, pareciam contraídos e erguidos numa tentativa de proteger as orelhas do frio. Seu corpo tremia e ele não estava usando o sobretudo de casimira. Parecia uma ovelha que acabara de ser tosada: nua e com os joelhos à mostra.

– Quer um emprego? – perguntou Lou, confiante, mas a frase soou baixa e submissa, pois metade do som foi levada pelo vento, acabando por se dirigir a um estranho que estava mais adiante na calçada.

Gabe sorriu.

– Tem certeza?

Confuso com aquela reação, Lou fez que sim com a cabeça. Não que quisesse beijos e abraços de gratidão, mas parecia que Gabe já esperava por aquela oferta. Lou não gostou disso. Talvez quisesse que ele saísse dançando e cantarolando, com "ohhhs" e "ahhhs", ou que pelo menos dissesse "muito obrigado" e fizesse uma declaração de que lhe devia uma. Não recebeu nada disso de Gabe. O que recebeu foi um sorriso discreto e, depois que Gabe tirou o cobertor de cima do corpo e se levantou, um aperto de mão firme e quente, apesar da temperatura gelada do dia. Sem que Lou dissesse qualquer outra palavra, sentiu que estava fechando um acordo com Gabe, mas não se lembrava de ter negociado nada.

Frente a frente, exatamente com a mesma altura, os olhos azuis de ambos se encarando. Os olhos de Gabe sob o capuz do blusão, que estava puxado para a frente, cobrindo-lhe as sobrancelhas e dando-lhe a aparência de um monge, penetravam os de Lou com tanta intensidade que Lou piscou e desviou o olhar. Ao mesmo tempo em que seus olhos piscaram, uma dúvida tomou conta de Lou, agora que a simples ideia de fazer uma boa ação estava se transformando em realidade: quem era aquele homem? A dúvida chegou como um hóspede teimoso que tenta conseguir um quarto num hotel para o qual não fez reserva. Lou ficou ali parado, confuso; não sabia nada sobre Gabe. Queria fazer várias perguntas, muitas que já deveria ter feito, mas só conseguiu pensar em uma naquele momento.

– Posso confiar em você? – perguntou Lou.

Queria ser convencido, queria que sua mente pudesse se acalmar, mas não contava com a resposta que recebeu.

Gabe nem titubeou.

– Com a sua vida.

A suíte presidencial para o cavalheiro por sua palavra.

7

Refletindo

Gabe e Lou deixaram o ar gelado para trás e entraram no calor do saguão do prédio. Com paredes, pisos e pilares de granito cobertos por tons de creme, caramelo e chocolate Cadbury, Gabe estava quase lambendo as paredes. Sabia que estava frio, mas só teve a noção exata do frio que fazia lá fora quando sentiu o calor daquele lugar. Lou sentia que todos os olhos estavam sobre ele quando conduziu o homem de aparência maltratada pela recepção até o banheiro masculino no térreo. Sem saber direito por quê, Lou decidiu verificar cada cubículo antes de começar a falar.

– Isto aqui é para você – disse Lou, entregando-lhe a pilha de roupas, que estavam levemente úmidas agora. – Pode ficar com elas.

Ele se virou de frente para o espelho para pentear os cabelos e esfregou a neve e as gotas de chuva dos ombros, tentou voltar física e mentalmente à normalidade; Gabe observava uma por uma as peças que recebera. Calça Gucci de tecido cinza, camisa branca, gravata listrada em preto e branco. Ele as dedilhava com toda a delicadeza, como se um único toque pudesse reduzi-las a farrapos.

Enquanto Gabe se livrava do cobertor e entrava num dos cubículos para se vestir, Lou andou de um lado para o outro, em frente aos mictórios, respondendo aos telefonemas e e-mails. Estava tão ocupado com o seu trabalho que, quando tirou os olhos do aparelho, não reconheceu o homem que estava à sua frente e voltou a se concentrar em seu BlackBerry. Mas, em seguida, ergueu a cabeça outra vez, percebendo, surpreso, que o homem era Gabe.

A única coisa que indicava que aquele era o mesmo homem que estava na rua era o par de botas Doc Martens sujas sob as calças Gucci. As roupas lhe caíram perfeitamente; Gabe ficou de frente para o espelho, olhando-se de cima a baixo, como se estivesse em transe. Sem o gorro de lã que cobria a sua cabeça, se revelava uma grossa cabeleira negra, parecida com a de Lou, embora bem mais desgrenhada. O calor havia substituído o frio em seu corpo, seus lábios estavam intumescidos e vermelhos, e em seu rosto havia um belo tom rosado em vez da cor pálida e gelada de antes.

Lou não sabia o que dizer, mas, pressentindo que o momento poderia se tornar muito mais profundo do que gostaria, decidiu não avançar demais.

– Lembra-se do que me disse sobre os sapatos hoje cedo?

Gabe fez que sim com a cabeça.

– Aquilo foi ótimo. Seria ótimo se você ficasse de olho em mais coisas. Me conte de vez em quando o que você observa por aqui.

Gabe assentiu outra vez.

– Você tem um lugar para ficar?

– Sim. – Gabe voltou a olhar para o seu reflexo no espelho. Falava em voz baixa.

– Então tem um endereço para dar a Harry? Ele é o seu chefe.

– Não será você?

– Não. – Lou tirou o BlackBerry do seu bolso e começou a navegar, sem procurar por nada em particular. – Não, você ficará em outro... departamento.

– Ah, sim, é claro. – Gabe se endireitou, parecendo um pouco contrariado. – Certo. Ótimo. Muito obrigado, Lou. De verdade.

Lou aceitou o cumprimento, um pouco constrangido.

– Aqui – ele entregou seu pente a Gabe enquanto olhava para o outro lado.

– Obrigado. – Gabe colocou o pente sob a torneira e começou a dar forma ao cabelo embaraçado. Lou fez com que se apressasse e o acompanhou para fora do banheiro, passando pelo saguão de mármore e indo até os elevadores.

Gabe estendeu o pente de volta a Lou.

Lou balançou a cabeça e fez um gesto indiferente com a mão, olhando ao redor para ter certeza de que ninguém que esperava pelos elevadores tivesse visto o gesto.

– Pode ficar com ele. Você tem documentos de trabalho, registro na previdência social, esse tipo de coisa? – ele perguntou.

Gabe balançou a cabeça, parecendo estar preocupado. Seus dedos deslizavam pela extensão da gravata de seda, para cima e para baixo, como se ela fosse um animal de estimação que pudesse fugir a qualquer momento.

– Não se preocupe, daremos um jeito nisso. – Lou começou a se afastar quando seu telefone tocou. – Bem, preciso correr, preciso estar em vários lugares agora.

– É claro. Obrigado outra vez. Para onde eu...?

Mas Gabe não teve tempo de concluir sua pergunta; Lou caminhava pelo saguão com movimentos vacilantes enquanto falava ao telefone, numa coreografia que era metade dança e metade caminhada, como acontece com as pessoas que conversam ao celular. Sua mão esquerda remexia as moedas que tinha no bolso, e a direita estava colada à orelha.

– Certo. Preciso correr, Michael. – Lou fechou o bocal do telefone e bufou quando percebeu que havia um grupo ainda maior de pessoas esperando pelos elevadores. – Isso precisa melhorar – disse ele em voz alta.

Gabe o observou com um olhar que Lou não conseguiu identificar.

– O que foi?

– Para onde eu devo ir? – perguntou Gabe outra vez.

– Ah, desculpe. Você precisa descer um andar. Para a sala de correspondência.

– Ah – Gabe ficou desconcertado por um momento, mas sua expressão agradável retornou após um momento. – Certo, ótimo, obrigado – ele assentiu.

– Já trabalhou num lugar assim antes? Imagino que sejam... lugares interessantes. – Lou sabia que dar um emprego a Gabe era um grande gesto e que não havia nada de errado com o emprego que estava lhe oferecendo, mas, de algum modo, sentia que aquilo não era o bastante, que o homem à sua frente não só era capaz fazer muito mais, como esperava muito mais. Não havia nenhuma explicação razoável para se sentir assim, já que Gabe continuava tão cortês, amistoso e agradecido quanto no primeiro momento em que Lou o conhecera, mas havia alguma coisa na maneira com que ele... bem, havia alguma coisa ali.

– Quer que eu o encontre para almoçar ou algo do tipo? – perguntou Gabe, esperançoso.

– Não vai ser possível – respondeu Lou, enquanto o telefone começava a tocar outra vez em seu bolso. – Tenho tantas coisas para fazer hoje, e eu... – Ele deixou a frase morrer no ar quando as portas do elevador se abriram e as pessoas começaram a entrar. Gabe se moveu para entrar com Lou.

– Está subindo – disse Lou, discretamente, suas palavras formando uma barreira para impedir que Gabe entrasse.

– Ah, tudo bem – Gabe recuou alguns passos. Antes que as portas se fechassem e algumas das últimas pessoas corressem para entrar, Gabe perguntou: – Por que você está fazendo isso por mim?

Lou engoliu em seco e enfiou as mãos com força nos bolsos.

– Considere um presente. – E as portas se fecharam.

Quando Lou finalmente chegou ao décimo quarto andar, ficou mais do que surpreso ao entrar na área onde ficava o seu escritório e ver Gabe empurrando um carrinho de correspondência sobre o piso, depositando pacotes e envelopes sobre as mesas das pessoas.

Sem conseguir pensar em algo para dizer, mas calculando o tempo que levou para chegar ao seu andar, ele olhou para Gabe, boquiaberto.

– Hum... – Gabe olhava para a esquerda e para a direita, vacilando. – Este é o décimo terceiro andar, não é?

– É o décimo quarto – Lou respondeu, sem fôlego, dizendo as palavras por hábito, quase sem perceber o que estava falando. – É claro que você deveria estar aqui, mas é que... – Ele levou a mão à testa, que estava quente. Esperava que seus momentos sob a chuva sem o casaco não o tivessem deixado doente. – Você chegou aqui tão rápido que eu... ah, deixe para lá. – Ele balançou a cabeça. – Malditos elevadores – resmungou consigo mesmo, tomando o rumo de sua sala.

Alison saltou da sua cadeira, impedindo-o de entrar no escritório.

– Marcia está ao telefone – anunciou ela, em alto e bom som. – Outra vez.

Gabe empurrou seu carrinho até o final do corredor acarpetado para entrar em outro escritório, e uma das rodinhas rangia com um ruído alto. Lou o observou por um momento, admirado, e depois voltou a prestar atenção em Alison.

– Não tenho tempo para isso, Alison, de verdade. Preciso estar em outro lugar neste exato momento e tenho uma reunião antes de sair daqui. Onde estão as minhas chaves? – ele procurou nos bolsos do sobretudo, que estava pendurado no canto da sala.

– Ela já ligou três vezes – disse Alison, cobrindo o bocal do telefone com a mão e segurando-o longe do corpo como se fosse uma cobra venenosa. – Duvido que ela acredite que estou lhe passando os recados.

– Recados? – disse Lou, com um toque de provocação na voz. –

Não me lembro de nenhum recado.

Alison gritou, em pânico, afastando ainda mais o fone, para longe do alcance de Lou.

– Não se atreva a fazer isso comigo, não me culpe! Já deixei três recados na sua mesa, somente das ligações desta manhã! E, além disso, a sua família já me odeia.

– Eles têm motivos para isso, não é? – Lou estava perto dela, acuando-a contra a mesa. Olhando-a de uma maneira que fazia seu corpo tremer, ele deixou que dois de seus dedos deslizassem lentamente pelo antebraço de Alison até chegar à sua mão e pegou o telefone que ela segurava. Ouviu alguém tossir atrás dele e se afastou de Alison, trazendo o telefone para a orelha. Fingindo não se importar com aquela presença, virou-se casualmente para verificar quem os havia interrompido.

Gabe. Com o carrinho da correspondência e a roda que rangia; estranho, mas Lou não a ouvira.

– Alô, Marcia – ele disse para a irmã ao telefone. – Sim, é claro que eu recebi os seus dez mil recados. Alison fez a gentileza de me passar cada um deles. – Lou abriu um sorriso meigo para Alison, que lhe mostrou a língua antes de levar Gabe até a sala de Lou, que se ergueu um pouco para observá-lo.

Seguindo Alison, Gabe olhou ao redor como uma criança no zoológico. Lou percebeu quando ele observava o banheiro, as janelas que iam do chão ao teto exibindo a cidade, a enorme mesa de carvalho que ocupava mais espaço do que o necessário, a área com os sofás no canto esquerdo, a mesa de reuniões com espaço para dez pessoas, a televisão de plasma de cinquenta polegadas na parede. Era maior do que um bom apartamento em Dublin.

A cabeça de Gabe se moveu pela sala, olhando para todos os cantos. Sua expressão era indecifrável. Em seguida, seus olhares se cruzaram e Gabe sorriu. Um sorriso curioso. Não era a expressão de admiração que Lou esperava, e certamente não era inveja. Na verdade, Gabe parecia estar se divertindo. O que quer que fosse, aquilo acabou com o orgulho e com a satisfação que estavam na fila de emoções que Lou planejava sentir. Era um sorriso que parecia ser direcionado apenas a Lou, mas o problema era que Lou não tinha certeza se era ele o motivo da piada ou se a estava compartilhando com Gabe. Sentindo uma falta de autoconfiança à qual não estava acostumado, ele acenou com a cabeça.

Enquanto isso, ao telefone, Marcia continuava com a sua tagarelice insana, e Lou sentia que sua testa ficava cada vez mais quente.

– Lou? Lou, você está me escutando? – perguntou Marcia com a voz suave.

– Claro, mas não posso falar agora. Tenho de estar em dois lugares diferentes e nenhum deles fica perto daqui – disse ele, e, após uma breve pausa, acrescentou uma risada para suavizar o golpe.

– Sim, eu sei que você é muito ocupado – disse ela, e sem qualquer ironia acrescentou: – Eu não o perturbaria no seu trabalho se conseguíssemos vê-lo no domingo, de vez em quando.

– Ah, lá vamos nós de novo! – ele revirou os olhos e esperou pela bronca habitual.

– Não, não vou fazer cobranças. Por favor, apenas escute. Lou, eu realmente preciso da sua ajuda. Em outras circunstâncias, não o incomodaria, mas Rick e eu estamos analisando os documentos do divórcio e... – ela suspirou. – Bem, de qualquer forma, eu quero que tudo termine logo e não vou conseguir fazer isso sozinha.

– Tenho certeza de que não vai conseguir. – Ele não sabia ao certo o que ela conseguiria ou não fazer, já que não fazia ideia do que ela estava dizendo, pois estava preocupado com a paranoia cada vez maior que sentia em relação aos movimentos de Gabe em sua sala.

Ele esticou o fio do telefone até o canto da sala para que pudesse pegar seu casaco. Em meio à confusão de tentar pegar o casaco enquanto mantinha o telefone preso entre o ombro e o ouvido, ele deixou o fone cair. Vestiu o sobretudo antes de recolher o fone. Marcia ainda estava falando.

– Então, pode pelo menos responder à minha pergunta sobre o local?

– O local – repetiu ele. O telefone celular que estava em seu bolso tocou, e ele cobriu o bocal do telefone para que Marcia não ouvisse. O que mais queria era poder atendê-lo.

Marcia ficou em silêncio por um momento.

– Sim. O local – disse ela, com a voz tão baixa agora que ele tinha de se esforçar para ouvi-la.

– Ah, sim, o local para... – Ele olhou para Alison pedindo ajuda, e ela parou subitamente de estudar Gabe para vir correndo com um post-it amarelo fluorescente na mão.

– A-há! – exclamou Lou, tirando-o das mãos de Alison e dizendo as palavras como se as estivesse lendo: – Para a festa de aniversário do seu pai... ou seja, do meu pai. Você quer que eu indique um local para a festa de aniversário dele?

Lou sentiu uma presença por trás das suas costas outra vez.

– Sim – disse Marcia, aliviada. – Mas não preciso de um local. Já temos duas opções, lembra-se? Eu lhe falei sobre isso. Preciso apenas que você me ajude a escolher uma. Quentin prefere uma, e eu prefiro a outra. Mamãe não quer interferir na escolha e...

– Ligue no meu celular, Marcia. Eu realmente preciso sair daqui correndo. Vou me atrasar para um almoço de negócios.

– Não, Lou! Apenas me diga onde...

– Olhe, eu conheço um lugar ótimo. – Ele a interrompeu outra vez, olhando para o relógio. – Papai vai adorar e todos vão se divertir – disse ele, apressando-se para encerrar a ligação.

– Não quero ter mais um lugar nas opções nesta altura dos preparativos. Você sabe como papai é. Apenas uma reunião familiar íntima e pequena, em algum lugar em que ele se sinta confortável.

– Íntimo e confortável. Entendi. – Lou arrancou uma caneta dos dedos de Alison e fez uma anotação sobre a festa que iria incumbi-la de começar a organizar. – Ótimo. Qual o dia da festa?

– No dia do aniversário dele – a voz de Marcia ficava cada vez mais baixa a cada resposta.

– Certo, no aniversário dele. – Lou olhou para Alison com uma expressão de dúvida, e ela correu para abrir a sua agenda, folheando-a em alta velocidade. – Imaginei que seria melhor num fim de semana para que todos pudessem se divertir. Você sabe, deixar o tio Leo se acabar na pista de dança – disse ele, com um sorriso torto.

– Ele acabou de ser diagnosticado com câncer de próstata.

– Não é exatamente disso que estou falando. Bem, qual é o fim de semana mais próximo do aniversário dele? – improvisou Lou.

– O aniversário do nosso pai cai numa sexta-feira – disse ela, cansada. – Dia 21 de dezembro, Lou. Assim como foi no ano passado, e em todos os anos anteriores.

– Vinte e um de dezembro. Certo. – Ele encarou Alison com um olhar irritadiço, e ela gemeu por não descobrir a informação antes. – É na próxima semana, Marcia. Por que deixou tudo para a última hora?

– Eu lhe disse. Já cuidamos de tudo. Os dois locais estão preparados para fazer a festa.

Lou parou de prestar atenção na resposta dela outra vez, tirou a agenda de Alison e começou a folhear as páginas.

– Ah, não vai ser possível. Dá para acreditar? Essa é a data da festa de fim de ano do escritório, e eu tenho de estar aqui. Vamos receber alguns clientes importantes. A festa do nosso pai pode ficar para o sábado. Vou ter de reagendar alguns compromissos – disse ele, pensando em voz alta –, mas sábado vai ser melhor.

– Ele vai fazer 70 anos. Você não pode mudar a data por causa de uma festa da sua empresa – ela disse, sem acreditar. – Além disso, a música, a comida, tudo já foi escolhido e contratado para essa data. Só precisamos decidir qual dos dois locais...

– Bem, cancele tudo – disse Lou, dando a volta na mesa e preparando-se para desligar. – O local que eu tenho em mente oferece serviços de restaurante e tem um pessoal especializado para cuidar da música, e você não vai precisar levantar um dedo, certo? Então, está tudo decidido. Ótimo. Vou passar o telefone para Alison para que ela anote os detalhes. – Lou colocou o fone sobre a mesa e pegou sua maleta.

Embora sentisse a presença de Gabe atrás de si, não se virou.

– Está tudo bem, Gabe? – perguntou ele, pegando pastas e envelopes de cima da mesa de Alison e organizando-os em sua maleta.

– Sim, está tudo bem. Achei apenas que poderia acompanhá-lo no elevador, já que estamos indo para o mesmo lugar.

– Oh. – Lou fechou a maleta, virou-se e não diminuiu o passo no trajeto até o elevador, sentindo repentinamente o receio de que cometera um grande erro, e que agora teria que mostrar a Gabe que suas intenções ao lhe conseguir um emprego não incluíam fazer amizade. Ele apertou o botão do elevador e, enquanto esperava que o número do seu andar acendesse, ocupou-se com seu telefone.

– Então você tem uma irmã? – perguntou Gabe, com a voz suave.

– Sim – respondeu Lou, ainda digitando sua mensagem de texto, sentindo-se como se estivesse de volta à escola e quisesse se livrar do nerd a quem demonstrara um pouco de gentileza. Dessa vez, o mais estranho foi que seu telefone decidiu não tocar.

– Isso é ótimo.

– Aham.

– O quê? – perguntou Gabe de maneira tão lacônica que a cabeça de Lou se ergueu rapidamente.

– Não ouvi o que você disse – completou Gabe, como se fosse o professor da escola.

Em seguida, por alguma razão desconhecida, a sensação de culpa tomou conta dele e Lou guardou o telefone no bolso.

– Desculpe, Gabe – disse ele, esfregando a testa. – O dia de hoje está estranho. Não estou me sentindo como eu mesmo.

– Quem é você, então?

Lou olhou para ele, confuso, e Gabe sorriu.

– Você estava falando sobre a sua irmã.

– Estava? Bem, ela só estava sendo a Marcia de sempre – suspirou Lou. – Está me deixando louco com os preparativos da festa de 70 anos do meu pai. Infelizmente, vai acontecer no mesmo dia da festa do escritório, o que causa alguns problemas, como você sabe. A festa aqui é sempre ótima – ele olhou para Gabe e piscou. – Você vai ver. Mas estou tirando toda a organização das mãos dela agora, para aliviar um pouco a pressão.

– Você acha que ela não está gostando de organizar a festa? – perguntou Gabe.

Lou desviou o olhar. Marcia adorava organizar a festa; passara praticamente o ano inteiro planejando o evento. Ao tirar a responsabilidade das mãos da irmã, ele, na verdade, estava deixando as coisas mais fáceis para si mesmo. Não suportava mais as ligações que recebia para ouvir sobre o sabor do bolo, sobre onde três das suas tias decrépitas passariam a noite – poderia ser na sua casa? – ou sobre se deveria emprestar suas conchas para o serviço de buffet servir a sopa. Desde que seu casamento terminara, ela concentrou toda a sua energia nessa festa. Se houvesse dado ao próprio casamento a mesma atenção que dedicava à maldita festa, não iria choramingar todos os dias nos ombros das suas amigas na academia de ginástica, acreditava Lou. Tirar isso das mãos de Marcia era um favor para ela e para si mesmo. Duas coisas resolvidas de uma vez só. Exatamente como ele gostava.

– Mas você vai à festa do seu pai, não vai? – perguntou Gabe. – Seu pai vai fazer 70 anos – ele soltou um assobio. – Não é algo que você queira perder.

A irritação e a inquietação tomaram conta de Lou. Sem saber se Gabe estava lhe dando uma bronca ou apenas tentando ser amigável, ele o encarou para tentar descobrir, mas Gabe estava apenas examinando os envelopes em seu carrinho, decidindo para qual andar deveria se dirigir a seguir.

– Ah, é claro que eu irei – disse Lou, abrindo um sorriso falso – Vou aparecer em algum momento da festa e ficar um pouco. Esse sempre foi o meu plano. – A voz de Lou soava forçada. Por que diabos estava se justificando?

Gabe não respondeu, e após alguns segundos de um silêncio carregado, Lou apertou o botão do elevador repetidamente.

– Essas coisas são lentas demais – ele resmungou.

Finalmente, as portas se abriram e o elevador abarrotado de gente revelou que só havia espaço para uma pessoa.

Gabe e Lou se entreolharam.

– Bem, um de vocês dois, entre logo! – reclamou alguém no fundo.

– Pode ir – disse Gabe. – Tenho que levar essa coisa para baixo – disse ele indicando o carrinho. – Vou no próximo.

– Tem certeza?

– Vocês dois, beijem-se e se despeçam – disse outro homem, e o restante das pessoas riu.

Lou precipitou-se para dentro e não conseguiu se esquivar do olhar frio de Gabe quando as portas se fecharam e o elevador desceu lentamente.

Depois de apenas duas paradas, eles chegaram ao térreo e, prensado contra a parede do fundo, Lou aguardou até que todos saíssem. Observou as pessoas correndo para as portas do saguão para irem almoçar, encapotadas e prontas para enfrentar o frio.

A multidão se desfez e seu coração quase parou ao perceber que Gabe estava ao lado do balcão dos seguranças com o carrinho a seu lado, procurando por Lou entre as pessoas.

Lou desembarcou lentamente e foi até onde ele estava.

– Eu me esqueci de deixar isso na sua mesa. – Gabe lhe entregou um envelope fino. – Estava escondido embaixo da pilha de outra pessoa.

Lou pegou o envelope e nem olhou para ele antes de enfiá-lo de qualquer jeito no bolso do sobretudo.

– Alguma coisa errada? – perguntou Gabe sem qualquer tom de preocupação em sua voz.

– Não. Nada de errado. – Lou encarava Gabe. – Como você chegou até aqui tão rápido?

– Aqui? – Gabe apontou para o piso.

– Sim, aqui – disse Lou, sarcástico. – Aqui no térreo. Você disse que ia esperar o próximo elevador. Estava no décimo quarto andar há menos de trinta segundos.

– Ah, é mesmo – concordou Gabe e sorriu. – Mas eu não diria que foi há trinta segundos.

– Então, foi há quanto tempo?

– E... – ele vacilou. – Acho que cheguei aqui mais rápido do que você. – Gabe deu de ombros, destravou o freio da roda do carrinho com o pé e preparou-se para continuar a andar. Ao mesmo tempo, o telefone de Lou começou a tocar e seu BlackBerry anunciou a chegada de um novo e-mail.

– É melhor correr – disse Gabe, afastando-se. – Coisas para ver, pessoas para fazer – ele repetiu as palavras de Lou. Em seguida, exibiu um sorriso de porcelana que teve o efeito oposto à sensação afável e receptiva que Lou sentira naquela mesma manhã. Em vez disso, o sorriso enviou torpedos de medo e preocupação diretamente ao seu coração e ao seu estômago. Nos dois lugares. Exatamente ao mesmo tempo.

8

Pudim e torta

Eram dez e meia da noite quando a cidade cuspiu Lou para longe e o mandou até a estrada litorânea que o levaria de volta à sua casa em Howth, no condado de Dublin. De frente para o mar, uma fileira de casas contornava o litoral como uma moldura ao redor de uma aquarela perfeita. Castigadas pelo vento e erodidas após longa exposição à maresia, elas exibiam o grande espírito americano: típicos Papais Noéis gigantescos e renas sobre telhados iluminados com luzes pisca-pisca. Todas as janelas com cortinas abertas piscavam com as luzes das árvores de Natal, e Lou se lembrava de tentar contar as árvores quando era garoto, para passar o tempo enquanto viajava. À sua direita, conseguia enxergar Dalkey e Killiney, que ficavam do outro lado da baía. As luzes da cidade de Dublin piscavam além do escuro do mar, como enguias elétricas nadando na escuridão de um poço.

Howth sempre foi o destino dos sonhos de Lou. Suas primeiras lembranças vinham dali, a primeira sensação de desejo, de querer fazer parte de um lugar e de finalmente ser parte dele. O porto de pesca e iatismo na parte norte do condado era um local famoso de Howth Head, a quinze quilômetros da cidade de Dublin. Era um vilarejo com sua própria história; trilhas por entre os penhascos que passavam pelo vilarejo; as ruínas de uma abadia; um castelo do século XV com jardins de azáleas e vários faróis erguidos ao longo da costa. Era um vilarejo movimentado e conhecido por seus pubs, hotéis e bons restaurantes especializados em frutos do mar. Havia lugares ótimos para observar a baía de Dublin, as montanhas Wicklow ou o Boyne Valley mais além. Howth era uma ilha peninsular ligada ao resto do país apenas por uma estreita faixa de terra. Apenas uma faixa de terra conectando a vida diária de Lou com a da sua família. Apenas um fragmento, de modo que, quando alguma tempestade se formava, Lou observava o Liffey furioso da janela do seu escritório e imaginava as ondas cinzentas e ferozes quebrando sobre aquela faixa, castigando a terra como se fossem chamas, ameaçando isolar sua família do resto do país. Às vezes, naqueles devaneios, ele ficava separado da sua família para sempre; os laços eternamente cortados. Em momentos melhores, estava junto com eles, envolvendo-os com o próprio corpo para protegê-los das intempéries.

Para trás do jardim enorme e bem cuidado havia terras selvagens e escarpadas, cheias de trepadeiras com flores arroxeadas e campos cobertos de grama e feno que cresciam até a altura da cintura, de onde se via a baía de Dublin. Do outro lado, era possível ver a ilha conhecida como Olho da Irlanda, e nos dias mais claros a vista era tão impressionante que parecia uma tela esverdeada, pendurada nas nuvens, que ia até o fundo do oceano. Um pouco mais além do porto havia um pequeno atracadouro e Lou adorava caminhar por ali sozinho. Nem sempre fora assim; seu amor pelo atracadouro começou quando ele era criança, quando seus pais o levavam, junto com Marcia e seu irmão mais velho, Quentin, todos os domingos, independentemente de o tempo estar chuvoso ou ensolarado, para uma caminhada pelo atracadouro. Havia apenas duas possibilidades: o dia teria um sol bem forte e ele ainda podia sentir o gosto do sorvete assim que colocava os pés no píer; ou seria tempestuoso a ponto de o vento soprar com tanta força que eles tinham de se segurar uns nos outros para não serem carregados até o mar.

Naqueles passeios em família, Lou mergulhava em seu mundo particular. Era um pirata em alto-mar. Era um salva-vidas. Um soldado. Uma baleia. Poderia ser qualquer coisa que desejasse. Era tudo o que não era. Sempre caminhava de costas pelo atracadouro, olhando para o carro da família no estacionamento até que a cor vermelha do veículo não fosse mais visível, e as pessoas que andavam por lá tivessem se transformado em pinguins: pontos escuros com passos desajeitados sem qualquer movimento definido.

Lou ainda adorava andar pelo píer; era a sua ponte para a tranquilidade. Gostava de observar os carros e as casas empoleiradas nos penhascos desaparecerem à medida que se afastava cada vez mais da terra. Ficava em pé, ombro a ombro com o farol, ambos olhando para o mar. Ali, após a longa semana de trabalho, ele conseguia jogar todas as suas preocupações e problemas na água e observá-las se espatifando sobre as ondas, lentamente desaparecendo a caminho do fundo do mar.

Mas na noite em que Lou dirigia de volta para casa depois de conhecer Gabe, já estava tarde demais para caminhar até o atracadouro. Tudo o que ele poderia ver seria a escuridão da baía e a luz ocasional no alto de algum farol. Apesar da hora e de a semana ainda estar na metade, o vilarejo não seria um refúgio tranquilo naquele dia. A poucas semanas do Natal, todos os restaurantes do lugar estavam cheios de gente, festas de Amigo Secreto, encontros anuais e celebrações. Todos os barcos estariam prontos para a noite e as focas teriam desaparecido do píer, as barrigas cheias com os peixes que os visitantes lhes atiravam. A estrada sinuosa que levava até o topo da colina estava escura e deserta, e, sentindo que sua casa estava próxima e que não havia ninguém por perto, ele pisou com força no acelerador do seu Porsche 911. Abriu o vidro da janela e sentiu o ar gelado soprando em seus cabelos e ouviu o som do motor reverberando pelas colinas e árvores, enquanto avançava em direção ao alto de Howth. Abaixo dele, a cidade piscava com um milhão de luzes, espiando-o enquanto seu carro serpenteava entre as árvores que cobriam a montanha como uma cobra pela grama.

Para coroar o dia que acabara de ter, ele ouviu uma sirene e, olhando pelo retrovisor, xingou em voz alta a viatura de polícia que o perseguia, com todas as luzes ligadas. Tirou o pé do acelerador, esperando que fosse ultrapassado, mas não surtiu efeito. Ele era a causa da emergência. Acionou a seta e parou o carro no acostamento; sentado e com as mãos sobre o volante, observou a figura familiar que saía da viatura. O homem caminhava lentamente em direção ao carro de Lou, olhando em volta como se estivesse passeando. Era como se quisesse dar a Lou tempo suficiente para lembrar seu nome. Lou desligou a música que estava ouvindo e olhou pelo espelho para o homem que se aproximava.

O homem parou ao lado da porta de Lou e se inclinou para olhar pela janela aberta.

– Sr. Suffern – disse ele, sem nenhum tom de sarcasmo, para o alívio de Lou.

– Sargento O'Reilly. – Lou se lembrou do nome no momento exato e abriu um sorriso para ele, mostrando tantos dentes quanto um chimpanzé estressado.

– É uma situação corriqueira esta – disse o sargento O'Reilly, fazendo uma careta. – Infelizmente para você, nós dois voltamos para casa no mesmo horário.

– Sim, é verdade, senhor. Me desculpe. A estrada estava vazia, pensei que não haveria problema. Não há nenhuma alma por perto.

– Apenas alguns inocentes. Esse é sempre o problema.

– E eu sou um deles, excelência – riu Lou, erguendo as mãos para se defender. – É o último trecho de estrada antes de eu chegar em casa. Pode confiar em mim, eu só comecei a acelerar alguns segundos antes de você me mandar parar. Estou morrendo de vontade de chegar em casa para ver minha família. De verdade.

– Consegui ouvir o seu motor em Sutton Cross, bem no início da estrada.

– A noite está muito quieta.

– E esse motor é bem barulhento, eu sei, mas nunca se sabe, Sr. Suffern. Nunca se sabe.

– Duvido que você vá me deixar ir embora apenas com outra advertência – sorriu Lou, tentando enredar um pouco de sinceridade e um pedido de desculpas em seu melhor sorriso.

– Você sabe qual é o limite de velocidade, eu presumo.

– Sessenta quilômetros.

– Não cento e...

O sargento parou de falar abruptamente e se ergueu, fazendo com que Lou ficasse frente a frente com a fivela do cinto que usava. Sem saber o que o sargento estava fazendo, ele permaneceu sentado e olhou através da janela para a estrada à sua frente, esperando que não estivesse prestes a ganhar mais pontos em sua carteira de habilitação. Com o limite máximo de doze antes de ter sua habilitação cassada, ele já estava próximo dos oito pontos. Olhou para o sargento e viu quando ele colocou a mão no bolso esquerdo.

– Está procurando uma caneta? – perguntou Lou, levando a mão ao próprio bolso.

O sargento gemeu e virou de costas para Lou.

– Ei, você está bem? – perguntou Lou, preocupado. Levou a mão até a maçaneta da porta, mas quando prestes a acioná-la, desistiu de sair do carro.

O sargento grunhiu qualquer coisa inaudível, e seu tom de voz sugeria algum tipo de aviso. Pelo retrovisor lateral, Lou o observou caminhar lentamente de volta à viatura. Andava com um balançar estranho. Parecia estar arrastando a perna esquerda levemente. Estaria bêbado? O sargento abriu a porta do carro, entrou, ligou o motor, deu meia-volta e desapareceu pela estrada. Lou franziu a testa. Seu dia, mesmo em suas últimas horas, ficava cada vez mais bizarro.

Lou estacionou em frente à calçada, sentindo o mesmo tom de orgulho e satisfação que sentia todas as noites quando chegava em casa. Para a maioria das pessoas, tamanho não era documento, mas Lou não se sentia igual à maioria e via as coisas que possuía como um reflexo do homem que ele era. Queria o melhor sempre, e para ele tamanho e quantidade eram uma forma de medir seu sucesso. Apesar de morar numa rua particular com apenas algumas outras casas no alto de Howth, ele fez com que os muros fossem levantados e que portões eletrônicos enormes, com câmeras, fossem instalados na entrada.

As luzes estavam apagadas nos quartos das crianças, na parte da frente da casa, e Lou sentiu um alívio inexplicável.

– Cheguei – disse ele para o silêncio que tomava conta da casa.

Vindo da sala de televisão, no final do corredor, o som abafado da voz de uma mulher, sem fôlego e um pouco histérica, indicava contagens e movimentos. Era o DVD de exercícios de Ruth.

Ele afrouxou a gravata, abriu o botão da gola da camisa, tirou os sapatos, sentiu o calor do isolamento sob o piso de mármore aquecer seus pés e começou a examinar as cartas que estavam sobre a mesa do hall. Sua mente começou a se desanuviar devagar, as conversas que tivera nas várias reuniões e nos incontáveis telefonemas começaram a silenciar. Embora ainda estivessem ali, estavam um pouco mais baixas agora. Cada vez que tirava uma peça de roupa – o sobretudo jogado sobre o encosto da cadeira, o paletó sobre a mesa, os sapatos sobre o piso, a gravata sobre a mesa, escorregando para o chão, a maleta aqui, as moedas do bolso e as chaves ali – sentia os eventos do dia se desintegrarem.

– Olá – ele disse novamente, mais alto dessa vez, percebendo que ninguém, ou seja, sua esposa, viera recebê-lo. Talvez estivesse ocupada contando até quatro enquanto respirava fundo, como a mulher histérica da televisão estava fazendo.

– Psiu! – ele ouviu, vindo do segundo andar, seguido pelo ranger das tábuas do piso enquanto a esposa se aproximava.

Aquilo o incomodou. Não o ranger das tábuas, pois a casa era antiga e não havia muito a fazer em relação àquele barulho. O problema era que alguém o mandara ficar quieto. Depois de um dia inteiro falando sem parar, usando palavras bem escolhidas do seu jargão profissional, persuadindo com diálogos inteligentes, propondo acordos, desenvolvendo propostas e fechando negócios, ninguém, em nenhum momento, tinha lhe dito Psiu. Essa era a linguagem dos professores e dos bibliotecários. Não de adultos dentro de suas próprias casas. Sentiu-se como se tivesse entrado numa creche. Fazia apenas um minuto que estava em casa e já estava irritado. Isso vinha acontecendo com muita frequência ultimamente.

– Acabei de colocar Pud para dormir outra vez. Ele não está tendo uma noite tranquila – explicou Ruth do alto da escada, em um sussurro alto. Lou não gostou da forma como a esposa falou, mas a entendeu. Assim como a linguagem do Psiu, esses sussurros serviam para crianças na sala de aula ou para adolescentes tentando escapulir de casa ou voltar às escondidas. Ele não gostava de limitações, especialmente dentro da sua própria casa. Assim, aquilo o irritou também.

O "Pud" a quem ela se referia era o filho do casal, Ross. Com pouco mais de 1 ano de idade, ele ainda tinha o mesmo rosto de bebê, e sua pele lembrava a massa de um croissant ou de um pudim antes de ir ao forno. Por isso o apelido de Pud, o qual, infelizmente, parecia que ia acompanhá-lo por bastante tempo ainda.

– E qual a novidade? – murmurou ele, referindo-se à falta de sono de Pud, enquanto procurava entre as cartas por algo que não se parecesse com uma conta. Abriu algumas e as descartou sobre a mesa. Pedaços de papel rasgado caíram no chão.

Ruth desceu as escadas vestindo um conjunto esportivo de moletom que usava como pijama – ele não conseguia saber qual era a diferença entre as roupas que ela vestia ultimamente. Seus longos cabelos castanhos em tom de chocolate estavam amarrados num rabo de cavalo, e ela se aproximou dele calçando um par de chinelos e arrastando os pés – o ruído castigava os ouvidos de Lou, mais ainda do que o barulho de um aspirador de pó, que até aquele momento costumava ser o som que ele mais detestava.

– Oi – ela disse e sorriu, e o rosto cansado desapareceu. Lá estava um vislumbre, um leve lampejo da mulher com quem se casara. Mas sumiu tão rápido quanto apareceu, fazendo com que Lou perguntasse a si mesmo se tinha imaginado aquilo ou se aquela parte de Ruth ainda estava ali em algum lugar. O rosto da mulher que ele via todos os dias se aproximou para beijá-lo nos lábios.

– Teve um bom dia?

– Movimentado.

– Mas foi bom?

O conteúdo de um envelope em particular atraiu sua atenção. Depois de um longo momento ele sentiu a intensidade de um olhar.

– Hum? – ele ergueu os olhos.

– Acabei de perguntar se você teve um bom dia.

– Sim, e eu disse: "movimentado".

– Sim, e eu perguntei: "mas foi bom"? Todos os seus dias são movimentados, mas nem todos os seus dias são bons. Espero que o de hoje tenha sido bom – disse ela com a voz cansada.

– Não me parece que você realmente acredite que meu dia tenha sido bom – respondeu ele com os olhos baixos, lendo a carta.

– Bem, estou tentando começar uma conversa. – Ela mantinha a tranquilidade na voz.

– Ruth, estou lendo minhas cartas!

– Estou vendo – murmurou ela, curvando-se para recolher os envelopes vazios e rasgados que estavam no chão e sobre a mesa.

– O que foi que aconteceu por aqui hoje? – perguntou ele, abrindo outro envelope. O papel caiu lentamente no chão.

– A loucura de sempre. E depois eu arrumei a casa logo antes de você chegar, pela milionésima vez – disse ela, enfatizando quantas vezes, enquanto se curvava para pegar outra bola de papel amassado. – Marcia ligou algumas vezes procurando por você. Numa delas finalmente consegui encontrar o telefone. Pud escondeu o telefone sem fio outra vez, e levei uma eternidade para encontrá-lo. De qualquer maneira, ela precisa de ajuda para decidir qual será o local onde farão a festa de aniversário de seu pai. Ela gostaria de fazer a festa aqui mesmo, sob um toldo, e Quentin, é claro, não gostou da ideia. Quer que seja no iate clube. Acho que o seu pai ficaria feliz com qualquer uma das opções... Não. Acho que seu pai não gostaria de nenhuma dessas opções, mas como as coisas estão sendo feitas sem que ninguém o consulte, ele vai se contentar com qualquer coisa. Sua mãe decidiu não opinar. O que foi que você disse a ela?

Silêncio. Ela observou pacientemente Lou ler a última página da carta e esperou por uma resposta. Ele dobrou o papel e o largou sobre a mesa do hall, e estendeu a mão para pegar outra carta.

– Querido?

– Hum?

– Eu perguntei a você sobre Marcia – disse ela, por entre os dentes, e agachou-se novamente para pegar os pedaços rasgados do envelope que haviam caído no chão.

– Ah, sim – disse ele, abrindo outro documento. – Ela somente... hum... – E se distraiu com conteúdo do envelope.

– Sim? – disse ela, em voz alta.

Ele ergueu os olhos e observou-a, como se percebesse pela primeira vez que ela estava ali.

– Ela me ligou para falar da festa. – Ele fez uma careta.

– Eu sei.

– Como você sabe? – ele começou a ler outra vez.

– Porque ela... deixe para lá. – Começando outra vez. – Ela está muito empolgada com essa festa, né? É ótimo vê-la tão interessada por alguma coisa depois de tudo o que lhe aconteceu este ano. Ela passa horas e horas falando sobre a comida e a música... – Ruth deixou a frase morrer no ar.

Silêncio.

– Hum?

– Marcia – disse ela cansada e esfregando os olhos. – Estamos conversando sobre Marcia, mas você está ocupado. Por isso... – ela começou a ir em direção à cozinha.

– Ah, sim. Estou assumindo a responsabilidade pela festa. Alison vai organizá-la.

Ruth se deteve.

– Alison?

– Sim. Minha secretária. Ela é nova. Já a conheceu?

– Ainda não. – Ela lentamente voltou a se aproximar de Lou. – Querido, Marcia está muito animada com a organização da festa.

– E agora é Alison quem está animada – sorriu ele. – Só que não. – Em seguida, ele riu.

Ela sorriu amarelo com a piada interna, sentindo vontade de estrangulá-lo por tirar a festa das mãos de Marcia e colocá-la nas mãos de uma mulher que não sabia nada sobre o homem que celebraria os setenta anos da sua vida com as pessoas que ele amava e que o amavam.

Ela respirou fundo, relaxando os ombros enquanto expirava devagar. Começou outra vez.

– Seu jantar está pronto. – Foi em direção à cozinha. – Só vai levar um minuto para esquentá-lo. E eu comprei aquela torta de maçã de que você gosta.

– Já jantei – disse ele, dobrando a carta e rasgando-a em vários pedaços. Alguns pedaços de papel caíram no chão. Talvez fosse o som do papel batendo no mármore ou as palavras de Lou que a fizeram interromper o passo, mas, de qualquer maneira, Ruth ficou paralisada.

– Deixe que eu recolho esses malditos papéis do chão – disse ele, irritado.

Ela se virou e perguntou, em voz baixa:

– Onde você jantou?

– No Shanahans. Um filé assado na brasa. Estou estufado – disse ele, esfregando a barriga distraidamente.

– Com quem?

– Pessoas do trabalho.

– Quem?

– O que é isso, a Inquisição espanhola?

– Não. Apenas uma esposa perguntando ao marido com quem ele jantou.

– Alguns rapazes do escritório. Você não os conhece.

– Seria bom se você tivesse me avisado.

– Não foi um evento social. Não havia nenhuma esposa por lá.

– Eu não quis dizer... eu gostaria de ter sido avisada, para que não precisasse cozinhar para você.

– Por Deus, Ruth! Me desculpe por você ter cozinhado e comprado uma maldita torta – ele explodiu.

– Psiu! – disse ela, fechando os olhos e esperando que a voz exaltada de Lou não acordasse o bebê.

– Não! Nada de "Psiu"! – continuou ele. – Entendeu? – ele foi até a sala de estar, deixando os sapatos no meio do corredor e seus papéis e envelopes largados sobre a mesa.

Ruth respirou fundo outra vez, deu às costas àquela bagunça e dirigiu-se para a cozinha.

Quando Lou voltou para perto da esposa, ela estava sentada à mesa comendo lasanha e salada; a torta estava ali para a sobremesa. Ruth assistia a mulheres usando roupas de lycra saltando de um lado para outro na enorme TV de plasma, na sala anexa à cozinha americana.

– Achei que você tivesse jantado com as crianças – comentou ele, depois de observá-la por algum tempo.

– E jantei – disse ela, com a boca cheia.

– Então, por que está comendo outra vez? – ele olhou para o relógio. – Já são quase onze horas. Está um pouco tarde para comer, não acha?

– Você geralmente janta a essa hora – disse ela, com uma expressão séria.

– Sim, mas eu não reclamo por estar gordo, janto duas vezes e, depois, como torta de sobremesa.

Ela engoliu o pedaço de lasanha como se uma pedra estivesse descendo pela garganta. Ele não percebeu o que disse, não teve a intenção de magoá-la. Nunca teve a intenção de magoá-la; mas simplesmente o fazia. Após um longo silêncio, no qual Ruth deixou passar sua raiva e voltou a comer, Lou se sentou com ela à mesa da cozinha. Do outro lado da janela, a escuridão da noite se agarrava à vidraça fria, ansiosa para entrar. Ao longe, estavam os milhões de luzes da cidade, como luzes de Natal pairando em meio ao vácuo.

– Hoje foi um dia estranho.

– Como assim?

– Não sei – suspirou ele. – Só sei que foi esquisito. Eu me sinto esquisito.

– É assim que eu me sinto na maior parte dos dias – sorriu Ruth.

– Acho que devo estar ficando doente. Estou me sentindo... meio estranho.

Ruth levou a mão até a testa de Lou.

– Você não está com febre.

– Não? – ele olhou para ela, surpreso, e depois levou a própria mão à testa. – Eu me sinto um pouco quente. Por causa de um cara na empresa. – Ele balançou a cabeça negativamente. – Muito estranho.

Ruth franziu a testa e observou Lou. Não estava acostumada a vê-lo tão pouco à vontade.

– Tudo começou muito bem – disse ele, agitando um copo com vinho de que tinha se servido. – Conheci um homem chamado Gabe fora do escritório. Um sem-teto. Bem, não sei se ele é um sem-teto. Ele disse que tem um lugar para morar, mas mesmo assim estava mendigando na rua.

Naquele momento, o choro suave de Pud começou a soar na babá eletrônica. Apenas alguns gemidos tranquilos e sonolentos no início.

Colocando o garfo e a faca no prato, mas ainda sem ter terminado de comer, Ruth rezou em silêncio para que ele parasse de chorar.

– De qualquer maneira... – Lou continuou, sem nem perceber. – Eu paguei um café para ele e nós começamos a conversar.

– Muito gentil da sua parte – disse Ruth. Seu instinto materno começava a se impor e a única voz que ela conseguia ouvir era o do seu filho, cujos gemidos sonolentos se transformavam num choro alto.

– Ele se parecia muito comigo – disse Lou, confuso agora. – Era exatamente como eu, e tivemos uma conversa muito esquisita sobre sapatos – disse ele, rindo enquanto se lembrava. – Ele era capaz de recordar cada par de sapatos que entrava no prédio, então eu o contratei. Bem, não fui exatamente eu quem o contratou. Liguei para Harry e...

– Lou, querido? – ela o interrompeu. – Não está ouvindo?

Ele olhou para Ruth, sem expressão, irritado no início por ela o ter interrompido, e, em seguida, inclinou a cabeça para escutar. Finalmente, o som do choro penetrou seus pensamentos.

– Tudo bem, pode ir – suspirou ele, massageando o topo do nariz. – Lembre-se de que eu estava lhe contando como foi o meu dia, já que você sempre reclama que eu não faço isso – resmungou ele.

– O que você quer dizer com isso? – ela ergueu a voz. – Seu filho está chorando. Eu tenho de passar a noite inteira sentada aqui enquanto ele chora, até que você termine de contar a história sobre um mendigo que gosta de sapatos. Ou até que você tome a decisão de ir ver como ele está por conta própria, que tal?

– Deixe que eu vou até lá – disse ele, irritado, mas permaneceu imóvel em sua cadeira.

– Não, eu vou. – Ela se levantou da mesa. – Quero que você faça essas coisas sem que eu tenha de lhe dizer. Não é algo que se faça em troca de elogios, Lou. Espera-se que você queira fazer isso.

– Você também não parece muito feliz por ir cuidar dele... – resmungou Lou, ocupando-se com os botões das mangas da sua camisa.

Na metade do caminho, entre a mesa e a porta da cozinha, ela se deteve.

– Já percebeu que você nunca tirou um dia para levar Ross para passear?

– Você deve estar falando sério. Está até usando o nome verdadeiro dele. Qual é a causa de tudo isso?

Toda a sua frustração veio à tona.

– Você nunca trocou as fraldas dele. Nunca lhe deu de comer.

– Eu já lhe dei de comer – protestou Lou.

O choro ficou mais alto.

– Você não esquentou uma mamadeira, não preparou uma refeição, nunca o vestiu nem brincou com ele. Você nunca passou tempo com ele a sós, sem que eu estivesse por perto para socorrê-lo a cada cinco minutos para que você respondesse a um e-mail ou a um telefonema. O garoto está vivendo neste mundo há mais de um ano, Lou. Já faz mais de um ano.

– Espere um pouco – ele passou a mão pelos cabelos e segurou um punhado de tufos com força, um sinal da sua irritação. – Como foi que passamos de uma conversa sobre o meu dia, que você sempre quer saber, segundo a segundo, para esse ataque?

– Você estava tão ocupado falando sobre si mesmo que nem ouviu seu filho – disse ela, cansada, sabendo que essa discussão teria o mesmo resultado de todas as outras. Nenhum.

Lou olhou ao seu redor e ergueu as mãos dramaticamente, enfatizando a casa.

– Você acha que eu passo o dia inteiro na minha mesa girando os polegares? Não, eu me esforço muito para fazer tudo ao mesmo tempo, para que você e as crianças possam ter tudo isso, para que eu tenha condições de dar comida para Ross. Por isso, me desculpe por não encher a boca do garoto todos os dias com papinha de banana.

– Você não faz tudo ao mesmo tempo, Lou. Você sempre decide fazer uma coisa em detrimento de outra. Existe uma diferença.

– Não posso estar em dois lugares ao mesmo tempo, Ruth! Se você precisa de ajuda aqui, e eu já falei isso para você, é só me dizer e contratamos uma babá quando você quiser.

Ele sabia que tinha entrado numa discussão ainda maior, e, enquanto o choro de Pud soava cada vez mais alto na babá eletrônica, ele se preparou para o contra-ataque inevitável. Para evitar que a esposa usasse o argumento de sempre, ele quase acrescentou: "e eu prometo não dormir com a próxima babá".

Mas a discussão não surgiu. Em vez disso, Ruth encolheu os ombros e, numa atitude completamente diferente, desistiu da briga e foi cuidar do filho.

Lou pegou o controle remoto e o brandiu em frente à televisão como se fosse um revólver. Ele pressionou o gatilho, enraivecido, e desligou a televisão. As mulheres suadas vestindo roupas de ginástica foram reduzidas a um pequeno círculo de luz no centro da tela antes de desaparecerem completamente.

Lou pegou o prato de torta de maçã que estava na mesa e começou a comê-la lentamente, tentava entender como diabos tudo aquilo tinha começado, lembrava cada momento desde que passara pela porta. Enfim, tudo terminaria como em várias outras noites: ele iria para a cama e ela estaria dormindo ou pelo menos fingiria estar. Algumas horas mais tarde, ele acordaria, faria seus exercícios, tomaria um banho e sairia para trabalhar.

Suspirou. Em seguida, ouvindo sua própria respiração, percebeu que a babá eletrônica não emitia mais o choro de Pud, mas mesmo assim continuava ligada. Ao andar na direção do aparelho, ouviu outros ruídos que o fizeram girar o botão do volume. Aumentando-o, sentiu um aperto no coração quando o som do choro de Ruth encheu a cozinha.

9

O Garoto do Peru 2

– Quer dizer, então, que você deixou o cara ir embora? – uma voz jovem irrompeu por entre os pensamentos de Raphie.

– O quê? – perguntou Raphie, acordando do seu transe e voltando sua atenção para o adolescente sentado à sua frente.

– Eu perguntei se você deixou o cara ir embora.

– Quem?

– O cara rico com o Porsche. Ele estava acima do limite de velocidade e você o deixou ir embora.

– Não. Eu não o deixei ir embora.

– Deixou sim. Você não marcou pontos na habilitação dele, não lhe deu uma multa, não fez nada. Você simplesmente o deixou ir embora. Esse é o problema da polícia. Vocês sempre ficam do lado dos ricos. Se eu estivesse no lugar dele, provavelmente ficaria preso o resto da minha vida. Só quebrei uma janela com um maldito peru e estou trancado aqui. E logo no Natal.

– Pare de fazer manha. Estamos esperando sua mãe chegar, você sabe disso. E eu não a culparia se ela decidisse deixar você aqui o dia inteiro.

O Garoto do Peru ficou amuado ao ouvir aquilo.

– Quer dizer, então, que você é novo por aqui. Você e sua mãe se mudaram para cá há pouco tempo? – perguntou Raphie.

O garoto fez que sim com a cabeça.

– E de onde vieram?

– Da República do Seu Rabo.

– Espertinho – disse Raphie, sarcástico.

– E então, por que você deixou o Porsche ir embora tão rápido? – perguntou ele quando a curiosidade conseguiu vencê-lo. – Ficou com medo dele?

– Não seja bobo, filho. Eu lhe dei uma advertência – disse Raphie, endireitando-se de um jeito defensivo em sua cadeira.

– Mas isso é ilegal. Você deveria ter multado aquele cara. Ele poderia matar alguém, correndo daquele jeito.

Os olhos de Raphie se escureceram e o Garoto do Peru sabia que era hora de parar com aqueles comentários.

– Você quer escutar o resto da história ou não?

– Quero. Continue. – O garoto se inclinou para a frente, cruzou as mãos sobre a mesa e apoiou o queixo sobre elas. – Tenho o dia inteiro – disse ele, com um sorriso irônico.

10

A manhã seguinte

Às cinco horas e cinquenta e nove, Lou acordou. A noite anterior tinha sido exatamente como ele previra; quando foi para a cama, Ruth tinha virado as costas para ele e se enrolara com o lençol, o que a deixava tão acessível quanto o recheio de uma panqueca. A mensagem era clara e explícita.

Lou não conseguiu encontrar forças para consolá-la, para atravessar a linha que os separava na cama e na vida. Nem mesmo quando eram estudantes sem dinheiro e moravam nos piores quartos que ela já tinha visto na vida, com aquecimento inconstante e banheiro compartilhado com dezenas de outras pessoas, as coisas eram assim. Já tinham dormido numa cama de solteiro num quarto minúsculo, um lugar tão pequeno em que mal podiam respirar, mas não se importavam. Na verdade, adoravam estar perto um do outro. Agora, tinham uma cama king size, tão grande que, mesmo deitados lado a lado, seus dedos mal se tocavam quando se espreguiçavam. Um espaço grande e cheio de partes frias inalcançáveis, impossíveis de ser aquecidas.

Lou lembrou-se do início, quando ele e Ruth se conheceram – dois jovens de 19 anos, bêbados e imprudentes, celebrando o final dos exames do primeiro ano da faculdade na época do Natal. Com algumas semanas de férias que teriam pela frente e sem qualquer preocupação imediata com as notas, eles se conheceram na noite do show de comédia do International Bar, na rua Wicklow. Depois daquela noite, Lou pensou nela todos os dias, enquanto passava as férias na casa de seus pais. A cada fatia de peru assado, a cada embalagem de doce que abria, a cada briga de família durante as partidas de Banco Imobiliário, ela ocupava seus pensamentos. Por causa dela, chegou até mesmo a perder a aposta de "contar o recheio" que fazia com os irmãos Marcia e Quentin. Lou olhava para o teto e sorria, lembrando-se de como, a cada ano, ele e seus irmãos – com chapéus de papel e línguas penduradas para fora – contavam cada migalha de recheio que sobrava em seus pratos, um bom tempo depois de seus pais deixarem a mesa. Todos os anos, Marcia e Quentin se uniam para derrotá-lo, mas não conseguiam, e sua dedicação – que, de acordo com alguns, seria quase uma obsessão – não podia ser igualada. Mas ele foi alcançado e ultrapassado naquele ano por Quentin; o telefone tocou e era Ruth, o que selou a derrota de Lou. Brincadeiras do tempo de criança foram deixadas para trás. Ou, pelo menos em teoria, era isso que deveria acontecer quando ele se tornasse um homem. Talvez ainda não tivesse se tornado um.

O rapaz de 19 anos daquele Natal invejaria o momento presente de Lou. Teria agarrado com as duas mãos a oportunidade de ter Ruth ao seu lado numa bela cama, numa bela casa, com dois filhos lindos dormindo bem ao lado. Voltou a olhar para Ruth na cama. Ela estava deitada de costas, com a boca levemente entreaberta, os cabelos como um fardo de feno sobre o travesseiro. Lou sorriu.

Ela se saíra melhor do que ele nos exames finais daquele ano, o que não era muito difícil, mas repetiu os resultados nos três anos seguintes. Ela tinha um talento natural para os estudos; ele, por outro lado, precisava passar várias noites em claro para conseguir as notas mínimas exigidas pelos professores. Não sabia como ela conseguia encontrar tempo para pensar ou mesmo para estudar, pois sempre estava muito ocupada, decidindo quais seriam as próximas aventuras dos dois pela cidade. Toda semana, os dois entravam em festas para as quais não tinham sido convidados, eram expulsos delas, dormiam em escadas de incêndio; mesmo assim, Ruth conseguia chegar na faculdade antes do início da primeira aula com todos os trabalhos prontos. Conseguia fazer tudo de uma vez. Ela sempre tomava a dianteira, ficava entediada quando não tinha nada para fazer. Precisava de aventuras, precisava de situações inusitadas e de qualquer coisa fora do normal. Lou era o corpo e Ruth era a alma de todas as festas e de todos os dias.

Sempre que era reprovado numa matéria e forçado a cursá-la novamente, ela estava a seu lado, escrevendo textos para que ele pudesse aprender. Ela passava as férias de verão transformando o conteúdo das aulas em jogos de perguntas e respostas, como os da televisão, com prêmios e campainhas, com perguntas que exigiam respostas rápidas e previam castigos. Vestia-se com elegância, assumindo o papel de apresentadora do game-show, assistente e modelo, exibindo todos os prêmios que Lou poderia receber se respondesse às perguntas corretamente. Preparava cartões de respostas, escrevia as perguntas, incluía músicas cafonas e aplausos gravados em todas as ocasiões. Sair para comprar comida era um jogo, no qual ela controlava a lista de guloseimas como se fosse a apresentadora do programa. Para ganhar um pacote de pipoca, responda a esta pergunta.

– Passo – dizia ele, tentando pegar o pacote assim mesmo.

– Nada de passar a pergunta, Lou. Você sabe a resposta – dizia ela, com firmeza, postando-se diante das prateleiras.

Ele nem sempre sabia a resposta, mas ela fazia com que ele soubesse. De algum modo, ela o pressionava até que alcançasse uma parte do seu cérebro, cuja existência ignorava, e encontrasse a resposta que nem sabia que sabia. Pouco antes de fazerem amor, ela se afastava dele.

– Responda a esta agora.

Apesar dos protestos e de se engalfinhar com ela para conseguir o que queria, ela resistia.

– Vamos lá, Lou. Você sabe a resposta.

Se não soubesse, acabava descobrindo.

Eles planejavam ir à Austrália depois de concluírem a universidade. Um ano de aventuras longe da Irlanda antes que a vida começasse. Determinados a fazer sucesso e seguir alguns amigos que já haviam partido para lá, os dois passaram o ano inteiro economizando para a viagem; Lou trabalhava atrás de um balcão de bar na região de Temple Bar e Ruth servia as mesas. Economizaram juntos para o sonho, mas Lou foi reprovado nas provas finais. Lou teria desistido de tudo e feito as malas naquele momento, mas ela o fez mudar de ideia e o convenceu de que ele seria aprovado. Assim, enquanto ele voltou a estudar nos primeiros meses daquele ano, Ruth celebrou sua graduação, recebendo seu diploma com méritos numa cerimônia de formatura à qual Lou não teve coragem de comparecer. Ele apareceu somente na festa, bebeu demais e estragou a noite de Ruth. Era o mínimo que poderia fazer por ela.

No ano seguinte, enquanto esperava que Lou se formasse, Ruth concluiu uma pós-graduação em administração de empresas. Apenas para poder se ocupar. Nunca esfregou a pós na cara dele, nunca fez com que ele se sentisse um fracassado, nunca celebrou qualquer de suas conquistas para que ele não se sentisse diminuído. Ela era sempre a amiga, a namorada, a alma de todas as festas, a aluna nota dez, aquela que conseguia realizar tudo a que se propunha.

Quando foi que ele começou a se ressentir? Já naquele tempo? Ele não sabia se acontecera porque ele nunca se sentira bom o suficiente, se era uma forma de puni-la ou se não tinha um motivo, e era simplesmente fraco e egoísta demais para dizer "não" quando uma mulher atraente olhasse em sua direção – ou mesmo quando tocavam em seu bolso, seu casaco e, em seguida, em sua mão. Porque, quando isso acontecia, ele perdia qualquer noção a respeito de si mesmo. Sabia diferenciar o certo do errado, é claro, mas, nessas ocasiões, não chegava realmente a se importar. Ele era invencível e não haveria consequências ou repercussões.

Ruth o tinha flagrado com a babá havia seis meses. Foram apenas alguns encontros com ela, mas Lou sabia que, se houvesse diferentes graus de seriedade em ter casos extraconjugais, fazer sexo com a babá estava entre os piores. Lou não se envolvera com mais ninguém desde então, apenas os beijos em Alison, mas isso tinha sido um erro. Se houvesse diferentes graus de justificativas aceitáveis por ter casos extraconjugais, e com certeza esses graus existiam para Lou, então a que ele usou estaria entre as melhores. Ele estava bêbado, ela era atraente, e o beijo realmente aconteceu, mas ele se arrependeu profundamente. Não contava.

– Lou – esbravejou Ruth, invadindo seus pensamentos e assustando-o.

Ele olhou para ela.

– Bom dia – disse, com um sorriso. – Você nunca vai adivinhar no que eu estava pensan...

– Não está ouvindo o relógio? – ela o interrompeu. – Você está acordado, olhando para o teto.

– O quê? – Ele virou para a esquerda e percebeu que o relógio marcava seis horas. – Oh, desculpe. – Ele se inclinou na direção do despertador e o desligou.

Estava claro que Lou fizera algo errado, porque o rosto de Ruth assumiu uma forte coloração vermelha e ela saltou da cama como se houvesse sido lançada por uma catapulta; depois, correu para fora do quarto, com o cabelo desgrenhado apontando para todos os lados como se ela tivesse enfiado os dedos numa tomada. Foi somente naquele momento que ele ouviu o choro de Pud.

– Merda – disse ele, esfregando os olhos, cansado.

– Você disse uma palavra feia – disse uma voz de criança parada na porta.

– Bom dia, Lucy – ele sorriu.

A figura de Lucy apareceu, uma garotinha de 5 anos vestindo um pijama cor-de-rosa, de franja e com os cabelos cor de chocolate embaraçados após a noite de sono. Seus enormes olhos castanhos eram o retrato da preocupação. Ela ficou ao lado da cama, e Lou esperou até ela dizer alguma coisa.

– Você vai lá hoje à noite, não vai, papai?

– O que vai acontecer hoje à noite?

– A peça de teatro da minha escola.

– Ah, sim, querida. Você não quer que eu vá ver a sua peça, não é?

Ela fez que sim com a cabeça.

– Mas por quê? – disse ele, esfregando os olhos e sentindo-se cansado. – Você sabe que o papai é muito ocupado. É muito difícil conseguir ir até lá.

– Mas eu ensaiei bastante.

– Por que não me mostra agora, então? Assim não precisarei ir vê-la esta noite.

– Mas não estou vestindo a minha fantasia agora.

– Não tem problema. Eu usarei a minha imaginação. A mamãe sempre diz que é bom fazer isso, não é? – Ele observava a porta discretamente para ter certeza de que Ruth não os estava ouvindo. – E você pode fazer isso para mim enquanto eu me visto. Que tal?

Ele se livrou das cobertas e, enquanto Lucy começava a saltitar de um lado para o outro, Lou correu pelo quarto, vestindo seus shorts e uma camiseta para ir se exercitar.

– Papai, você não está olhando!

– Estou sim, querida. Desça comigo até a sala de exercícios. Temos vários espelhos lá para que você possa ensaiar. Vai ser divertido, não é?

Ao subir na esteira elétrica, Lou ligou o televisor de plasma e começou a assistir ao Sky News.

– Papai, você não está olhando!

– Estou sim, querida – disse ele, olhando rapidamente na direção de Lucy. – Qual é o seu personagem?

– Uma folha. Um vento sopra durante o dia e eu caio da árvore, e tenho que fazer assim. – Ela rodopiou pela sala de exercícios outra vez, e Lou olhou novamente para a TV.

– O que uma folha tem a ver com Jesus?

– O cantor? – ela parou de girar e se apoiou contra a bancada dos pesos, um pouco tonta.

Lou franziu a testa.

– Não, não é o cantor. Sobre o que é a apresentação?

Ela respirou fundo e falou como se tivesse memorizado toda a história.

– Os três reis magos têm de encontrar uma estrela.

– Eles têm de seguir uma estrela – corrigiu Lou.

– Não, eles encontram uma estrela. São os juízes no programa Encontre uma Estrela. Pôncio Pilatos canta e todos vaiam. Depois, Judas canta e todos vaiam. Até que Jesus canta e ganha o concurso porque ele tem o X-factor.

– Jesus Cristo – disse Lou, revirando os olhos.

– Sim, a peça se chama Jesus Cristo Superstar – disse ela, dançando novamente.

– E por que você vai fazer o papel de folha?

Ela deu de ombros e Lou não conseguiu conter o riso.

– Você vai à escola para me ver? Por favooooor?

– Sim – disse ele, enxugando o rosto com uma toalha.

– Promete?

– Claro – disse ele, com um tom indiferente. – Certo, vá com a sua mãe agora. Preciso tomar um banho.

Vinte minutos mais tarde, com a mente já no ritmo do trabalho, Lou foi até a cozinha para se despedir rapidamente. Pud estava em sua cadeira, esfregando um pouco de papa de banana nos cabelos; Lucy estava sugando uma colher e assistindo a um desenho animado, com a televisão no volume máximo; e Ruth estava de camisola preparando a lancheira de Lucy. Parecia exausta.

– Tchau – disse ele, dando um beijo na cabeça da filha. Ela não se moveu; estava entretida demais com o desenho animado. Aproximou-se de Pud, tentando encontrar um lugar em seu rosto que não estivesse todo lambuzado. – Ah... tchau – disse ele, acariciando-o levemente no alto da cabeça. Deu a volta ao redor dele para ir até Ruth.

– Quer me encontrar lá às seis horas ou prefere vir para casa para irmos juntos?

– Para onde?

– À escola.

– Ah. Por falar nisso... – Ele baixou a voz.

– Você tem que ir. Você prometeu – disse ela, parando de passar manteiga no pão para olhá-lo com uma expressão de raiva instantânea.

– Lucy me mostrou sua dança na sala de ginástica e nós conversamos; ela não se importa que eu não vá vê-la. – Ele pegou uma fatia de presunto. – Você sabe por que diabos ela será uma folha na peça de Natal?

Ruth riu.

– Lou, eu sei que você está brincando comigo. Eu disse para você marcar a data de hoje em sua agenda no mês passado. Também falei sobre a peça na semana passada, e liguei para aquela mulher do seu escritório, Tracey

– Ah, então eu já sei o que aconteceu – disse ele, estalando os dedos com um olhar irritado. – Foi um mal-entendido. Tracey não trabalha mais lá. Alison a substituiu. Deve ter havido algum conflito de informação durante a mudança. – Lou tentou dizer aquilo sem demonstrar preocupação, mas a expressão feliz de Ruth estava lentamente se dissolvendo em meio à decepção, ao ódio e ao desprezo que sentia, todos direcionados a ele.

– Eu lhe falei a respeito duas vezes na semana passada. Mencionei outra vez ontem de manhã, como se eu fosse um maldito papagaio, e mesmo assim você não se lembra. A peça de teatro na escola e depois o jantar com sua mãe, seu pai, Alexandra e Quentin. E talvez Marcia venha também, se conseguir reagendar e sessão de terapia.

– Não, ela não deveria perder uma de suas sessões – disse Lou, revirando os olhos. – Ruth, por favor. Eu prefiro enfiar agulhas nos olhos a jantar com eles.

– Eles são a sua família, Lou.

– Quentin só sabe falar sobre barcos. Barcos, barcos e malditos barcos. É impossível para ele pensar em qualquer conversa que não envolva as palavras “mastro” e “amarras”.

– Você adorava velejar com Quentin.

– Eu adorava velejar. Não necessariamente com Quentin, e isso foi há muitos anos. Eu nem sei mais diferenciar um mastro de uma amarra hoje em dia – disse ele, suspirando. – Marcia... não é de terapia que ela precisa e sim de um bom chute no traseiro. Não há nada de errado com Alexandra... – Ele deixou a frase morrer no ar, perdido em pensamentos.

– O barco ou a esposa de seu irmão? – perguntou Ruth, ironicamente, observando-o com atenção.

Lou não a ouviu ou simplesmente ignorou a pergunta.

– Não sei o que ela vê em Quentin. Nunca consegui descobrir. Ela merecia algo melhor.

– Merecia você, por acaso? – atacou Ruth.

– Ela é uma modelo, Ruth.

– E daí?

– A única coisa que Quentin tem em comum com uma modelo é o fato de colecionar modelos de barcos em miniatura – riu, e depois prosseguiu, deixando a irritação tomar conta de si. – Meus pais virão jantar também? – perguntou. – Não pode ser.

– Assim fica difícil – disse ela, continuando a preparar o lanche. – Lucy espera que você vá ao teatro, seus pais estão empolgados e eu preciso de você aqui. Não posso cuidar do jantar e ser a anfitriã sozinha.

– Minha mãe irá ajudá-la.

– Sua mãe acabou de passar por uma cirurgia no quadril. – Ruth se esforçou para não gritar.

– E você acha que eu não sei? Eu fui buscá-la no hospital e acabei tendo problemas por causa disso, como eu disse que aconteceria – resmungou ele. – Enquanto Quentin estava passeando em seu barco.

– Ele estava competindo, Lou! – ela deixou a faca cair e virou-se em sua direção, suavizando o tom de voz. – Por favor. – Ela o beijou com carinho nos lábios e Lou fechou os olhos, entregando-se àquele momento raro.

– Mas eu tenho muitas coisas a fazer no trabalho – ele falou em meio ao beijo. – É importante para mim.

Ruth se afastou.

– Bem, fico feliz em saber que há coisas que são importantes para você, Lou, porque, por um momento, quase cheguei a pensar que você não era humano. – Ela ficou em silêncio enquanto espalhava a manteiga pressionando a faca com tanta força contra o pão escuro que chegou a fazer buracos nele. Jogou duas fatias de presunto com força, cobriu-as com uma fatia de queijo e amassou o sanduíche contra o balcão, cortando-o diagonalmente com uma faca afiada. Ela andou pela cozinha batendo as tampas das panelas com força e arrancando o papel-alumínio das embalagens de comida.

– Ei, o que está acontecendo?

– O que está acontecendo? Não estamos nesta vida somente para trabalhar. Estamos nela para viver. Temos que começar a fazer coisas juntos, e isso significa que você tem de fazer algumas coisas por mim mesmo quando não quer e vice-versa. Se não for assim, qual o sentido?

– O que você quer dizer com "vice-versa"? Quando foi que eu a obriguei a fazer alguma coisa que você não quisesse?

– Lou – ela disse entre os dentes. – Essas pessoas são a sua maldita família, não a minha.

– Então cancele tudo! Eu não me importo.

– Você tem responsabilidades para com a sua família.

– Mas tenho mais responsabilidades para com o meu trabalho. A família não pode me demitir se eu não comparecer a um jantar, não é?

– Eles podem fazer isso sim, Lou – disse ela, baixando o tom. – Eles só não chamam o ato de "demitir".

– Isso é uma ameaça? – perguntou ele, baixando a voz para um tom mais irritadiço. – Você não pode fazer esse tipo de comentário comigo, Ruth. Não é justo.

Ela abriu uma lancheira da Barbie, bateu-a com força contra o balcão, enfiou o sanduíche e umas rodelas de abacaxi em potes de plástico, pôs tudo dentro da lancheira, com um guardanapo da Barbie por cima, e fechou a tampa com força. Apesar de estar sendo jogada de um lado para outro, Barbie nem pestanejou.

Ruth olhou para ele sem dizer nada, deixando que o olhar falasse em seu lugar.

– Tudo bem, tudo bem, farei tudo que puder para estar aqui – disse Lou sem a menor sinceridade, querendo ao mesmo tempo deixá-la feliz e sair de casa. Quando ela o encarou outra vez, ele modificou a frase para deixá-la mais clara. – Estarei aqui.

Lou chegou ao escritório às oito horas da manhã. Uma hora antes que os outros começassem a chegar, pois era importante para ele ser o primeiro. Fazia com que se sentisse eficiente, à frente dos outros. Andando de um lado para outro dentro do espaço vazio e confinado do elevador e desejando que as coisas fossem assim todos os dias, ele comemorava por não ter que parar em nenhum outro andar antes de chegar ao décimo quarto. Saiu do elevador no corredor vazio. Sentia o cheiro dos produtos usados pela equipe de limpeza na noite anterior. O aroma do xampu para carpetes, do lustra-móveis e dos perfumadores de ambiente ainda pairava no ar; ainda não fora contaminado pelo cheiro do café e dos odores corporais. Do lado de fora das janelas resplandecentes, o céu ainda estava negro no início daquela manhã de inverno e as vidraças pareciam duras e frias. O vento soprava em rajadas fortes e Lou estava ansioso para sair daqueles corredores vazios e misteriosos, chegar logo à sua sala e iniciar a rotina da manhã.

De repente, ele interrompeu o passo. Percebeu que, como de costume, naquele horário, a mesa de Alison estava vazia, mas a porta de sua sala estava entreaberta e as luzes estavam acesas. Caminhou rapidamente em direção à porta e seu coração disparou com raiva quando, por entre a porta aberta, viu Gabe andando pela sala. Ele gritou e empurrou a porta com um soco, observando-a abrir violentamente. Abriu a boca para gritar outra vez, mas, antes que pudesse dizer qualquer palavra, ouviu uma voz vindo de trás da porta.

– Meu Deus, o que foi isso? – disse a voz assustada de seu chefe.

– Oh, Sr. Patterson. Me desculpe – disse Lou, sem fôlego, impedindo que a porta batesse contra o seu rosto. – Não percebi que o senhor estava aqui. – Ele esfregou a mão, o punho ainda ardendo e começando a latejar após socar a porta.

– Lou – disse o homem, recuperando o fôlego depois de se afastar da porta com um salto. – Me chame de Laurence, pelo amor de Deus, eu vivo lhe dizendo isso. Você está cheio de... energia hoje, não é? – ele tentava se reorientar após o choque.

– Bom dia, senhor – Lou olhava para o Sr. Patterson e, depois, para Gabe, incerto. – Me desculpe por assustá-lo. Pensei apenas que poderia haver alguém aqui que não deveria estar aqui – disse ele com os olhos pousados em Gabe.

– Bom dia, Lou – disse Gabe educadamente.

– Gabe – Lou o cumprimentou com um meneio de cabeça, reconhecendo a sua presença e desejando, naquele momento exato, uma explicação para o fato de Gabe e seu chefe estarem na sua sala às oito horas da manhã.

Ele olhou para o carrinho de correspondência de Gabe, que estava vazio, e depois para as pastas desconhecidas que estavam sobre sua mesa. Tentou recordar a noite anterior, repassar os momentos em que terminara de preencher e arquivar a sua papelada, como sempre, incapaz de sair de sua mesa sem que todo o trabalho estivesse concluído. Sabendo que nem ele nem Alison, que terminou o expediente às quatro horas, tinham deixado as pastas ali, Lou estreitou os olhos na direção de Gabe, desconfiado.

Gabe o encarou de volta sem pestanejar.

– Eu estava conversando com esse rapaz, Gabe – explicou o Sr. Patterson. – Ele me disse que começou a trabalhar aqui ontem. Não é ótimo ver que ele é o primeiro a chegar à empresa? Isso mostra o quanto ele se dedica ao trabalho.

– O primeiro a chegar? É mesmo? – disse Lou, forçando um sorriso. – Uau. Parece que você ganhou de mim hoje, porque geralmente eu sou o primeiro a chegar. – Lou se virou para o Sr. Patterson e abriu o seu enorme sorriso de porcelana. – Mas você já sabia disso, não é, Gabe?

Gabe retribuiu o sorriso com a mesma sinceridade.

– Você sabe o que dizem por aí. Deus ajuda quem cedo madruga.

– Sim, é verdade. Ajuda muito. – Lou o encarou com um sorriso, mostrando os dentes. Um olhar feroz e um sorriso. Os dois ao mesmo tempo.

O Sr. Patterson observou a troca de olhares com uma apreensão crescente.

– Bem, já passa das oito. É melhor eu ir.

– Já passa das oito, você diz. É engraçado – Lou se empertigou. – A correspondência ainda nem chegou. O que é que... o que exatamente você estava fazendo na minha sala, Gabe? – a voz de Lou tinha uma agressividade facilmente reconhecível, o Sr. Patterson tinha uma expressão de desconforto no rosto e Gabe abria um sorriso peculiar.

– Bem, eu vim até aqui para me familiarizar com o prédio. Há muitos andares que eu preciso percorrer num espaço curto de tempo. Assim, eu queria saber quais eram as pessoas que ficavam em cada lugar.

– Não é maravilhoso? – disse o Sr. Patterson, quebrando o silêncio.

– Sim, mas você já sabia onde fica minha sala – disse Lou, com a voz estrangulada pela raiva. – Você se familiarizou com este lugar ontem... por isso, posso perguntar por que você estava aqui?

– Ora, ora, Lou, receio que eu deva intervir – disse o Sr. Patterson, constrangido. – Encontrei Gabe no corredor e nós começamos a conversar. Pedi que ele me fizesse o favor de trazer algumas pastas para o seu escritório. Ele as estava colocando na sua mesa quando eu percebi que havia deixado uma dentro da minha maleta. Mas ele se move muito rapidamente. Assim que me virei, ele já havia desaparecido. Puff! Exatamente assim! – riu o Sr. Patterson.

– Puff! – Gabe sorriu para Lou. – É exatamente assim que eu sou.

– Devo dizer que gosto de gente que trabalha rápido, mas o melhor é que sejam eficientes. E, com certeza, você tem as duas qualidades.

Lou quase disse "obrigado", mas Gabe se adiantou.

– Obrigado, Sr. Patterson, e, se houver qualquer outra coisa que o senhor queira que eu faça, é só dizer. Termino meu expediente na hora do almoço e ficaria muito feliz em ajudar com outras coisas pelo resto da tarde. Tenho muita vontade de trabalhar.

Lou sentiu um nó no estômago.

– Isso é ótimo, Gabe, obrigado. Vou me lembrar disso. Certo, Lou?

O Sr. Patterson se virou para encará-lo e Lou esperava que, como não fazia mais parte da conversa, Gabe se retirasse. Mas ele não saiu.

– Gostaria de saber se você poderia se encontrar com Bruce Archer hoje à noite. Creio que se lembra dele.

Lou confirmou com um aceno de cabeça, sentindo o coração afundar no peito.

– Eu ia me encontrar com ele, mas esta manhã me lembraram de que tenho outro compromisso.

– Hoje à noite? – perguntou Lou, com a mente funcionando em alta velocidade.

Enquanto pensava na oferta, ele visualizava Lucy rodopiando pela sala de exercícios em seu pijama; depois, viu o rosto de Ruth quando ele abriu os olhos durante o beijo, tão bonita e serena quanto nos bons tempos.

Lou percebeu que os dois homens o observavam. Em particular, os olhos de Gabe pareciam queimá-lo.

– Sim, esta noite. Apenas se você estiver livre. Posso pedir que Alfred vá encontrá-lo; portanto, não se preocupe – disse o Sr. Patterson, com um gesto de indiferença.

– Não, não – Lou reagiu rapidamente. – Não há problemas. Posso encontrá-lo hoje.

Em sua imaginação, Lucy caiu no chão, tonta de tanto girar, e Ruth abriu os olhos e se afastou daquele beijo, que selara a promessa que ele fizera há menos de uma hora.

– Ótimo, ótimo. Bem, Melissa pode lhe dar os detalhes, o horário, o local etc. Tenho uma bela noite pela frente – disse ele, piscando para Gabe. – Hoje à noite o meu netinho vai se apresentar na peça de teatro da sua escola para comemorar o Natal. Eu havia me esquecido, mas hoje ele veio correndo até os meus braços, vestido com a fantasia de uma estrela. Consegue acreditar nisso? Eu não perderia esse evento por nada no mundo – disse o Sr. Patterson, sorrindo.

– Sim, claro – Lou sentiu um aperto na garganta. – Com certeza, é muito importante.

– Certo. Bem, divirta-se hoje à noite, e parabéns por ter encontrado este rapaz – disse o Sr. Patterson, dando tapinhas amistosos nas costas de Gabe.

Enquanto Lou se virava para encarar Gabe com um olhar feroz, ouviu uma voz alegre atrás dele.

– Bom dia, Laurence.

– Ah, Alfred – disse o Sr. Patterson.

Alfred era um homem alto, mais de um metro e oitenta de altura. Tinha cabelos louros bem claros, como se fosse um enorme garoto-propaganda dos chocolates Milky Bar, derretido e remodelado pelas mãos de uma criança. Sempre falava com um sorriso torto no rosto e com o sotaque típico das pessoas educadas em escolas particulares da Inglaterra, apesar de passar as férias na Irlanda, sua terra natal. Seu nariz fora quebrado algumas vezes na época em que jogava rúgbi, e ele andava pelo escritório arrastando os pés, como Gabe observara no dia anterior, agitando as franjas dos seus mocassins no ar, a mão enfiada no bolso com o ar de alguém – um estudante indisciplinado – que estava aprontando alguma traquinagem.

Os olhos de Alfred pousaram em Gabe e, depois, o mediram de cima a baixo em silêncio, esperando ser apresentado. Gabe o imitou, confiante, examinando Alfred da mesma forma.

– Belos sapatos – disse Gabe, e Lou olhou para os mocassins marrons que Gabe descrevera no dia anterior.

– Obrigado – Alfred ficou um pouco desconcertado.

– Também gostei dos seus sapatos, Sr. Patterson – comentou Gabe, olhando para ele.

Num momento quase constrangedor, todos os olhares se voltaram para os pés dos homens que estavam presentes. Algo inusitado para a maioria deles, exceto para Lou, cujo coração estava batendo rápido ao ver os sapatos pretos sem cordões e os mocassins marrons. Exatamente os sapatos que Gabe descrevera a Lou na manhã anterior. Quer dizer, então, que Alfred estava se encontrando com o Sr. Patterson. O olhar de Lou estava em Alfred e moveu-se para o Sr. Patterson, sentindo uma pontada de traição. O cargo de Cliff não estava oficialmente em disputa, mas, se estivesse, Lou estava decidido a ser a pessoa que o ocuparia.

O Sr. Patterson se despediu e saiu pelo corredor, balançando sua maleta enquanto caminhava.

– Quem é você? – perguntou Alfred a Gabe, trazendo Lou de volta à sala.

– Sou Gabriel – disse ele, estendendo a mão. – Meus amigos me chamam de Gabe, mas você pode me chamar de Gabriel – completou ele, sorrindo.

– Encantador. Alfred. – Alfred estendeu a mão para cumprimentá-lo.

O aperto de mão foi frio e frouxo, e as mãos de ambos rapidamente se afastaram. Alfred chegou a esfregá-la nas calças, um gesto que poderia ter sido inconsciente ou não.

– Eu o conheço? – Alfred estreitou os olhos.

– Não. Nunca chegamos a nos conhecer, mas talvez você me reconheça.

– Por que diz isso? Participou de algum reality show ou coisa do tipo? – Alfred o estudou outra vez, com um sorriso torto, mas com menos confiança dessa vez.

– Você passava por mim todos os dias, na frente deste prédio.

Alfred estreitou ainda mais os olhos, observando Gabe, e olhou para Lou com um sorriso nervoso.

– Me ajude a responder essa, cara.

– Eu costumava ficar sentado sob a marquise do prédio ao lado. Lou me contratou.

O rosto de Alfred se abriu num sorriso, o alívio era óbvio em seu rosto arrogante. Sua atitude se transformou, e ele se tornou o fanfarrão do colégio outra vez, sabendo que seu cargo não seria ameaçado por um mendigo.

Ele riu quando olhou para Lou, fazendo uma careta e falando com um tom de voz debochado, que não tentou disfarçar na presença de Gabe.

– Você o contratou, Lou? – disse ele, dando as costas para Gabe. – Bem, realmente, esta é uma época do ano em que a alegria está no ar. Que diabos houve com você?

– Alfred, pare com isso – respondeu Lou, um pouco constrangido.

– Tudo bem – disse Alfred, erguendo as mãos de maneira defensiva enquanto ria consigo mesmo. – O estresse nos afeta de maneiras diferentes, eu imagino. Ei, posso usar o seu banheiro?

– O quê? Não, não aqui, Alfred. Use o banheiro do corredor.

– Ah, pare com isso, não seja bobo. – Sua língua parecia grande demais para caber na boca enquanto falava. – Só vai levar um segundo. Até mais, Gabe. Vou tentar mirar minhas moedas para acertar no seu carrinho quando você passar por mim – disse Alfred, em tom de piada, olhando Gabe dos pés à cabeça outra vez. Ele abriu um sorriso torto e piscou para Lou antes de entrar no banheiro.

Da sala, Lou e Gabe conseguiram ouvir o barulho alto de um nariz sendo assoado.

– Parece que há uma epidemia de resfriado nesta área – sorriu Gabe.

Lou revirou os olhos.

– Olhe, me desculpe, Gabe. Ele... bem, você sabe. Não o leve a sério.

– Ah, não se deve levar ninguém a sério. Não se pode controlar nada além do que está dentro deste círculo. – Os braços de Gabe fizeram um movimento ao redor do seu corpo. – Até conseguirmos isso, ninguém pode ser levado a sério. Ei, tenho uma coisa para você. – Ele se inclinou até a caixa inferior do carrinho e retirou um copo de isopor cheio de café. – Eu devo a você por ontem. É um latte, a máquina voltou a funcionar.

– Ah, obrigado. – Lou se sentia pior agora, totalmente confuso em relação aos seus sentimentos por aquele homem.

– Bem, quer dizer que você vai jantar hoje? – Gabe destravou o freio do carrinho e começou a empurrá-lo, uma das rodas rangendo enquanto ele o movia.

– Não, apenas um café. Não será um jantar. – Lou não sabia se Gabe queria ser convidado. – Não será nada de especial. Duvido que leve mais de uma hora.

– Ah, vamos lá, Lou – sorriu Gabe, com ar misterioso igual ao de Ruth. "Ah, vamos lá, Lou. Você sabe a resposta." Mas não terminou a frase do mesmo jeito. – Você sabe que essas coisas sempre se transformam num jantar – prosseguiu Gabe. – Depois algumas bebidas e, depois, outras coisas – ele piscou. – Você vai ficar encrencado em casa, não é, Aloysius? – disse ele, cantarolando, com uma voz que arrepiou Lou até os ossos.

Gabe saiu do escritório e foi em direção ao elevador, a roda do carrinho rangendo alto pelo corredor vazio.

– Ei! – Lou o chamou, mas Gabe não se virou. – Ei! – repetiu ele. – Como você sabe disso? Ninguém mais sabe!

Embora estivesse sozinho no escritório, Lou olhou ao redor para se certificar que ninguém ouvira.

– Relaxe! Não vou contar a ninguém – respondeu Gabe, com uma voz que não serviu nem um pouco para deixar Lou mais à vontade. Lou observou quando Gabe pressionou o botão para chamar o elevador e colocou-se em frente à porta, enquanto o elevador começava sua ascensão desde o térreo.

A porta do banheiro se abriu e Alfred saiu coçando o nariz e fungando.

– Que gritaria é essa? Ei, onde você conseguiu esse café?

– Gabe – respondeu Lou, distraído.

– Quem? Ah, o sem-teto – disse Alfred, sem qualquer interesse. – Francamente, Lou. O que você tinha na cabeça? Ele pode acabar com você.

– Como assim? Acabar comigo?

– Sério, você nasceu ontem? Você pega um homem que não tem nada e o coloca em um lugar onde há tudo. Já ouviu falar de algo chamado tentação? Ah, esqueça o que eu perguntei. É com você que eu estou falando – disse ele, piscando o olho. – Você cede à tentação o tempo inteiro. Talvez você e o mendigo não sejam tão diferentes – acrescentou ele. – Vocês até se parecem fisicamente. Talvez possa cantar a música "Feed the Birds" ou algo parecido, e nós veremos – riu, com um chiado no peito, resultado do hábito de fumar quarenta cigarros por dia.

– Bem, isso realmente demonstra a maneira com que você foi criado, Alfred. Sua única referência de uma pessoa sem-teto é uma canção de Mary Poppins – retrucou Lou.

O chiado no peito de Alfred se transformou em uma tosse.

– Me desculpe, amigão. Ofendi você?

– Não somos parecidos em nada – disse de maneira áspera Lou, voltando a olhar na direção dos elevadores onde Gabe estava.

Mas Gabe desaparecera. O elevador emitiu um sinal sonoro, as portas se abriram e revelaram que não havia ninguém lá dentro, e não havia ninguém para entrar. No reflexo do espelho que cobria o fundo do elevador, Lou percebeu a confusão estampada em seu rosto.

11

O malabarista

Às cinco horas da tarde, no momento exato em que Lou deveria estar saindo do prédio para voltar para casa e, de lá, ir até a escola de Lucy assistir à peça de teatro, ele andava de um lado para outro em sua sala. Da porta até sua mesa, da mesa até a porta, e repetindo o percurso. Várias e várias vezes. A porta estava escancarada, preparada para a corrida pelo corredor até o escritório do Sr. Patterson, onde anunciaria que não poderia se encontrar com Bruce Archer para um café. Assim como o Sr. Patterson, ele também tinha compromissos familiares. Lucy, sua filha, seria uma folha. Por alguma razão aquilo fazia seus joelhos fraquejarem. A cada vez que chegava ao vão da porta ele se detinha, e, em vez de sair, dava meia-volta e continuava a andar de um lado para outro em frente à sua mesa.

Alison o observava com curiosidade, levantando os olhos do documento que digitava cada vez que ele chegava à porta. Finalmente, o som de suas unhas postiças contra as teclas parou.

– Lou, posso fazer algo por você?

Ele olhou para ela como se percebesse pela primeira vez que estava num escritório e que Alison estava ali o tempo inteiro. Ele se endireitou, arrumou a gravata e limpou a garganta.

– Ah... não, obrigado, Alison – disse ele, num tom mais formal do que desejava. Queria muito convencê-la de que não estava louco, mas comportava-se como um homem bêbado tentando dizer que estava sóbrio.

Lou começou a andar em direção à sua mesa outra vez, mas interrompeu o passo e enfiou a cabeça pelo vão da porta.

– Aliás, Alison... essa reunião para o café...

– Com Bruce Archer, sim.

– Será apenas café, não é?

– Foi o que o Sr. Patterson disse.

– E ele sabe que sou eu quem vai encontrá-lo?

– O Sr. Patterson?

– Não, Bruce Archer.

– O Sr. Patterson ligou para ele hoje cedo para explicar que não poderia encontrá-lo, mas que um de seus colegas ficaria feliz em comparecer para o café.

– Certo. Quer dizer, então, que talvez ele não esteja esperando especificamente por mim.

– Quer que eu ligue para confirmar isso?

– Ah... não. Ou melhor, quero sim. – Ele pensou naquilo enquanto a mão de Alison pairava sobre o fone. – Não – disse ele e depois voltou à sua sala. Alguns segundos depois, ele enfiou a cabeça pelo vão da porta outra vez. – Sim. Confirme. – E, rapidamente, entrou outra vez.

Enquanto andava de um lado para outro, ele ouviu a voz de Alison entoar alegremente:

– Oi, Gabe.

Lou ficou paralisado, e, por razões que não conseguia compreender, percebeu que estava correndo até a porta, onde ficou com as costas contra a parede para ouvir o diálogo entre eles.

– Oi, Alison.

– Você está muito elegante hoje.

– Obrigado. O Sr. Patterson pediu que eu fizesse algumas coisas para ele, então achei que seria uma boa ideia estar um pouco mais apresentável.

Lou espiou pela fresta entre as dobradiças da porta e viu Gabe, com um novo corte de cabelo, penteado cuidadosamente, como o seu. Um terno escuro, similar a um que Lou tinha, estava pendurado sobre seu ombro e coberto por um plástico.

– Comprou esse terno novo para trabalhar aqui? – perguntou Alison.

– Ah, isto aqui? Não, eu já o tinha. Nunca se sabe quando se pode precisar de um terno – disse ele, resposta que Lou considerou muito estranha. – Bom, vim trazer isso para você. Acho que são plantas de arquitetura. Imagino que Lou queira vê-las.

– Onde você as conseguiu?

– Estavam com o arquiteto.

– Mas ele estava trabalhando em casa hoje – disse Alison, olhando o conteúdo do envelope de papel pardo, confusa.

– Sim. Fui buscá-las na casa dele.

– Mas Lou acabou de pedi-las ao Sr. Patterson. Há cinco minutos. Como você conseguiu buscá-las tão rápido?

– Ah, não sei. Eu apenas... você sabe. – Lou viu Gabe dando de ombros.

– Não, não sei – riu Alison. – Mas gostaria de saber. Continue trabalhando assim e eu não ficarei surpresa se o Sr. Patterson lhe der o emprego de Lou.

Eles riram, e Lou ferveu de raiva. Faria de tudo para transformar a vida de Alison num inferno depois dessa conversa.

– Lou está em sua sala agora?

– Está. Por quê?

– Ele vai se encontrar com Bruce Archer hoje?

– Sim. Pelo menos, eu acho que sim. Por quê?

– Ah, por nada. Só curiosidade. Alfred está livre hoje à noite?

– Engraçado, Lou me perguntou a mesma coisa hoje cedo. Sim, Alfred está livre, eu verifiquei com sua secretária, Louise. Acho que você ia gostar dela – Alison riu, insinuando um flerte.

– Deixe eu ver se entendi direito. Lou sabe que Alfred está disponível para se encontrar com Bruce, caso decida não ir ao encontro.

– Sim, eu já disse isso a ele. Por quê? O que está havendo? – Ela baixou a voz. – O que vai acontecer de tão importante hoje à noite? Lou está agindo de um jeito muito estranho por causa disso.

– É mesmo? Hummmm.

Aquilo foi a gota d'água. Lou não aguentava mais. Fechou a porta de sua sala, assustando Gabe e Alison. Sentou-se à sua mesa e pegou o telefone.

– Sim? – respondeu Alison.

– Coloque-me em contato com Harry, da sala de correspondência. Depois, ligue para Ronan Pearson e verifique se foi ele quem entregou pessoalmente as plantas a Gabe. Faça isso sem que Gabe perceba.

– Sim, é claro. Um momento, por favor – disse ela, profissionalmente, em sua melhor voz de telefonista.

O telefone tocou e Lou ajustou sua gravata outra vez, limpou a garganta e girou em sua enorme cadeira, ficando de frente para a janela. O dia estava frio, mas não a ponto de ficar desconfortável; nenhuma brisa no ar enquanto as pessoas corriam de uma loja para outra, cultuando a nova religião desta época do ano, seus braços carregados com sacolas em meio às cores que brilhavam nos inúmeros letreiros de neon.

– Alô – disse Harry ao telefone, com a voz mal-humorada.

– Harry, aqui é Lou.

– O quê? – Harry perguntou em voz alta, com os sons de máquinas e vozes por trás dele, e Lou teve que falar mais alto. Olhou para trás para ter certeza de que não havia ninguém por perto antes de falar.

– Harry, aqui quem fala é Lou.

– Lou? Que Lou?

– Suffern.

– Oh, Lou, olá. O que posso fazer por você? Sua correspondência foi parar no décimo segundo de novo?

– Não, não, eu a recebi, obrigado.

– Ótimo. Esse cara novo que você mandou para mim é um gênio, não é?

– É mesmo?

– Gabe? Sem dúvida. Todos estão me ligando para elogiá-lo. Parece que ele caiu do céu. Vou lhe dizer uma coisa, com toda a sinceridade: ele não poderia ter vindo em melhor hora. Estávamos com dificuldades, você sabe. Em todos os meus anos neste cargo, essa época de Natal é a mais movimentada. Parece que tudo está acontecendo cada vez mais rápido. Bem, deve ser isso, porque eu não estou trabalhando mais devagar, eu garanto. Você escolheu um cara muito bom, Lou. Fico lhe devendo essa. Como posso ajudá-lo hoje?

– Bem, em relação a Gabe – disse ele devagar, sentindo o coração acelerado dentro do peito. – Você sabe que ele assumiu outras responsabilidades aqui na empresa? Outras tarefas além do que tem que fazer no departamento de correspondência.

– Sim, estou sabendo. Ele estava bem animado hoje de manhã. Comprou até um terno novo durante o horário de folga. Não sei onde ele encontrou tempo para fazer compras. Algumas pessoas aqui não conseguem nem acender um cigarro durante o intervalo. Esse rapaz é rápido. Eu diria até mesmo que não vai demorar muito até que ele saia daqui e esteja aí em cima com você. O Sr. Patterson parece ter simpatizado com Gabe. Estou feliz por ele, é um bom rapaz.

– Sim... bem, de qualquer maneira, só liguei para saber. Não quero que essas outras tarefas dele entrem em conflito com a sua programação. – Lou tentou mais uma vez. – Você não iria querer que ele se distraísse, se estiver com a cabeça nas outras coisas que está fazendo aqui em cima. Sabe do que eu estou falando? As coisas estão bem movimentadas por aqui e é fácil se confundir.

– Obrigado pelo aviso, Lou, mas o que Gabe faz depois da uma hora da tarde fica totalmente a critério dele. Para ser honesto com você, estou feliz por ele ter encontrado outras funções. Ele termina o trabalho tão rápido que eu tenho dificuldade em mantê-lo ocupado até o primeiro intervalo.

– Certo. Bem, se acontecer qualquer coisa estranha, simplesmente faça o que você tiver que fazer, Harry. Não quero que se sinta obrigado a mantê-lo no emprego por minha causa. Entendeu?

– Eu sei disso, Lou. Sei sim. Ele é um bom rapaz. Não há nada com que se preocupar.

– Certo. Obrigado. Cuide-se, Harry.

O telefone ficou mudo. Lou suspirou e girou bem devagar a cadeira para recolocar o fone no gancho. Quando se virou, ficou cara a cara com Gabe, que estava atrás dele, observando-o atentamente.

Lou deu um salto, largando o fone e gritando.

– Jesus Cristo! – ele levou a mão ao peito, seu coração batia com força.

– Não. Apenas eu – disse Gabe, com os olhos azuis queimando os olhos de Lou.

– Já ouviu falar em bater na porta antes de entrar? Onde está Alison? – Lou se inclinou de lado para observar a mesa dela, e viu que estava vazia. – Há quanto tempo você está aqui?

– Há tempo suficiente. – A voz de Gabe era suave, e foi isso o que mais irritou Lou. – Está tentando me causar problemas, Lou?

– O quê? – O coração de Lou batia descontroladamente. Não havia se recuperado da surpresa e estava abalado pela ausência de Alison e a proximidade de Gabe. A simples presença daquele homem o desconcertava.

– Não – disse ele, engolindo em seco, e detestou a si mesmo por aquela fraqueza súbita. – Apenas liguei para Harry para saber se ele estava satisfeito com o seu trabalho. Só isso. – Ele sabia que estava falando como um garoto que tentava se defender.

– E está?

– Pelo que me disse, está sim. Mas você precisa entender que eu tenho responsabilidade pela sua indicação. Afinal, fui eu quem o encontrou

– Você me encontrou – Gabe sorriu e disse as palavras como se nunca as tivesse ouvido ou pronunciado antes.

– O que há de tão engraçado nisso?

– Nada – Gabe manteve o sorriso e começou a observar o escritório de Lou, com as mãos nos bolsos e com o mesmo olhar paternalista que não indicava nem inveja nem admiração.

– São cinco horas, vinte e dois minutos e trinta e um segundos da tarde de hoje – disse Gabe, sem sequer olhar para o seu relógio. – Trinta e quatro, trinta e cinco, trinta e seis... – Ele se virou e sorriu para Lou. – Você sabe do que eu estou falando.

– E daí? – Lou vestiu o paletó e tentou olhar discretamente o relógio para ter certeza. Eram exatamente cinco e vinte e dois.

– Você tem que ir embora agora, não é?

– O que você acha que eu estou fazendo?

Gabe se aproximou da mesa de reunião, pegou três frutas da vasilha – duas laranjas e uma maçã – e inspecionou-as cuidadosamente, uma por uma.

– Decisões, decisões – disse ele. E ficou segurando as três frutas.

– Está com fome? – perguntou Lou, agitado.

– Não – Gabe riu outra vez. – Você sabe fazer malabarismo?

A mesma sensação voltou a afligir o coração de Lou, e ele se lembrou exatamente do que não gostava em Gabe. Eram perguntas como essa, afirmações e comentários que pareciam perfurar Lou nos lugares mais íntimos.

– É melhor você atender – disse Gabe.

– Atender o quê?

Antes que Gabe pudesse responder, o telefone tocou e, embora preferisse que Alison filtrasse suas chamadas, ele correu para pegar o aparelho.

Era Ruth.

– Oi, querida. – Lou fez um gesto para que Gabe o deixasse a sós, mas Gabe começou a fazer malabarismos com as frutas em resposta. Lou lhe deu as costas e, em seguida, sentindo-se desconfortável com Gabe ali, virou-se para manter os olhos nele. Baixou a voz.

– Lou, não faça isso comigo – disse Ruth. – Lucy vai ficar com o coração partido.

– Não vou conseguir chegar para assistir à peça de teatro, e é isso. E Lucy nem vai perceber minha ausência, pois o teatro vai estar escuro. Você pode dizer a ela que eu estava lá. O restante da noite vai correr como o planejado. O Sr. Patterson me pediu para encontrar um de nossos clientes. É um grande negócio, e isso pode me ajudar a ficar com o cargo de Cliff.

– Eu sei, eu sei. E, se for promovido, você acabará se afastando ainda mais de nós.

– Não, não, isso não vai acontecer. Eu realmente tenho que me esforçar durante os próximos meses para provar o meu valor.

– Para quem você está tentando provar o seu valor? Laurence já conhece a sua capacidade, você está na empresa há cinco anos. Mas eu não quero falar disso agora. Você vai estar no teatro ou não?

– No teatro? – Lou mordeu o lábio e olhou para o relógio. – Não. Não conseguirei chegar lá a tempo.

Gabe deixou cair a maçã, que rolou pelo carpete em direção à mesa de Lou, e continuou a fazer malabarismos com as laranjas. Lou sentiu uma satisfação quase infantil ao perceber que Gabe deixara a fruta cair.

– Vai estar em casa para o jantar, então? Com seus pais, Alexandra e Quentin? Sua mãe estava falando comigo ao telefone agora, dizendo o quanto está ansiosa por esse jantar. Você sabe, já faz um mês desde que você ligou dizendo que iria visitá-los.

– Não faz um mês que eu os vi pela última vez! Vi meu pai há... – Ele ficou em silêncio enquanto calculava o tempo. – Bem, talvez já faça quase um mês. – Um mês? O tempo voava.

Para Lou, visitar seus pais era uma tarefa ingrata, como arrumar a cama. Depois de passar algum tempo sem fazer isso, a imagem dos cobertores desarrumados ficaria em sua cabeça até que ele finalmente resolvesse arrumá-la. Ele sentiria uma satisfação instantânea pelo fato de ter completado a tarefa, e, quando pensava que tudo estava concluído e deixado para trás, ele acordava e sabia que tinha de fazer tudo de novo. Pensar em seu pai reclamando que não o via há muito tempo fazia com que Lou quisesse sair correndo. Era a mesma sentença lamuriosa que o deixava louco. Embora o fizesse se sentir culpado, na realidade, fazia com que ele quisesse ficar longe deles por mais tempo para evitar ouvir aquelas palavras. Precisava estar com o humor certo para ouvi-las, afastar as emoções da sua cabeça para não retrucar com indelicadeza ou tagarelar sobre quantas horas trabalhava todos os dias e os contratos que negociava, apenas para calar a boca do pai. E, certamente, não estava com o humor certo naquela tarde. Talvez, se chegasse em casa depois que todos já tivessem tomado algumas doses de bebida, seria mais fácil lidar com aquilo.

– Talvez eu não consiga comparecer ao jantar, mas chegarei na hora da sobremesa. Dou minha palavra.

Gabe deixou uma laranja cair e Lou quis socar o teto, tamanha a satisfação que sentia. Em vez disso, ele franziu os lábios e continuou a sequência de justificativas para tudo, recusando-se a pedir desculpas por algo que estava totalmente fora do seu controle. Lou finalmente desligou o telefone e cruzou os braços em frente ao peito.

– O que é tão engraçado? – perguntou Gabe, jogando a laranja que restava para cima e pegando-a com a mão direita, enquanto a esquerda estava enfiada no bolso.

– Você não é um malabarista muito bom, não é? – disse ele, com um sorriso torto.

– *Touché* – sorriu Gabe. – Você é bem observador. Eu realmente não tenho muito talento com malabares. Mas não seria malabarismo se eu tivesse decidido, antes de começar, deixar aquelas duas caírem e ficar com esta na minha mão, né?

Lou franziu a testa com aquela resposta estranha, mas ocupou-se vestindo seu sobretudo e preparando-se para ir embora.

– Não, Gabe. Com certeza não é malabarismo se você decidir... – Ele se calou abruptamente, percebendo o que estava dizendo e ouvindo a voz de Ruth em sua cabeça. Virou o rosto rapidamente, mas Gabe havia desaparecido e a laranja estava à sua frente, sobre a mesa.

– Alison – Lou marchou para fora do escritório com a laranja na mão. – Por acaso Gabe passou por aqui há um momento?

Alison ergueu um dedo, sinalizando que ele esperasse enquanto fazia anotações num bloco e escutava a voz do outro lado do telefone.

– Alison! – ele a interrompeu outra vez e ela começou a sentir ondas de pânico, escrevendo mais rápido, acenando afirmativamente com a cabeça, bem rápido, e ergueu a mão inteira dessa vez.

– Alison! – esbravejou ele, colocando a mão sobre o telefone para encerrar a chamada. – Não tenho o dia inteiro.

Ela o olhou com a boca aberta, segurando o fone de um jeito frouxo.

– Eu não acredito que você...

– Sim, sim, eu desliguei, e você terá que viver com isso. Gabe passou por aqui? – perguntou ele. Sua voz estava apressada, correndo, saltando de um lado para outro para acompanhar o ritmo do seu coração.

– Bem... – ela pensou por um tempo. – Ele veio até a minha mesa há cerca de vinte minutos e...

– Sim, sim, eu sei disso. Ele estava na minha sala há um segundo e, de repente, desapareceu. Simplesmente sumiu. Ele passou por aqui?

– Bem, provavelmente passou, mas...

– Você o viu?

– Não, eu estava ao telefone e...

– Meu Deus! – ele socou a mesa com o punho que já estava dolorido. – Ah, que merda. – E segurou o braço com a outra mão.

– O que aconteceu, Lou? Acalme-se. – Alison se levantou e estendeu a mão na direção dele.

Lou se esquivou.

– Ah, por falar nisso... – Ele baixou o tom de voz e se aproximou outra vez. – Por acaso alguma das minhas cartas já veio com um nome diferente?

– Como assim? – ela franziu a testa.

– Você sabe. – Ele olhou para a direita e para a esquerda, e mal moveu os lábios enquanto falava. – Aloysius – sussurrou em seguida.

– Aloysius? – ela disse em voz alta.

Ele olhou para cima, irritado.

– Fale baixo – murmurou ele.

– Não – ela baixou a voz. – Nunca vi o nome Aloysius em nenhuma correspondência.

Como se houvesse um pequeno intervalo de tempo até que sua voz saísse da boca e chegasse aos ouvidos, ela sorriu e depois fez uma careta, e começou a rir.

– Por que diabos alguém chamado Aloy... – Ao perceber o olhar de Lou, suas palavras desapareceram e seu sorriso se desfez. – Oh. Oh, meu Deus. É... – A voz de Alison subiu uma oitava inteira. – Um nome lindo.

Lou caminhou por cima da passarela Seán O'Casey, recém-construída, que ligava os cais norte e sul, recentemente reformados: o cais North Wall ao cais Sir John Rogerson. Cem metros à frente da ponte, estava o seu destino: The Ferryman, o único pub autêntico que restara naquela área do cais. Não era um lugar para se tomar cappuccinos e comer sanduíches em pão ciabatta, e, exatamente por isso, a clientela era específica. O pub tinha também um punhado de pessoas que precisavam de uma pausa em suas compras de Natal e agora envolviam copos com bebidas quentes com dedos arroxeados pelo frio. Além desses clientes, o lugar tinha um bom número de trabalhadores, jovens e velhos, relaxando após cumprir o expediente. Havia paletós sobre as banquetas e canecas e copos sobre as mesas. Mal passava das seis da tarde e as pessoas já escapavam do distrito comercial e entravam no refúgio mais próximo para prestar homenagens no altar das cervejas e dos barris de chope.

Bruce Archer era uma dessas pessoas. Estava empoleirado no bar com uma Guinness na mão, gargalhando estrondosamente de alguma coisa que alguém ao seu lado dissera. Outra pessoa de terno. E, mais à frente, outra. Ombreiras ao lado de ombreiras. Ternos risca de giz e meias de lã. Mais sapatos brilhantes e maletas contendo planilhas, gráficos numéricos em forma de pizza e previsões para o mercado futuro. Ninguém ali estava bebendo café. Ele já deveria saber. Não imaginava aquilo, mas, ao perceber que todos estavam rindo e dando tapinhas amistosos nas costas uns dos outros, não ficou nem um pouco surpreso. Já sabia exatamente o que esperar.

Bruce se virou e o viu.

– Lou! – gritou ele, a voz ecoando pelo bar com o forte sotaque de Boston fez com que várias cabeças se virassem, não na direção de Bruce, mas no rumo do homem charmoso e muito elegante para quem ele estava gritando. – Lou Suffern! Que bom vê-lo! – Ele se levantou da banqueta, foi na direção de Lou com a mão estendida. Em seguida, agarrando a mão de Lou com firmeza, ele a agitou com força para cima e para baixo enquanto lhe dava tapinhas entusiasmados nas costas. – Venha, quero apresentá-lo aos rapazes. Rapazes, este é Lou, Lou Suffern, que trabalha na Patterson Empreendimentos. Trabalhamos juntos no projeto do prédio em Manhattan de que eu estava falando, e tivemos uma experiência muito louca certa noite. Espere até contarmos o que aconteceu, vocês não vão acreditar! Lou, este é Derek, que... – Assim, Lou ficou perdido num mar de apresentações, esquecendo-se de cada nome instantes após ouvi-lo e afastando da sua mente as imagens da esposa e da filha a cada aperto de mão. A mão podia apertar a sua com muita força, estar úmida, ser flácida ou agitar seu ombro para cima e para baixo. Tentou esquecer que havia dispensado sua família para estar ali. Tentou esquecer quando os homens zombaram dele por pedir café e, em vez disso, o encheram de cerveja e ignoraram sua tentativa de ir embora depois de tomar a primeira caneca. E também depois de tomar a segunda. E a terceira. Cansado das discussões a cada vez que uma nova rodada de cerveja chegava, ele deixou que mudassem sua bebida para um Jack Daniel's, e, quando seu celular tocava, ele também deixou que as vaias dignas de um grupo de adolescentes o convencessem a não atender. E, então, depois de tudo isso, não precisaram convencê-lo de mais nada. Ele ficaria ali por um bom tempo, com o telefone em modo silencioso e vibrando a cada dez minutos com as ligações de Ruth. Sabia que Ruth compreenderia; se não compreendesse, ela não seria uma pessoa muito razoável.

Uma garota atraiu seus olhos do outro lado do bar; havia mais um copo de uísque com Coca-Cola no balcão. Toda a sensatez e razão saíram pela porta junto com os fumantes. Fazia frio lá fora, metade pensando em chamar um táxi, a outra metade olhando ao redor e procurando alguém para levar para casa e amar. Foi então que, com o frio intenso e a frustração, a sensatez discutiu com a razão e as duas trocaram socos fora do bar, enquanto Lou virava as costas e cuidava sozinho da sua ambição.

12

A via de trânsito rápido

Lou percebeu que estava bêbado demais para conversar com a mulher atraente no bar, com quem tinha trocado olhares a noite toda, quando, prestes a se sentar à mesa com ela, tropeçou em seus próprios pés e derrubou a bebida da amiga no vestido dela. Não no vestido da moça bonita, mas no da amiga. Balbuciou algo que imaginou ser incrivelmente charmoso e inteligente, mas a garota achou o comentário vulgar e ofensivo. O limite entre a vulgaridade e uma cantada sexy se torna muito tênue quando se bebe tanto quanto Lou Suffern tinha bebido. Ele tinha perdido o charme e a sofisticação que apresentara aos montes quando entrou no pub. As gotas de uísque e Coca-Cola que lhe manchavam a camisa branca e a gravata eram um sinal de alerta para aquelas executivas sofisticadas, e os olhos azuis de Lou, que geralmente faziam com que as garotas se sentissem mergulhando em piscinas de águas límpidas, estavam embaçados e injetados de sangue, portanto não causaram o efeito desejado. O que ele conseguiu foi passar a impressão de depravado, bêbado demais para conseguir chegar a qualquer lugar com ela ou com a amiga, em quem Lou também passara uma cantada ao esbarrar-lhe o corpo quando ela voltava do banheiro, onde fora tentar limpar o vinho tinto do vestido. O que lhe restava era pegar o carro e ir para casa.

Quando chegou ao estacionamento frio e escuro no subsolo do prédio da empresa – uma caminhada que demorou vinte minutos a mais do que deveria –, Lou percebeu que se esquecera do lugar onde estacionara o carro. Circulou pelo estacionamento, pressionando o botão em seu chaveiro e esperando que o som do alarme ou as luzes indicassem onde o veículo estava. Mas estava gostando tanto do passeio que constantemente se esquecia de inspecionar os carros. Finalmente, uma luz acendeu e, quando percebeu que o carro estava na vaga de sempre, ele fechou um dos olhos e concentrou-se em chegar até o Porsche.

– Oi, neném – ronronou, esfregando o corpo contra a lateral do carro; não num gesto de carinho, mas para manter-se em pé. Ele beijou o capô e entrou no carro. Percebendo que estava no banco do passageiro e que o volante não estava à sua frente, ele desembarcou e deu a volta até o lado do motorista. Após se acomodar no lado certo, concentrou-se nas colunas de concreto que sustentavam o teto e percebeu que elas balançavam de um lado para outro. Esperava que elas não caíssem sobre o seu carro. Seria irresponsável da parte delas e um desastre muito dispendioso para ele.

Depois de alguns momentos tentando enfiar a chave na ignição e arranhar o painel com a ponta da chave, Lou conseguiu encontrar a posição certa e empurrou a chave na fenda. Exultante de alegria ao ouvir o som do motor, pisou com tudo no acelerador. Lembrando-se de olhar para onde estava indo, ele gritou, apavorado. Sobre o capô do carro estava Gabe, imóvel.

– Jesus Cristo! – gritou Lou, tirando o pé do acelerador e batendo no para-brisa com a mão direita, já machucada. – Está louco? Você vai acabar morrendo assim!

O rosto de Gabe ficou embaçado naquele momento, mas Lou tinha certeza de que ele estava sorrindo. Ouviu uma batida e, quando olhou ao redor, viu que Gabe o observava pela janela do motorista. O motor ainda estava ligado, e Lou baixou um pouco o vidro da janela, abrindo uma fresta.

– Oi.

– Oi, Gabe – respondeu ele, sonolento.

– Quer desligar o motor, Lou?

– Não, não. Estou indo para casa.

– Você não vai chegar muito longe se continuar em ponto morto. Não acho que é uma ideia muito boa voltar para casa dirigindo. Por que não desce do carro e chamamos um táxi?

– Não, não posso deixar o Porsche aqui. Algum maluco vai roubá-lo. Algum lunático. Algum vagabundo sem-teto. – E começou a rir feito louco ao dizer aquilo. – Ah, já sei! Por que você não pega o volante e me leva para casa?

– Não, eu não acho que isso seja uma boa ideia, Lou. Saia daí, vamos procurar um táxi – disse Gabe, abrindo a porta do carro.

– Não. Nada de táxi – disse Lou, com a voz arrastada, tirando o câmbio do ponto morto e engatando a primeira marcha. Pisou no acelerador e o carro deu um salto para frente com a porta escancarada; em seguida, parou; depois, deu mais um solavanco para frente e parou. Gabe revirou os olhos e segurou-se na porta do passageiro enquanto ela saltava para a frente como um grilo com crise de ansiedade.

– Tudo bem, tudo bem – disse Gabe enfim, depois que Lou havia dirigido, embora "dirigir" não fosse exatamente o termo correto, até a rampa de saída. – Tudo bem, eu disse. – Ele ergueu a voz enquanto Lou avançava com o carro aos saltos. – Eu o levarei até sua casa.

Lou passou por cima da alavanca do câmbio e sentou-se no banco do passageiro, enquanto Gabe sentava-se ao volante, um pouco trêmulo. Não precisou ajustar o assento ou os espelhos, já que ele e Lou, aparentemente, tinham a mesma altura.

– Você sabe dirigir? – perguntou Lou.

– Sim.

– Já dirigiu um desses antes? – perguntou Lou e começou a rir feito louco de novo. – Talvez haja um estacionado embaixo da sua cobertura.

– Aperte o cinto, Lou – Gabe ignorou os comentários e concentrou-se em fazer com que Lou chegasse vivo em casa. Essa tarefa era muito importante naquele momento. Realmente muito importante.

14

O Garoto do Peru 3

– E então, você o pegou dirigindo em alta velocidade outra vez? – o Garoto do Peru levantou a cabeça de onde seu rosto estava apoiado: sobre as mãos, na mesa. – Espero que o tenha prendido dessa vez. Ele, mais uma vez, poderia ter matado alguém. E por que você estava no mesmo lugar que da outra vez? Para mim, parece até que você estava perseguindo aquele cara, meio obsessivo.

– Não o peguei acima do limite de velocidade – explicou Raphie, ignorando a última pergunta. – Eles passaram por um sinal vermelho. Só isso.

– Só isso? Espero que tenha prendido aquele idiota esnobe.

– Bem, como eu poderia prender Lou? Pense no que está dizendo – explicou Raphie, soando como um professor. – Você não está prestando atenção. Pare de querer se adiantar.

– Mas você está demorando muito para contar essa história. Vá direto ao ponto.

– Demoro mesmo. E não vou lhe contar mais nenhuma história se você continuar com essa atitude. – Raphie olhou para o Garoto do Peru, que não respondeu dessa vez, e continuou a contar a história. – Não foi Lou quem passou pelo sinal vermelho porque não era Lou quem estava dirigindo. Eu já lhe disse isso.

– Gabe não teria atravessado um sinal vermelho. Ele não faria isso – comentou o Garoto do Peru.

– Bem, e como eu ia saber? Nunca tinha conversado com o sujeito antes, não é?

– Eles devem ter trocado de lugar durante o percurso.

– Gabe estava ao volante. Lembre-se de que os dois eram tão parecidos que poderiam ter trocado de lugar facilmente, mas não. Eu sei que o homem que estava no banco do passageiro era Lou, totalmente bêbado.

– Como você conseguiu apanhá-lo exatamente no mesmo lugar que da outra vez?

– Eu estava vigiando a casa de alguém.

– Um assassino? – os olhos do Garoto do Peru se iluminaram.

– Não, não era um maldito assassino. Alguém que eu conhecia, apenas isso.

– Você estava seguindo a sua mulher? – o garoto se empertigou outra vez.

Raphie se mexeu em sua cadeira, sentindo um desconforto.

– O que você quer dizer com isso?

– Para saber se ela estava tendo um caso.

Raphie revirou os olhos.

– Filho, você assiste televisão demais.

– Ah – o Garoto do Peru estava decepcionado. – Bem, o que você fez quando pegou aqueles dois, então?

15

Lar, doce lar

– Olá, sargento – disse Gabe, com os olhos azuis grandes e honestos. Surpreso pelo fato de o homem saber sua patente, Raphie mudou de atitude e suavizou o tom de voz.

– Você cruzou o sinal vermelho ali atrás, como deve saber.

– Eu sei, sargento. Peço mil desculpas. Foi totalmente acidental, posso lhe garantir. O sinal estava amarelo e eu achei que conseguiria passar por ele.

– Você avançou o sinal muito depois de ele ter ficado amarelo.

– Bem... – Gabe olhou para Lou, que estava à sua esquerda e fingia dormir, roncando em alto e bom som e rindo por entre os roncos. Em sua mão, havia um guarda-chuva grande.

Raphie examinou o guarda-chuva na mão de Lou e depois seguiu o olhar de Gabe até o acelerador.

– Jesus! – sussurrou ele, em voz baixa.

– Não, meu nome é Gabe – respondeu Gabe. – Sou colega do Sr. Suffern. Estava tentando levá-lo para casa em segurança. Ele exagerou um pouco na bebida.

Ao ouvir a deixa, Lou roncou alto e fez um ruído parecido com um assobio. Em seguida, riu.

– Não diga.

– Estou me sentindo um pai de plantão esta noite – disse Gabe. – Me certificando de que meu filho esteja em segurança. Isso é importante, não é?

– O que você quer dizer com isso? – Raphie estreitou os olhos.

– Ah, eu acho que o senhor sabe o que eu quero dizer – Gabe sorriu, inocente.

Raphie fixou o olhar em Gabe e endureceu a voz, sem saber ao certo se estava lidando com um piadista.

– Mostre-me a sua carteira de habilitação, por favor. – Ele estendeu a mão.

– Oh. Ela não está comigo.

– Você tem uma carteira de habilitação?

– Não está comigo.

– Foi o que você disse. – Raphie pegou um bloco de notas e uma caneta. – Qual é o seu nome, então?

– Meu nome é Gabe, senhor.

– Gabe de quê? – Raphie se endireitou um pouco.

– O senhor está bem? – perguntou Gabe.

– Por que a pergunta?

– Parece que está um pouco desconfortável. Há alguma coisa errada?

– Estou bem. – Raphie começou a se afastar do carro.

– Seria melhor fazer alguns exames – disse Gabe, a voz carregada pela preocupação.

– Cuide da sua vida! – esbravejou Raphie, olhando ao redor para ter certeza de que ninguém o ouvira.

Gabe olhou para a viatura da polícia pelo espelho retrovisor. Não havia ninguém nele. Nenhum parceiro ou reforço. Nenhuma testemunha.

– Apareça esta semana na delegacia de polícia de Howth, Gabe. Traga sua carteira de habilitação e peça para falar comigo. Aí veremos o que vamos fazer com você. Agora, leve esse homem para casa em segurança – disse ele, indicando Lou com um meneio de cabeça e voltando à viatura em seguida.

– Ele bebeu de novo? – perguntou Lou, abrindo seus olhos embaçados e virando-se para acompanhar Raphie com os olhos enquanto ele voltava para a viatura.

– Não, ele não está bêbado – disse Gabe, observando Raphie voltar a passos lentos para o carro de polícia.

– Então, o que há com ele? – rosnou Lou.

– Outra coisa.

– Não, você é que é outra coisa. Me leve para casa. – Ele estalou os dedos e riu. – Ou melhor, deixe que eu dirija – disse ele, mal-humorado, e começou a se retorcer em seu assento para sair do carro. – Não quero que as pessoas pensem que este carro é seu.

– É perigoso beber e dirigir, Lou. Você pode acabar batendo o carro. – E daí? – bufou ele, como se fosse uma criança. – O problema é meu, não é?

– Um amigo meu morreu há pouco tempo – disse Gabe, com os olhos ainda na viatura de polícia, que lentamente se afastava pela estrada. – E pode acreditar no que eu digo: quando você morre, o problema é de todo mundo, menos seu. Ele deixou uma sujeira enorme para trás. Eu apertaria o cinto, se fosse você, Lou.

– Quem foi que morreu? – Lou fechou os olhos, ignorando o conselho, e apoiou sua cabeça no encosto, desistindo da ideia de dirigir.

– Duvido que você o conheça – disse Gabe, ligando a seta do carro assim que a viatura sumiu do seu campo visual e voltando à estrada.

– Como ele morreu?

– Acidente de carro – disse Gabe, pisando com força no acelerador. O carro deu um solavanco forte para a frente, com o som do motor rasgando a noite tranquila.

Os olhos de Lou se abriram, e ele olhou para Gabe, preocupado.

– É mesmo?

– Sim. Muito triste, na verdade. Ainda era novo. Com uma família jovem. Uma esposa linda. Bem-sucedido. – Gabe pisou no acelerador com mais força.

Os olhos de Lou estavam arregalados agora.

– Mas isso não é o mais triste. O pior foi saber que ele não conseguiu registrar seu testamento a tempo. Não que ele tenha culpa por isso. Era jovem e não tinha planos de morrer, mas isso mostra que nunca se sabe o que pode acontecer.

O velocímetro se aproximava da marca dos cem quilômetros por hora naquela área onde a velocidade máxima permitida era cinquenta. Lou agarrou a alavanca da porta e segurou-a com força. Endireitou-se no banco, pressionando as nádegas contra o assento. Estava sentado e com as costas eretas, observando o velocímetro e as luzes borradas da cidade por cima da baía, que passavam rapidamente por seus olhos.

Ele pensou em apertar o cinto de segurança, mas, tão rápido quanto tinha acelerado, Gabe tirou o pé do acelerador, verificou o retrovisor lateral, ligou a seta e virou o volante para a esquerda, com firmeza. Olhou para o rosto de Lou, que estava ficando esverdeado, e sorriu.

– Lar, doce lar, Lou.

Foi somente dias depois, quando a névoa da ressaca começou a se dissipar, que Lou percebeu que não se lembrava de ter indicado o caminho da sua casa a Gabe uma única vez naquela noite.

– Mãe, pai, Marcia, Quentin, Alexandra! – bradou Lou, assim que a porta foi aberta por sua mãe, que tinha uma expressão assustada no rosto. – Estou em caaasa! – cantarolou ele, abraçando sua mãe e dando-lhe um beijo no rosto. – Me desculpem por ter perdido o jantar, tive muito trabalho no escritório esta noite. Trabalho, trabalho e mais trabalho.

Lou não conseguiu manter a compostura enquanto se justificava e ficou agitando os ombros para cima e para baixo, o peito chiando em um riso quase silencioso, observado por rostos assustados e por outros que o observavam sem se impressionar. Ruth ficou paralisada, olhando para seu marido com uma mistura de sentimentos que incluía raiva, mágoa e vergonha. Passou o dia inteiro lidando com a empolgação incontrolável de Lucy, que foi canalizada de todas as maneiras, positivas e negativas, com que uma criança poderia se comportar; mais tarde, teve de lidar com a irritação e as lágrimas de Lucy, que se recusava a entrar no palco antes que o pai chegasse. Depois de retornar da apresentação na escola, ela colocou as crianças na cama e começou a correr pela casa para preparar o jantar e os quartos para os convidados. Seu rosto estava vermelho por passar a noite na cozinha quente e seus dedos estavam queimados após carregar pratos e panelas quentes. Estava cansada física e mentalmente; exausta por cuidar dos filhos das maneiras concebíveis para uma mãe – desde ficar de joelhos no chão com Pud até consolar Lucy e enxugar suas lágrimas de decepção por não encontrar o pai na plateia, apesar das tentativas que Ruth fizera para convencê-la do contrário.

Ruth olhou para Lou, cambaleando sob o vão da porta, os olhos vermelhos, abandonando toda a cautela e agindo como um idiota na frente dos convidados. Ele nunca suportaria algo assim – e ela nunca faria algo assim –, e essa era a diferença que havia entre eles. Mas ali estava ele, cambaleando e feliz, e ali estava ela, estática e profundamente insatisfeita, imaginando por que escolhera ser a cola que unia todos aqueles pedaços.

– Pai! – anunciou Lou. – Faz décadas que não o vejo! Faz muito tempo, não é? – ele sorriu, andando em direção ao pai com a mão estendida. Sentou-se ao lado dele, arranhando o piso enquanto arrastava a cadeira até seus cotovelos estarem quase se tocando. – Me conte o que andou fazendo esse tempo todo. Oh, e eu aceito um pouco desse vinho tinto, obrigado. É o meu favorito, querida. Você escolheu bem. – Ele piscou para Ruth e, em seguida, derrubou quase todo o conteúdo da garrafa na toalha branca enquanto tentava despejá-lo numa taça com o braço trêmulo.

– Firme aí, filho – disse seu pai em voz baixa, estendendo a mão para ajudá-lo a firmar o braço.

– Estou bem, pai – Lou se desvencilhou do pai, derrubando vinho sobre as mangas da camisa dele.

– Ah, Aloysius – disse sua mãe, e Lou revirou os olhos.

– Está tudo bem, amor, estou bem – disse seu pai, tentando suavizar a situação.

– Mas essa é a sua melhor camisa! – continuou ela, pegando seu guardanapo, mergulhando-o em seu copo de água e pressionando-o contra as mangas da camisa branca do marido.

– Mãe! – Lou olhou ao redor da mesa, rindo. – Eu não o matei. Só derrubei um pouco de vinho.

Sua mãe o olhou com uma expressão de desprezo e desviou os olhos, continuando a ajudar seu marido.

– Talvez isso ajude – Lou pegou o saleiro e começou a agitá-lo sobre os braços do seu pai.

– Lou! – Quentin ergueu a voz. – Pare com isso!

Lou parou e olhou para Alexandra com um sorriso maroto, quase infantil.

– Ah, Quentin... – Lou acenou com a cabeça para seu irmão. – Não percebi que você estava aí. Como está o barco? Comprou velas novas? Algum equipamento novo? Venceu alguma competição ultimamente?

Quentin limpou a garganta e tentou se acalmar.

– Bem, estamos nas duas últimas semanas...

– Alexandra! – explodiu Lou no meio da frase de Quentin. – Como eu pude deixar de beijar a bela Alexandra? – ele se levantou e, esbarrando contra os espaldares de todas as cadeiras, aproximou-se dela. – Como está a bela Alexandra esta noite? Estonteante, como sempre. – Ele estendeu os braços e a abraçou com força, beijando-lhe no pescoço.

– Oi, Lou – ela sorriu. – Teve uma boa noite?

– Ah, você sabe, trabalho, trabalho, muita papelada para organizar. – Ele jogou a cabeça para trás e riu outra vez, tão alto quanto uma metralhadora. – Ah, querida. Oh, qual é o problema aqui? Pelas caras de vocês, parece até que alguém morreu. Quem sabe ficariam mais felizes se enfiassem foguetes no próprio rabo. Vamos lá! – Lou gritava com certa agressividade e batia palmas em frente aos rostos deles. – Seus chatos!

Ele se virou para olhar a irmã, Marcia.

– Marcia – disse ele, com um suspiro. – Marcia – repetiu. – Oi – disse apenas isso antes de voltar à sua cadeira com um sorriso infantil no rosto.

Gabe, desajeitado, estava sob o batente da porta da sala de jantar no longo silêncio que veio a seguir.

– Quem você trouxe para cá, Lou? – seu irmão Quentin quebrou o silêncio, estendendo a mão e levantando-se para ir até onde Gabe estava. – Me desculpe, não fomos apresentados. Sou Quentin, o irmão dele, e esta é minha esposa, Alexandra.

Lou assobiou de maneira indecorosa e depois riu.

– Olá, eu sou Gabe – disse, apertando a mão de Quentin e entrando na sala de jantar. Deu a volta na mesa, cumprimentando todos os membros da família.

– Lou – disse Ruth, em voz baixa. – Talvez fosse melhor você tomar um pouco de água ou café. Vou preparar um bule de café.

Lou soltou um longo suspiro.

– Você está com vergonha de mim, Ruth? – atacou ele. – Você me disse para vir para casa. Estou em casa!

O silêncio tomou conta de todos; tentavam evitar os olhares uns dos outros, constrangidos. O pai de Lou olhava para ele, enraivecido, com o rosto vermelho, os lábios tremendo ligeiramente, como se as palavras transbordassem pela sua boca, embora não houvesse qualquer som.

Gabe continuou a andar ao redor da mesa.

– Olá, Ruth. É um prazer conhecê-la, finalmente.

Ela mal o olhou nos olhos enquanto o cumprimentava, sem qualquer ânimo.

– Oi – disse ela, com a voz baixa. – Com licença, preciso levar essas coisas para a cozinha. – Ela se levantou e começou a levar os pratos com as sobras de queijo e as xícaras de café para a cozinha.

– Deixe eu ajudar. – Ofereceu Gabe.

– Não, não, por favor, sente-se. – Ela correu para a cozinha com os braços cheios.

Gabe desobedeceu e a seguiu assim mesmo. Ela estava apoiada no balcão onde deixara as louças, de costas para ele. Estava com a cabeça baixa e os ombros contraídos, sem qualquer indício de que houvesse vida ou alma dentro dela naquele momento. Gabe fez um ruído quando deixou os pratos ao lado da pia para que ela soubesse que ele estava ali.

Ela se ergueu com um salto, alerta à presença dele. Recompôs-se, recuperando a alma e a vida para dentro de si após aquela pausa, e virou-se de frente para ele.

– Gabe... – Ela forçou um sorriso. – Eu disse que não precisava se incomodar.

– Eu queria ajudar – disse ele, tranquilamente. – Lamento pelo que aconteceu com Lou. Eu não estava com ele esta noite.

– Não? – ela cruzou os braços e pareceu constrangida por não saber.

– Não. Eu trabalho com ele no escritório. Fiquei até mais tarde e o encontrei quando ele voltou do... bem, da reunião em que iria tomar um café.

– Quando ele voltou ao escritório? Mas por que ele... – Ela o observou, confusa, e, em seguida, lentamente, uma sombra cobriu seu rosto à medida que encaixava as peças do quebra-cabeça. – Ah, entendi. Ele estava tentando voltar para casa dirigindo.

Não era uma pergunta; Ruth estava pensando em voz alta. Assim, Gabe não respondeu, mas ela suavizou sua expressão.

– Certo. Bem, obrigada por trazê-lo para casa em segurança, Gabe. Me desculpe se fui rude com você, mas eu estou apenas... você sabe. – A emoção tomou conta da sua voz e ela parou de conversar; começou a limpar os restos de comida dos pratos.

– Eu sei. Não precisa explicar.

Eles ouviram Lou soltar um "Uau!" na sala de jantar, e, logo depois, o barulho de um copo se quebrando, junto com outra gargalhada.

Ela parou de lavar os pratos e fechou os olhos, suspirando.

– Lou é um bom homem, você sabe – disse Gabe, suavemente.

– Obrigada, Gabe. Acredite ou não, é exatamente isso o que eu preciso ouvir agora, mas eu esperava que essas palavras não viessem de um dos colegas de trabalho de Lou. Gostaria que a mãe dele fosse capaz de dizer isso – Ruth ergueu os olhos marejados. – Ou o pai dele. Seria bom, também, ouvir a filha dele dizer isso. Mas, não. Só no trabalho Lou é o ídolo de todos. – Ela esfregava os pratos com raiva.

– Não sou um colega de trabalho de Lou, pode acreditar. Lou não suporta a minha presença.

Ela o observou, curiosa.

– Ele conseguiu um emprego para mim ontem. Eu costumava me sentar do lado de fora do prédio da empresa dele e, ontem, de uma maneira totalmente inesperada, ele parou à minha frente, me deu um café e me ofereceu um emprego.

– Ele mencionou alguma coisa a respeito de ontem à noite. – Ruth revirou sua memória. – Lou fez isso de verdade?

– Você parece surpresa.

– Não, não estou. Bem, na verdade, estou. Quero dizer... que emprego ele conseguiu para você?

– Um emprego no setor de correspondência.

– E que benefícios isso traz a ele? – perguntou ela, com a expressão séria.

Gabe riu.

– Você acha que ele fez isso com segundas intenções?

– Ah, é horrível eu dizer isso – disse ela, mordendo o lábio para esconder o sorriso. – Não foi o que eu quis dizer. Eu sei que Lou é um bom homem, mas ultimamente ele tem estado muito... ocupado. Ou mais distraído; não há nada de errado em estar ocupado, desde que você não esteja distraído. – Ela fez um gesto que demonstrava indiferença. – Mas ele não está realmente aqui. É como se estivesse em dois lugares ao mesmo tempo. Seu corpo está conosco, sua mente está sempre em outro lugar. As decisões que ele toma ultimamente sempre têm a ver com o trabalho, como otimizar seu trabalho, como conseguir ir de uma reunião a outra no menor tempo possível, blá-blá-blá... Assim, ao lhe oferecer um emprego, eu achei que... Meu Deus, escute só o que estou dizendo. – Ela se recompôs. – Você obviamente encontrou o lado bom de Lou, Gabe.

– Ele é um bom homem – repetiu Gabe.

Ruth não respondeu, mas foi quase como se Gabe lesse sua mente quando disse:

– Mas você quer que ele seja ainda melhor, não é?

Ela o olhou, surpresa.

– Não se preocupe. Ele será.

Ruth falou com sua irmã no dia seguinte e contou sobre a conversa que tivera com Gabe; a irmã torceu o nariz, achando tudo aquilo muito esquisito e suspeito, mas isso era o que ela pensava em relação à maioria das coisas em sua vida. Foi somente naquele momento que Ruth perguntou a si mesma por que diabos não questionara Gabe, por que não achara tudo muito estranho. Mas eram os momentos que contavam, estar presente no momento e, naquele momento, ela não se sentiu compelida a perguntar. Acreditava nele ou, pelo menos, queria acreditar. Um homem gentil lhe dissera que seu marido seria um homem ainda melhor. Pensamentos como aquele poderiam lhe fazer mal?

16

O telefonema para despertar

Lou acordou na manhã seguinte sentindo-se como se um pica--pau estivesse empoleirado em sua cabeça, martelando com força e com grande insistência no topo do seu crânio. A dor se irradiou para o lobo frontal, passando pelas duas têmporas e chegando à base da cabeça. Lá fora, uma buzina tocou, algo ridículo àquela hora da manhã, e um motor estava ligado. Ele fechou os olhos outra vez e tentou desaparecer no universo do sono, mas as responsabilidades, o pica-pau e algo que parecia ser a porta da frente batendo não o deixavam desfrutar do refúgio seguro que encontrava seus sonhos mais doces.

Sua boca estava tão seca que ele se apanhou pressionando as gengivas e movendo a língua lá dentro desesperadamente para conseguir uma quantidade mínima de umidade, algo que lhe daria o alívio de não ter de se esforçar para vomitar. A saliva surgiu, e ele percebeu que estava naquele lugar horrível – entre a cama e o vaso sanitário –, a sua temperatura corporal subia, sua mente estava desorientada e a umidade chegava à sua boca em golfadas. Ele chutou as cobertas, correu para o banheiro e caiu de joelhos, vomitando ajoelhado aos pés da privada. Foi somente quando não lhe restava nenhuma energia, ou quando não lhe sobrava mais nada dentro do estômago, por assim dizer, que ele se sentou sobre os azulejos aquecidos, física e mentalmente exausto, e percebeu que o sol brilhava no céu. Diferente da escuridão habitual do horário em que se levantava naquela época do ano, o céu estava tingido de um azul vívido. E foi então que o pânico tomou conta de Lou, algo muito pior do que a disparada entre a cama e o banheiro há poucos minutos, muito parecido, talvez, com o pânico de uma criança ao perceber que chegará atrasada à escola.

Lou se levantou com dificuldade e voltou ao quarto, com o desejo de agarrar o despertador e estrangular as nove horas que brilhavam com força no mostrador. Todos dormiram além da hora. Deixaram passar a ligação do serviço de despertador. Mas não... Não era esse realmente o caso, porque Ruth não estava na cama, e foi somente naquele momento que ele percebeu o cheiro de fritura subindo pelas escadas, quase como se dançasse um cancan zombeteiro debaixo do seu nariz. Ouviu o tilintar de xícaras e pires. O balbuciar de um bebê. Sons típicos da manhã. Sons longos e preguiçosos que ele não deveria estar ouvindo. Deveria ouvir os sons baixos da corrente elétrica que passava pelo aparelho de fax e pela máquina de xerox, o ruído do elevador subindo e descendo em seu poço, que soltava um ruído agudo ocasionalmente, como se estivesse avisando que as pessoas dentro do elevador já estavam cozidas. Deveria ouvir as unhas postiças de Alison no teclado. Deveria ouvir o rangido da roda do carrinho de correspondência de Gabe caminhando pelo corredor...

Gabe.

Ele vestiu um roupão e desceu correndo as escadas, quase tropeçando nos sapatos e na maleta que estavam no primeiro degrau. Chegou esbaforido à cozinha. Lá estavam eles, os três suspeitos habituais: Ruth, sua mãe e seu pai. Felizmente, Gabe não estava por perto. Restos de ovo estavam presos à barba grisalha que cobria o queixo do seu pai, sua mãe estava lendo o jornal, e tanto ela quanto Ruth ainda vestiam suas camisolas. Pud era o único que emitia algum som, cantarolava e balbuciava – as sobrancelhas subindo e descendo com tanta expressividade que até parecia que suas frases tinham algum significado. Lou observou a cena, mas na verdade não conseguiu assimilar um único pixel dela.

– Que diabos aconteceu, Ruth? – disse ele em voz alta, fazendo com que todos os olhos se erguessem e se voltassem em sua direção.

– O que foi? – Ela o olhou com os olhos arregalados.

– São nove da manhã. Nove horas da porra da manhã.

– Pare com isso, Aloysius – disse seu pai, irritado. Sua mãe o olhou, escandalizada.

– Por que diabos você não me acordou? – Ele se aproximou de Ruth.

– Lou, por que você está falando assim? – Ruth franziu a testa, e depois se virou para dar atenção ao filho. – Vamos lá, Pud, mais algumas colheradas, querido.

–Você está tentando fazer com que eu seja despedido, não é? Por que diabos você não me acordou?

– Bem, eu ia acordá-lo, mas Gabe disse que eu não deveria. Disse que seria bom deixar que você descansasse até as dez horas, que um repouso lhe faria bem, e eu concordei – disse ela, sem se exaltar, não se deixando afetar na presença dos pais de Lou.

– Gabe? – ele a encarou como se fosse a coisa mais ridícula do planeta. – GABE? – estava gritando agora.

– Lou – disse a mãe, assustada. – Não se atreva a gritar assim.

– Gabe, o cara que entrega as cartas? O desgraçado que ENTREGA AS CARTAS? – ele ignorou sua mãe. – Você deu ouvidos a ele? Gabe é um retardado!

– Lou! – repetiu sua mãe. – Fred, faça alguma coisa. – Ela cutucou o marido.

– Bem, aquele retardado – disse Ruth, esforçando-se para permanecer calma – trouxe você para casa ontem à noite, em vez de deixar que você se matasse enquanto dirigia bêbado.

Como se acabasse de recordar que Gabe o trouxera para casa, Lou saiu correndo e foi até a frente da casa. Deu a volta ao redor do carro, machucando os pés na trilha de cascalhos, estava tão preocupado com o veículo que mal sentia as pedras pontiagudas perfurando sua pele. Examinou o Porsche cuidadosamente, deslizando os dedos pela superfície, para ter certeza de que não havia nenhum arranhão ou amassado. Percebendo que não havia nada de errado, ele se acalmou um pouco, mas ainda não conseguia entender por que Ruth considerava a opinião de Gabe tão importante. O que estava acontecendo no mundo? Era como se todos estivessem comendo na mão de Gabe.

Ele voltou para dentro de casa e seus pais o olharam de tal maneira que, dessa vez, Lou não conseguiu pensar em nada para lhes dizer. Lou se esquivou deles e retornou à cozinha, onde Ruth ainda estava sentada à mesa, alimentando Pud.

– Ruthy... – Ele limpou a garganta e tentou se desculpar, uma das justificativas típicas no estilo Lou, o tipo de pedido de desculpas que nunca envolvia a palavra "desculpe". – O problema é que Gabe está tentando roubar meu emprego, entende? Você não percebeu isso, eu sei, mas é o que ele está fazendo. Então, quando ele saiu, belo e garboso, para ir ao trabalho esta manhã...

– Ele saiu há cinco minutos – Ruth o interrompeu, sem se virar, sem olhá-lo nos olhos. – Ficou num dos quartos de hóspedes porque eu não sabia se ele tinha um lugar onde dormir. Ele acordou e preparou o café para todos nós, e depois eu chamei um táxi para que ele pudesse ir trabalhar. Ele saiu há cinco minutos, e, portanto, também está atrasado para o trabalho. Você pode pegar suas acusações e ir atrás dele; pode agir como o valentão da escola quando encontrá-lo.

– Ruthy, eu...

– Você está certo, Lou, e eu estou errada. Você deixou claro, pelo comportamento que exibiu agora há pouco, que está no controle da situação e que não está nem um pouco estressado – disse ela, irônica. – Eu agi como uma idiota, pensando que você precisava de mais uma hora de sono. – Ruth ergueu o bebê da cadeira e beijou-o no rosto manchado pela comida. – Agora, Pud, vamos dar um banho em você – disse ela, sorrindo.

Pud bateu palmas e se derreteu como geleia sob os beijos com sabor de framboesa da sua mãe. Ruth andou na direção de Lou com Pud em seus braços, e, por um momento, Lou se tranquilizou ao olhar para o filho, que exibia um sorriso tão grande que poderia iluminar o mundo inteiro, mesmo que o sol perdesse seu brilho. Ele se preparou para receber Pud em seus braços, mas isso não ocorreu. Ruth passou por ele sem qualquer palavra, apertando Pud com força contra seu corpo enquanto ele ria todo animado, como se os beijos que ela lhe dava fossem as coisas mais engraçadas de toda sua curta vida. Lou sentiu a rejeição. Por cerca de cinco segundos. E, então, percebeu que eram cinco segundos do tempo que ele precisava para chegar ao trabalho. E começou a correr.

Em tempo recorde, e graças ao fato de o sargento O'Reilly não estar por perto quando Lou pisou no acelerador com força e disparou a caminho do trabalho, ele chegou ao escritório às dez e quinze da manhã. Ainda tinha alguns minutos antes que a reunião terminasse, e, assim, cuspindo na mão e alisando o cabelo, que não fora lavado, e deslizando a mão pelo rosto, que não fora barbeado, ele afastou os efeitos da tontura que sua ressaca lhe trazia, respirou fundo e entrou na sala de reuniões da diretoria.

Houve um murmúrio geral quando ele entrou. Não porque sua aparência estivesse tão ruim, mas por não estar perfeita. Ele sempre estava perfeito. Sentou-se em frente a Alfred, que piscou com uma mistura de espanto e de êxtase absoluto ao perceber o aparente desarranjo em que seu amigo se encontrava.

– Me desculpem pelo atraso – Lou se dirigiu às doze pessoas de maneira calma, embora não estivesse nem um pouco calmo. – Passei a noite em claro por causa de uma dor de barriga, mas já estou bem, eu acho.

Os rostos assentiram, compreendendo a situação.

– Bruce Archer disse que teve a mesma dor de barriga – disse Alfred, com um sorriso torto, e piscou para o Sr. Patterson.

O sangue de Lou começou a ferver. Achava que a qualquer minuto um ruído sibilante sairia pelo seu nariz, um pouco antes de ele explodir. Passou a reunião inteira em silêncio, lutando contra refluxos e náuseas, enquanto a veia em sua testa pulsava com toda a força.

– E assim, rapazes, a noite de hoje é muito importante. – O Sr. Patterson olhou para Lou, e Lou voltou a se concentrar na conversa.

– Sim, eu tenho uma videoconferência com Arthur Lynch – disse Lou. – Será às sete e meia, e tenho certeza de que tudo correrá sem qualquer problema. Já elaborei uma quantidade enorme de respostas para as perguntas dele, as quais repassamos durante a semana. Não creio que seja preciso revisá-las outra vez...

– Espere, espere. – O Sr. Patterson ergueu um dedo para interrompê-lo, e foi somente naquele momento que Lou percebeu que no rosto de Alfred se abria um enorme sorriso.

Lou olhou fixamente para Alfred para atrair sua atenção, esperando perceber algum indício, alguma dica sobre o que estava acontecendo, mas Alfred o evitou.

– Não, Lou. Você e Alfred terão um jantar com Thomas Crooke e seu sócio. Essa é a reunião que passamos o ano inteiro tentando conseguir – o Sr. Patterson riu, sem graça.

Desastre, desastre, desastre. Tudo estava desmoronando. Lou folheou sua agenda, esfregando os dedos trêmulos pelos cabelos, enxugando as gotas de suor da testa. Ele deslizou o dedo pelo cronograma recém-impresso, os olhos cansados tinham dificuldade para entrar em foco, o indicador úmido borrava as palavras enquanto avançava pela página. Lá estava: a videoconferência com Arthur Lynch. Nenhuma menção a um jantar de negócios. Nenhuma maldita menção a nenhum maldito jantar de negócios.

– Sr. Patterson, eu estou ciente da reunião com Thomas Crooke, que já era bastante aguardada – Lou limpou a garganta e olhou para

Alfred, confuso. – Mas ninguém confirmou nenhum jantar comigo, e eu disse a Alfred na semana passada que teria uma reunião com Arthur Lynch às sete e meia de hoje – repetiu ele, enfatizando as palavras. – Alfred? Você sabia de alguma coisa sobre esse jantar de negócios?

– Bem, eu sabia sim, Lou – disse Alfred num tom zombeteiro. – É claro que sabia. Reorganizei toda a minha agenda assim que eles confirmaram. É a nossa grande chance de fechar os contratos para as obras em Manhattan. Estamos falando sobre isso há meses.

Os outros, que estavam sentados ao redor da mesa, se moveram desconfortavelmente em suas cadeiras. Lou tinha certeza de que alguns estavam se divertindo bastante com a situação, documentando cada suspiro, olhar e palavra para relatá-los aos outros assim que saíssem da sala de reuniões.

– Todos podem voltar ao trabalho – disse o Sr. Patterson, preocupado. – Precisamos lidar com essa situação com certa urgência, eu receio.

A sala se esvaziou e restaram à mesa apenas Lou, Alfred e o Sr. Patterson. Lou percebeu instantaneamente, pela postura de Alfred e pelo olhar em seu rosto, pelos dedos grossos e curtos unidos sob o seu queixo como se estivesse rezando, que Alfred conquistara uma posição elevada naquele momento. Alfred estava agindo da sua maneira favorita, na posição em que mais gostava de estar para atacar.

– Alfred, há quanto tempo você sabe a respeito desse jantar? E por que não me contou? – Lou partiu para a ofensiva imediatamente.

– Eu lhe disse, Lou – Alfred se dirigiu a ele como se Lou fosse um imbecil, incapaz de compreender.

Lou, suado por causa da barba por fazer, via a tranquilidade de Alfred e sabia que não sairia daquela situação com facilidade. Ele tirou os dedos trêmulos do cronograma e juntou as mãos.

– Isso é um desastre, um desastre completo! – o Sr. Patterson esfregava o queixo insistentemente com as mãos. – Preciso que vocês dois estejam naquele jantar, mas não podemos perder essa videoconferência com Arthur. O jantar não pode ser adiado. Demoramos muito para conseguir agendá-lo. O que me diz da conferência com Arthur?

Lou engoliu em seco.

– Vou ver se consigo dar um jeito.

– Se não for possível, não há nada que possamos fazer, a não ser deixar que Alfred inicie a reunião. Lou, assim que você terminar a videoconferência, vá se juntar a Alfred o mais rápido possível.

– Lou tem uma negociação bastante séria para discutir. Terá sorte se conseguir chegar para a sobremesa. Eu posso cuidar da reunião com Thomas Crooke, Laurence. – Alfred falava pelo canto da boca com o mesmo sorriso torto, o que fazia Lou querer pegar a jarra de água que estava sobre a mesa e atirá-la com força na cabeça do colega. – Posso resolver tudo sozinho.

– Sim, bem... vamos esperar que Lou negocie rápido e que tenha sucesso. Do contrário, esse dia inteiro terá sido uma perda de tempo. – Esbravejou o Sr. Patterson, pegando seus papéis e se levantando. A reunião estava encerrada.

Lou sentia que estava no meio de um pesadelo; tudo estava desmoronando, e o seu trabalho estava sendo sabotado.

– Bem, foi uma reunião decepcionante. Achei que ele ia dizer quem assumirá a empresa quando se aposentar – disse Alfred, com um ar preguiçoso. – Nenhuma palavra sobre o assunto, acredita nisso? Acho mesmo que ele deveria nos dizer, mas eu estou na empresa há mais tempo do que você. Portanto...

– Alfred? – Lou o observava fixamente, embasbacado.

– O que foi? – Alfred pegou uma embalagem de chicletes do bolso e jogou um na boca. Ofereceu outro a Lou, que recusou com um movimento violento de cabeça.

– Eu me sinto como se estivesse numa espécie de limbo aqui. Que diabos está acontecendo?

– Você está de ressaca. É isso que está acontecendo. Você está mais parecido com o mendigo do que o próprio mendigo – riu Alfred. – E você deveria aceitar um destes – disse Alfred, oferecendo os chicletes outra vez. – Seu hálito está cheirando a vômito.

Lou rejeitou o chiclete mais uma vez.

– Por que você não me falou sobre o jantar, Alfred? – perguntou, enraivecido.

– Eu lhe disse – insistiu Alfred, levando mais chicletes à boca. – Eu definitivamente lhe disse. Ou disse a Alison. Disse a Alison, mesmo? Talvez eu tenha dito à outra, aquela com os peitos bem grandes. Você sabe, aquela que você andou comendo por um tempo.

Lou saiu da sala de reuniões pisando forte e foi direto à mesa de Alison, onde jogou os papéis com os detalhes do jantar daquela noite sobre o seu teclado, interrompendo o bater das unhas postiças contra as teclas.

Ela estreitou os olhos e leu o cronograma.

– O que é isso?

– Um jantar que acontecerá hoje à noite. Um jantar muito importante. Às oito da noite. E eu tenho de estar lá. – Lou andou de um lado para outro enquanto Alison lia o documento.

– Mas você não pode, tem a videoconferência.

– Eu sei, Alison – vociferou Lou. – Mas preciso estar nesse jantar. – Disse, batendo a ponta do dedo na página. – Faça com que isso aconteça. – Ele correu para sua sala e bateu a porta. Ficou paralisado antes de chegar à mesa. Sua correspondência estava lá.

Ele recuou e abriu a porta do escritório outra vez.

Alison, que olhou na direção da porta rapidamente ao ouvi-la se abrir, desligou o telefone e o olhou nos olhos.

– Sim? – disse ela, ansiosa.

– As cartas.

– Sim?

– Desde quando elas estão aqui?

– Foi a primeira coisa que chegou pela manhã. Gabe as trouxe no mesmo horário de sempre.

– Não pode ser – objetou Lou. – Você o viu?

– Sim – disse ela, com uma expressão de preocupação no rosto. – Ele me trouxe um café, também. Pouco antes das nove, eu acho.

– É impossível. Ele estava na minha casa – disse Lou, mais para si mesmo do que para ela.

– Ah, Lou... só uma coisa antes de você ir. Seria um momento ruim para começarmos a discutir os detalhes da festa do seu pai?

Ela mal conseguiu terminar a frase antes que ele voltasse à sua sala e batesse a porta.

Há vários tipos de alertas para despertar. Para Lou Suffern, o alarme para despertar era uma tarefa que o seu amado BlackBerry desempenhava todos os dias. Às seis horas de todas as manhãs, quando estivesse na cama, sonhando e dormindo, pensando em ontem e planejando o amanhã, seu BlackBerry tocaria, obedientemente e em alto e bom som, um toque propositadamente desagradável aos ouvidos. Erguia-se da mesinha de cabeceira e o atingia diretamente no inconsciente, tirando-o do sono e arrastando-o para o mundo das pessoas acordadas.

Quando isso acontecia, Lou acordava; olhos fechados e depois abertos. Corpo na cama, depois fora dela; nu, depois vestido. Para Lou, acordar era isso. O período de transição entre o sono e o trabalho.

Para outras pessoas, os alarmes para despertar funcionam de maneiras diferentes. Para Alison, foi o susto com a possibilidade de estar grávida que a forçou a fazer algumas escolhas; para o Sr. Patterson, foi o nascimento do seu primeiro filho, que fez com que ele passasse a enxergar o mundo de maneira diferente, o que passou a afetar cada uma de suas decisões. Para Alfred, foi quando ele tinha 12 anos de idade; seu pai perdeu os vários milhões que compunham a fortuna da família, e Alfred frequentou a escola estadual por um ano; embora tivessem recuperado a fortuna antes que alguém importante soubesse das dificuldades por que passavam, a experiência mudou para sempre a maneira como ele percebia a vida e as pessoas. Para Ruth, o alarme para despertar ocorreu quando, durante as férias de verão, ela encontrou o marido em sua cama com a babá polonesa de 26 anos. Para a pequena Lucy, aos 5 anos de idade, foi quando olhou para a plateia do teatro da escola e viu a poltrona vazia ao lado da sua mãe. Há vários tipos de alertas para despertar, mas somente um é importante.

Naquele dia, Lou estava recebendo um tipo muito diferente de alarme para despertar. Lou Suffern, como você pode ver, não sabia que uma pessoa poderia ser acordada se seus olhos já estivessem abertos. Não percebia que uma pessoa poderia ser acordada quando já estava fora da cama, vestida com um terno elegante, fechando negócios e supervisionando reuniões. Não percebia que uma pessoa poderia ser acordada quando considerava estar calma, bem composta e comedida, capaz de lidar com a vida e com tudo que ela pudesse apresentar. As sirenes de alarme estavam tocando cada vez mais alto em seus ouvidos, e ninguém além do seu inconsciente conseguia ouvi-las. Ele estava tentando ignorá-las, tentando apertar o botão de "soneca" para que pudesse se entregar ao estilo de vida no qual se sentia bem, mas que não estava funcionando. Não sabia que era impossível dizer à vida quando ele estaria pronto para aprender, e a vida estava lhe dizendo que estava preparada para ensinar. Ele não sabia que não era o caso de apertar alguns botões e, repentinamente, saber de tudo; não sabia que os botões a serem apertados estavam nele mesmo.

Lou Suffern achava que sabia tudo.

Mas estava apenas começando a arranhar a superfície.

Um esbarrão na noite

Às sete horas daquela noite, quando os colegas de trabalho de Lou já tinham sido cuspidos para fora da empresa e absorvidos pela onda natalina que se espalhava pelas ruas, Lou Suffern continuava sentado atrás da sua mesa, sentindo-se menos como o executivo sagaz e mais como Aloysius, o aluno obrigado a ficar na escola depois do horário de saída, a imagem contra a qual ele lutara durante tantos anos para deixar para trás. Aloysius olhava para as pastas que estavam sobre a mesa à sua frente com o mesmo ânimo que teria ao encarar um prato de legumes. Aquelas pastas pareciam ter domínio sobre a sua liberdade.

Ao descobrir que não haveria qualquer possibilidade de que Lou cancelasse ou reagendasse a videoconferência, Alfred, que parecia genuinamente decepcionado, fez sua melhor cara de cachorro sem dono e passou a agir de modo a limitar os danos que seriam causados, evitando qualquer insinuação de ter se envolvido naquela maracutaia, e começou a se concentrar na melhor maneira de abordar a negociação. Convincente, como sempre, Alfred fez com que Lou fosse incapaz de se lembrar do momento em que começara a se indispor com ele, e fez também com que Lou perguntasse a si mesmo por que responsabilizara Alfred por toda aquela situação. Alfred causava esse efeito nas pessoas repetidamente, movendo-se como um bumerangue que fora arrastado pela lama, mas que ainda assim conseguia encontrar o caminho para voltar ao mesmo par de mãos que o lançara.

Fora do prédio, a noite estava negra e fria. Os carros enfileirados nas ruas enchiam cada ponte e ancoradouro conforme as pessoas voltavam para casa, em contagem regressiva para a chegada do Natal. Harry tinha razão; tudo estava acontecendo rápido demais, e os dias que antecediam a data pareciam ter mais importância do que o feriado em si. A cabeça de Lou, agora, latejava mais do que durante a manhã, e seu olho esquerdo pulsava enquanto a enxaqueca piorava. Mal conseguia pensar, nem formar uma sentença coerente. Assim, vestiu o sobretudo de casimira, embrulhou-se em seu cachecol e deixou o escritório para ir à loja de conveniência ou à farmácia mais próxima comprar comprimidos para dor de cabeça. Sabia que estava de ressaca, mas também tinha certeza de que estava ficando doente. Nos últimos dias, tinha se sentido muito estranho, como se não fosse ele mesmo: desorganizado, inseguro, características que, sem dúvida, eram devidas à doença.

Os corredores da empresa estavam escuros; as luzes apagadas em todas as salas, com exceção de algumas lâmpadas de emergência deixadas acesas para que os seguranças pudessem fazer a ronda. Ele apertou o botão do elevador e esperou pelo ruído dos cabos que ergueriam a máquina pelo fosso. Tudo estava silencioso. Pressionou o botão novamente e olhou para as luzes que indicavam os andares. A luz do térreo estava acesa, mas não houve nenhum movimento. Ele apertou o botão outra vez. Nada aconteceu. Apertou-o mais algumas vezes até que não pôde mais conter a raiva e começou a socar o painel. Enguiçado. Mais essa. Afastou-se do elevador em busca da escada de incêndio; a cabeça latejando. A trinta minutos do início da videoconferência, tinha o tempo exato para descer os treze andares e subir correndo com os comprimidos. Fora do corredor principal, passou por portas que nunca percebera antes e se viu em corredores estreitos, onde os carpetes felpudos tinham desaparecido. As grossas portas de nogueira e os painéis de madeira que forravam as paredes do seu andar foram substituídos por tinta branca e placas de compensado, e as salas tinham proporções muito menores. Em vez da bela coleção de arte que ele observava a cada dia nos corredores da sua empresa, os corredores deste lugar estavam apinhados com fotocopiadoras e aparelhos de fax.

Fazendo uma curva e entrando em outro corredor, ele parou e riu sozinho. Os segredos da velocidade de Gabe foram revelados. À sua frente, havia um elevador de serviço, e tudo fez sentido. As portas estavam escancaradas, uma luz esbranquiçada vinda de uma lâmpada fluorescente iluminava o pequeno cubículo cinzento. Ele entrou no elevador e a luz fez seus olhos doerem. Antes que pudesse estender os dedos para tocar os botões do painel, as portas se fecharam e o elevador desceu rapidamente. A velocidade era duas vezes maior do que a dos elevadores convencionais, e, mais uma vez, Lou ficou satisfeito ao descobrir como

Gabe conseguia ir de um lugar a outro de maneira tão rápida.

Enquanto o elevador continuava a descer, ele pressionou o botão do térreo, mas o mostrador não se iluminou. Ele apertou mais algumas vezes e, com uma preocupação que crescia a cada instante, observou a luz do painel passar de um andar a outro. Doze, onze, dez... A velocidade estava aumentando. Nove, oito, sete... não havia qualquer sinal de que iria frear. O elevador balançava na sua descida vertiginosa; com o medo e a ansiedade crescendo, Lou começou a apertar todos os botões, inclusive o de emergência, mas nada funcionava. O elevador continuou a cair pelo fosso, seguindo seu próprio curso.

Perto de chegar ao térreo, Lou se afastou rapidamente das portas e se agachou, encolhendo-se no canto do elevador. Enfiou a cabeça entre as pernas, cruzou os dedos e preparou-se para o impacto.

Segundos depois, o elevador freou e parou abruptamente. Dentro do fosso, a caixa de metal balançou na ponta dos cabos e guinchou com a parada repentina. Quando Lou abriu os olhos, fechados com força, viu que estava no subsolo. Como se o elevador tivesse funcionado normalmente durante todo aquele tempo, as portas se abriram com um "plim", que soou bastante alegre. Lou estremeceu; aquele lugar não tinha nada a ver com o comitê de boas-vindas que o recebia cada vez que ele descia no décimo quarto andar. O subsolo era escuro e frio, e o chão de concreto estava bastante empoeirado. Sem querer sair do elevador naquele pavimento, ele apertou o botão do térreo outra vez para voltar rapidamente às superfícies de mármore e aos carpetes, aos tons suaves de caramelo e cromo, porém, mais uma vez, o botão não se iluminou, o elevador não respondeu ao seu comando e as portas permaneceram abertas. Ele não teve escolha a não ser sair dali e tenta
encontrar a escada de incêndio para que pudesse subir até o térr
Assim que saiu do elevador e colocou os dois pés no piso de cor
do subsolo, as portas se fecharam e o elevador subiu.

A iluminação do subsolo era fraca. No fim do corredor
pada fluorescente acendia e apagava. Aquilo não era bo
dor de cabeça e fez com que Lou perdesse o equilíbrio
Havia um ruído alto de máquinas funcionando ao
teto não fora instalado, e todos os sistemas elétric
expostos. O piso era duro e frio por baixo dos s
as partículas de pó se erguiam e cobriam os h

do pelo corredor estreito, procurando pela saída de emergência, Lou ouviu música saindo por baixo de uma porta, no fim de um corredor que continuava numa curva para a direita. "Driving Home for Christmas", de Chris Rea. No fim do corredor, do lado oposto, ele viu a placa verde iluminada, acima de uma porta de metal, com o desenho de um homem correndo. Olhou para a saída, depois virou o rosto na direção da sala no fundo do corredor, por onde a música e a luz vazavam por baixo da porta. Olhou para o seu relógio. Ainda tinha tempo de correr até a farmácia e – se os elevadores funcionassem como deveriam – voltar ao seu escritório a tempo de cuidar da videoconferência. A curiosidade o venceu; ele caminhou até o fim do corredor e tamborilou os nós dos dedos contra a porta. A música estava tão alta que ele mal podia ouvir o som da sua mão batendo na porta. Então, lentamente, ele abriu a porta e enfiou a cabeça pelo vão.

A visão roubou as palavras da sua boca e saiu correndo com elas debaixo do braço, gargalhando.

Atrás da porta havia um pequeno depósito, as paredes apinhadas de estantes de metal que iam do chão ao teto, abarrotadas com todo tipo de objeto, de lâmpadas a rolos de papel higiênico. Havia dois corredores, e os dois não tinham mais do que um metro de comprimento. Foi o segundo que atraiu a atenção de Lou. Por entre as prateleiras, a iluminação vinha do nível do chão. Aproximando-se do corredor, ele viu um saco de dormir familiar estendido ao lado da parede. Sobre o saco de dormir estava Gabe, lendo um livro, tão entretido que não ergueu os olhos quando Lou se aproximou. Nas prateleiras inferiores, havia uma fileira de velas acesas, como as velas perfumadas dos banheiros dos escritórios, e um pequeno abajur sem a cúpula emitia uma iluminação alaranjada no canto da sala. Gabe estava enrolado no mesmo cobertor sujo que usava quando ficava sentado na calçada. Sobre uma prateleira, repousava uma chaleira e uma embalagem plástica com um sanduíche pela metade. Seu novo terno estava pendurado, ainda coberto pela capa de plástico, nunca usado. A imagem do terno imaculado pendurado na estante de metal de um pequeno depósito fez com que Lou se lembrasse do aparelho [illegible]e chá de sua avó, algo precioso, guardado para uma ocasião que nunca sur[illegible] ou surgiu e nunca chegou a ser reconhecida.

Gabe ergueu os olhos e o livro saiu voando de suas mãos, e por [illegible]o não se chocou com uma vela, enquanto ele se erguia, sentando-[illegible]eto e alerta.

– Lou – disse ele, assustado.

– Gabe – disse Lou, e não sentiu a satisfação que imaginou que sentiria. A visão que se abria à sua frente era triste. Não era de se admirar que aquele homem era o primeiro a chegar no escritório todas as manhãs e o último a sair. Aquele pequeno depósito apinhado de prateleiras cheias de objetos aleatórios tinha se tornado o lar de Gabe.

– Por que comprou o terno? – perguntou Lou, olhando diretamente para ele. Não combinava com o lugar empoeirado. Todo o resto era velho e usado, deixado para trás e esquecido. Ainda assim, pendurado num cabide de madeira, havia um terno limpo e caro. Simplesmente não se encaixava naquele lugar.

– Ah, nunca se sabe quando precisaremos de um bom terno – respondeu Gabe, observando Lou com atenção. – Você vai contar a alguém? – perguntou ele, embora não parecesse estar preocupado, apenas curioso.

Lou observou Gabe e sentiu pena.

– Harry sabe que você está aqui?

Gabe balançou a cabeça negativamente.

Lou pensou naquilo.

– Não direi uma palavra a respeito.

– Obrigado.

– Você passou a semana inteira aqui?

Gabe assentiu.

– Faz frio aqui.

– Sim. O aquecimento central é desligado depois que todos vão embora.

– Posso lhe trazer alguns cobertores... Um aquecedor elétrico ou alguma outra coisa, se você quiser – disse Lou, sentindo-se tolo assim que pronunciou aquelas palavras.

– Sim, obrigado, seria ótimo. Sente-se – disse Gabe, apontando para um caixote que estava na prateleira inferior. – Por favor.

Lou arregaçou as mangas quando estendeu as mãos para pegar o caixote, sem querer que a poeira e a sujeira estragassem seu terno, e sentou-se lentamente.

– Quer um café? É preto. Estavam tendo problemas com a máquina e não puderam fazer um latte.

– Não, obrigado. Saí somente para buscar alguns comprimidos para dor de cabeça – respondeu Lou, sem perceber a piada enquanto olhava à sua volta, distraído. – Queria agradecê-lo por me levar para casa ontem.

– Não há de quê.

– Você cuidou bem do Porsche – disse Lou, estudando-o. – Já dirigiu um antes?

– Claro que sim. Tenho um estacionado no meu quintal – disse Gabe, revirando os olhos.

– Ah, sim, desculpe... como você sabia onde eu morava?

– Eu adivinhei – disse Gabe, ironicamente, enquanto se servia de uma xícara de café. Quando Lou o encarou, ele acrescentou: – Sua casa era a única naquela rua que tinha um portão de mau gosto. Portões de muito mau gosto. Com um pássaro no topo. Um pássaro? – ele olhou para Lou como se a simples ideia de um pássaro de metal deixasse um cheiro ruim na sala, o que poderia muito bem acontecer se as velas perfumadas não estivessem ali.

– É uma águia – disse Lou, na defensiva. – Sabe, ontem à noite, eu... – Lou começou a se desculpar ou, pelo menos, a tentar explicar seu comportamento na noite anterior. Depois, voltou a pensar no assunto e não sentiu vontade de se explicar a ninguém, especialmente a Gabe, que estava dormindo no chão de um depósito no subsolo e ainda tinha a audácia de se achar melhor do que ele. – Por que você disse a Ruth para me deixar dormir até as dez horas?

Gabe fixou seus olhos azuis nele. Embora Lou tivesse um salário anual de seis dígitos e uma mansão de vários milhões de euros numa das áreas mais elegantes de Dublin, e tudo o que Gabe tinha estivesse ali naquela sala, ele novamente se sentiu inferior. Como se estivesse sendo julgado.

– Achei que você precisava descansar – respondeu Gabe.

– Quem é você para decidir isso?

Gabe apenas sorriu.

– O que é tão engraçado?

– Você não gosta de mim, não é, Lou?

Bem, aquilo foi direto. Direto ao ponto, sem rodeios, e Lou gostava disso.

– Eu não diria que não gosto de você.

– Você está preocupado com a minha presença neste prédio – prosseguiu Gabe.

– Preocupado? Não. Você pode dormir onde quiser. Isso não me incomoda.

– Não é isso o que eu quero dizer. Eu o ameaço, Lou?

Lou jogou a cabeça para trás e riu. Foi exagerado e ele sabia disso, mas não se importava. Causou o efeito desejado. Encheu a sala e ecoou pela pequena cela de concreto com o teto aberto e a fiação exposta; sua presença soou maior do que o espaço de Gabe.

– Intimidado por você? Bem, vejamos... – Ele ergueu as mãos para indicar a sala onde Gabe estava morando. – Será que preciso dizer mais alguma coisa? – disse ele, pomposamente.

– Ah, já entendi – disse Gabe com um sorriso amplo, como se acabasse de adivinhar a solução de um enigma. – Eu tenho menos coisas. Esqueci o quanto isso significa para você – disse ele com uma risada suave, e estalou os dedos, fazendo com que Lou se sentisse estúpido.

– Coisas não são importantes para mim – Lou tentou se defender, sem muita convicção. – Estou envolvido com vários projetos de caridade. Eu dou coisas a outras pessoas o tempo todo.

– É verdade – Gabe assentiu, solenemente. – Até mesmo a sua palavra.

– Do que você está falando?

– Você não honra a sua palavra. – Ele se ergueu rapidamente e pegou uma caixa de sapatos que estava na segunda prateleira, revirando o seu conteúdo. – Sua cabeça ainda está doendo?

Lou assentiu e esfregou os olhos, cansado.

– Fique com isso – Gabe parou de revirar a caixa e pegou um pequeno pote de comprimidos. – Você sempre quer saber como eu vou de um lugar a outro, não é? Tome um destes – disse ele, jogando a embalagem para Lou.

Lou estudou o pote. Não havia nenhum rótulo.

– O que é isso?

– É um tipo de mágica – riu Gabe. – Se tomar um deles, tudo ficará claro.

– Não uso drogas. – Lou devolveu o pote, colocando-o aos pés do saco de dormir.

– Não são drogas. – Gabe revirou os olhos.

– Então, o que são?

– Não sou farmacêutico. Simplesmente fique com os comprimidos. Só sei que funcionam.

– Não, obrigado. – Lou se levantou e preparou-se para ir embora.

– Isso o ajudaria bastante. Você sabe que seria bom ter ajuda, Lou.

– Quem disse que eu preciso de ajuda? – Lou se virou. – Sabe de uma coisa, Gabe? Você perguntou se eu não gosto de você. Isso não é verdade. Eu não me importo com a sua presença. Sou um homem ocupado, não me sinto incomodado quando você está por perto, mas isso... é isso de que não gosto em você, frases paternalistas como essa. Estou bem, muito obrigado. Minha vida é ótima. Só estou com dor de cabeça, e é só isso. Entendeu?

Gabe fez que sim com a cabeça, e Lou se virou em direção à porta.

Gabe começou a falar outra vez.

– Pessoas como você são...

– São o quê, Gabe? – Lou se virou, irritado, a voz mais alterada a cada frase. – Pessoas como eu são o quê? Esforçadas? Gostam de sustentar suas famílias? Não passam o dia inteiro sentados na calçada esperando por esmolas? Pessoas como eu ajudam pessoas como você, fazem de tudo para lhes dar um emprego e fazer com que a sua vida melhore...

Se Lou tivesse esperado até que Gabe terminasse a frase, perceberia que Gabe não estava insinuando nada desse tipo. Gabe estava se referindo a pessoas competitivas. Pessoas ambiciosas, que estão sempre pensando no prêmio em vez de simplesmente realizar as tarefas que estão ao alcance de suas mãos. Pessoas que querem ser as melhores pelos motivos errados, e que fazem praticamente qualquer coisa para alcançar seus objetivos. Ser o melhor é a mesma coisa que estar na média, o que, por sua vez, é o mesmo que ser o pior. Tudo era um estado de espírito. O importante era saber como uma pessoa se sentia nesse estado e por que estava nesse estado.

Gabe queria explicar a Lou que pessoas como ele vivem olhando por cima dos próprios ombros, sempre atentas ao que as pessoas à sua volta estão fazendo, comparando-se aos outros, procurando conquistar coisas melhores, sempre querendo ser melhores que os outros. E o motivo de Gabe falar a Lou Suffern sobre pessoas como Lou Suffern era avisá-lo de que quem vive olhando por cima dos próprios ombros acaba tropeçando no que está à frente.

Os caminhos ficam muito mais claros quando as pessoas param de dar atenção ao que os outros estão fazendo e concentram-se em si mesmas. Lou não pode se dar ao luxo de ficar tropeçando nas coisas neste momento da história. Se for assim, o final certamente será arruinado, e ainda precisamos chegar lá. Sim, Lou tinha muito a fazer.

Mas Lou não ficou ali para ouvir. Saiu daquela mistura de depósito-quarto balançando a cabeça e sem acreditar na petulância de Gabe enquanto voltava pelo corredor com as luzes fluorescentes que acendiam e apagavam. Conseguiu encontrar a escada de incêndio e subiu correndo até o térreo.

Assim que abriu a porta, tudo se tornou imediatamente bege e quente, e Lou estava de volta à sua zona de conforto. O guarda da equipe de segurança o encarou quando Lou surgiu pela porta de emergência e franziu a testa.

– Tem algo errado com os elevadores – disse Lou a ele, sem tempo para ir a uma farmácia e voltar a tempo para a videoconferência. Teria que voltar ao seu escritório exatamente do jeito que estava, com a mesma aparência, sentindo-se daquele jeito, com a cabeça quente e confusa, e com as palavras ridículas de Gabe ainda ecoando em seus ouvidos.

– É a primeira vez que ouço alguém dizer isso. – O segurança foi até onde Lou estava. Estendeu a mão e pressionou o botão do elevador, que se iluminou imediatamente, e as portas se abriram.

Ele olhou para Lou com uma expressão estranha no rosto.

– Oh. Esqueça o que eu disse, então. Obrigado. – Lou entrou outra vez no elevador e subiu até o décimo quarto andar. Apoiou a cabeça contra o espelho, fechou os olhos e sonhou que estava em casa, na cama, com Ruth aconchegada ao seu lado, com um braço e uma perna ao redor dele como sempre fazia, ou costumava fazer, quando dormia.

Quando o elevador fez o "plim" característico, indicando que estava no décimo quarto andar, Lou abriu os olhos e saltou com um grito, aterrorizado.

Gabe estava bem à sua frente no corredor, com as feições solenes e o nariz quase tocando as portas quando elas se abriram. Ele agitou a embalagem de comprimidos na frente do rosto de Lou.

– PUTA QUE PARIU! GABE!

– Você esqueceu isso.

– Não esqueci.

– É o que vai fazer a sua dor de cabeça passar.

Lou arrancou o pote de comprimidos da mão de Gabe e o enfiou com força no bolso da calça.

– Divirta-se – sorriu Gabe, satisfeito.

– Eu já lhe disse que não uso drogas. – Lou manteve a voz baixa, embora soubesse que não havia mais ninguém no andar.

– E eu lhe disse que isso não é droga. Pense nesses comprimidos como um remédio homeopático.

– Um remédio para quê, exatamente?

– Para os seus problemas, que já são muitos. Acredito que já os enumerei para você.

– E quem enumerou meus problemas foi uma pessoa que dorme em um maldito depósito no subsolo – resmungou Lou. – Por que não toma um comprimido e vai dar um jeito na sua vida? Ou seja lá o que o deixou nessa situação? Sabe, Gabe, estou cansado de ouvir você me julgando, especialmente porque eu estou por cima e você está por baixo.

A expressão de Gabe em relação àquela frase foi de curiosidade, e fez com que Lou se sentisse culpado.

– Me desculpe – suspirou ele.

Gabe simplesmente aquiesceu.

Lou examinou os comprimidos, sentindo a cabeça latejar, mais pesada agora.

– Por que eu deveria confiar em você?

– Considere isso um presente. – Gabe repetiu as palavras que Lou lhe dissera há alguns dias.

O presente de Gabe e as palavras repetidas causaram arrepios em Lou Suffern.

Com certeza

Sozinho em seu escritório, Lou tirou os comprimidos do bolso e colocou-os sobre a mesa. Apoiou a cabeça contra o tampo e finalmente fechou os olhos.

– Meu Deus, você está um desastre – ele ouviu uma voz falar ao lado do seu ouvido e levantou-se, assustado.

– Alfred – disse ele, esfregando os olhos. – Que horas são?

– Sete e vinte e cinco. Não se preocupe, você não perdeu sua reunião. Graças a mim. – Ele abriu aquele sorriso torto outra vez, deslizando as suas unhas grossas, manchadas de nicotina e roídas sobre a mesa de Lou. Um toque era o suficiente para estragar tudo e deixar a mesa marcada, o que irritava Lou. A expressão "dedos sujos e pegajosos" se encaixava perfeitamente. – Ei, o que é isso? – Alfred pegou a embalagem de comprimidos e abriu a tampa.

– Devolva. – Lou estendeu a mão para pegá-las, mas Alfred se esquivou. Colocou algumas sobre a palma úmida da mão.

– Alfred, devolva isso – disse Lou, com a voz severa, tentando impedir que o desespero o dominasse enquanto Alfred corria pela sala agitando o pote no ar, provocando-o com o mesmo ar e atitude de um garoto que se comporta como o valentão da escola.

– Lou, seu menino travesso, o que está aprontando? – perguntou Alfred, cantarolando com um toque acusador na voz, que fez Lou sentir seus ossos gelarem.

Sabendo que Alfred provavelmente tentaria usar os comprimidos contra ele, Lou pensou rápido.

– Parece que você está tentando inventar uma história – disse Alfred, sorrindo. – Eu sei quando você está blefando. Já o vi fazendo isso em várias reuniões, lembra-se? Não confia em mim o bastante para dizer a verdade?

Lou sorriu e manteve a voz tranquila, quase com um tom de brincadeira, mas os dois agiam com seriedade.

– Quer que eu seja honesto? Ultimamente, não. Eu não ficaria surpreso se você inventasse um plano para usar essa pequena embalagem contra mim.

Alfred riu.

– Ah, o que é isso, Lou? Isso é jeito de tratar um velho amigo?

O sorriso de Lou se desfez.

– Não sei, Alfred. Me diga você.

Os dois se encararam por um momento, até que Alfred quebrou o contato visual.

– Tem alguma coisa em mente, Lou?

– O que você acha?

– Escute – os ombros de Alfred relaxaram, a arrogância se desfez e a fachada humilde começou a atuar. – Se você está preocupado com a reunião desta noite, pode ficar tranquilo. Não tive nada a ver com o agendamento dos seus compromissos. Converse com Louise, se quiser. Quando Tracey saiu da empresa e Alison assumiu o posto, muitas coisas acabaram se perdendo – disse ele, dando de ombros. – Que ninguém nos ouça, mas Alison parece ser um pouco desorganizada.

– Não coloque a culpa em Alison – Lou cruzou os braços.

– Ah, sim! – Alfred sorriu e assentiu lentamente para si mesmo. – Esqueci que vocês têm um caso.

– Não temos caso nenhum. Pelo amor de Deus, Alfred.

– Certo. Desculpe. – Alfred deslizou os dedos sobre os lábios como se estivesse fechando um zíper. – Ruth nunca vai saber de nada, eu prometo.

O simples fato de Alfred ter mencionado aquilo mexeu com os nervos de Lou.

– O que deu em você? – perguntou Lou, bastante sério agora.

– O que há com você? É estresse? É aquele pó que você vive enfiando no nariz? Que diabo está acontecendo? Está preocupado com as mudanças...

– As mudanças... – Alfred torceu o nariz. – Você faz com que eu pareça uma mulher na menopausa.

Lou olhou fixamente para ele.

– Estou ótimo, Lou – disse Alfred. – Como sempre estive. É você que está agindo de um jeito estranho por aqui. Todos estão falando disso, até o Sr. Patterson. Talvez seja por causa disto aqui. – Ele agitou o pote de comprimidos na frente do rosto de Lou, exatamente como Gabe fizera.

– São comprimidos para dor de cabeça.

– Não tem nenhum rótulo nesse pote.

– Meus filhos o arrancaram. Agora, será que você pode parar de chacoalhar esse pote e devolvê-lo para mim? – Lou estendeu a mão aberta para Alfred.

– Ah, comprimidos para dor de cabeça. Entendo. – Alfred estudou a embalagem novamente. – É isso mesmo? Porque eu imaginei ter ouvido o mendigo dizer que era um remédio homeopático.

Lou engoliu em seco.

– Você está me espionando, Alfred? É isso que está fazendo?

– Não – Alfred riu tranquilamente. – Vou mandar alguém analisar isso aqui para você, só para ter certeza de que não são nada mais do que comprimidos para dor de cabeça. – Ele pegou um comprimido, guardou-o no bolso e devolveu a embalagem. – É bom poder descobrir algumas coisas sozinho quando meus amigos estão mentindo para mim.

– Conheço bem essa sensação. – Lou concordou, feliz por ter o pote de volta em suas mãos. – Como quando descobri a reunião que você e o Sr. Patterson tiveram há alguns dias durante a manhã, e o almoço que vocês tiveram juntos na sexta-feira passada.

De maneira bastante incomum, Alfred parecia estar genuinamente chocado.

– Ah – disse Lou, suavemente. – Você não sabia que eu sabia disso, não é? Desculpe. Bem, é melhor ir para o seu jantar ou vai perder os aperitivos. Muito trabalho e pouco caviar deixam Alfred um chato.

Lou levou Alfred, que manteve o silêncio, até a porta, abriu-a e piscou para ele antes de fechá-la tranquilamente e dar as costas ao colega.

As sete e meia da noite chegaram e passaram sem que Arthur Lynch surgisse no monitor de plasma de cinquenta polegadas à frente de Lou na mesa da sala de reuniões. Sabendo que poderia ser visto por qualquer pessoa que estivesse presente na reunião, ele tentou relaxar em sua cadeira e esforçou-se para não dormir. Às sete e quarenta, a secretária do Sr. Lynch o informou que ele demoraria mais alguns minutos.

Enquanto esperava, cada vez mais sonolento, Lou imaginou Alfred no restaurante, no máximo da sua arrogância, virando o centro das atenções, falando alto e fazendo o seu melhor para entreter os presentes; roubando a glória, fechando ou recusando uma negociação com a qual Lou não estaria associado, a menos que Alfred fracassasse. Deixando passar essa oportunidade – a reunião mais importante do ano –, Lou estava perdendo a maior chance de provar seu potencial ao Sr. Patterson. O cargo de Cliff e a grande sala vazia que viria com ele eram constantemente expostos a Lou, dia após dia. O antigo escritório de Cliff ficava mais adiante no corredor, ao lado da sala do Sr. Patterson, com as persianas abertas e totalmente vazio. Uma sala maior, com uma iluminação melhor. Aquilo o atraía. Já fazia seis meses desde que Cliff tivera o colapso, e por um longo período ele apresentou comportamentos estranhos. Lou encontrou Cliff agachado atrás de sua mesa, com o corpo tremendo, segurando o teclado do computador contra o peito. Ocasionalmente, seus dedos digitavam alguma espécie de código Morse, movidos pelo pânico. Eles estavam chegando para buscá-lo, repetia ele com os olhos arregalados e completamente aterrorizado.

Quem eram eles, Lou não conseguiu descobrir. Tentou gentilmente fazer com que Cliff saísse de baixo da mesa e calçasse suas meias e sapatos, mas Cliff partiu para o ataque quando Lou se aproximou, acertando-o no rosto com o mouse, segurando o aparelho pelo fio como se fosse o laço de um caubói. O impacto do mouse de plástico não doeu tanto quanto a imagem do jovem empresário de sucesso caindo aos pedaços. O escritório permaneceu vazio durante todos aqueles meses, e, conforme os rumores sobre a saúde de Cliff se espalhavam pela empresa, a simpatia por ele diminuiu e a competição pelo seu cargo aumentou. Lou soubera recentemente que Cliff voltara a conversar e que tinha a intenção de receber visitas. Ele sabia que deveria visitá-lo, e o faria em algum momento, mas simplesmente não conseguia encontrar tempo...

A frustração de Lou cresceu enquanto ele olhava para a tela preta de plasma desativada. Sua cabeça latejava, e ele mal conseguia pensar porque a enxaqueca avançava da base da cabeça até os olhos. Sentindo o desespero, ele pegou os comprimidos no bolso e olhou fixamente para eles.

Pensou em Gabe, ele sabia sobre a reunião entre o Sr. Patterson e Alfred; ele julgara corretamente a situação com os sapatos; ele lhe trouxera o café na manhã anterior e o tinha levado para casa; de alguma forma, conquistara a confiança de Ruth. Convencendo a si mesmo de que, em todas aquelas ocasiões, Gabe nunca o prejudicara, Lou agitou o pote aberto e uma pequena pílula branca e reluzente rolou sobre a palma de sua mão suada. Ele brincou com o comprimido por algum tempo, rolando-o entre seus dedos, e o lambeu; e quando nada de mais drástico aconteceu, enfiou-o na boca e o engoliu rapidamente com um pouco de água.

Lou se agarrou à mesa da sala de reuniões com ambas as mãos, segurando-se com tanta força que as manchas de suor ficaram visíveis na superfície de vidro que fora colocada para proteger o tampo de nogueira sólida. Esperou. Nada aconteceu. Ergueu as mãos da mesa e as estudou, como se os efeitos pudessem ser vistos em suas palmas suadas. Mas nada fora do comum aconteceu, nenhuma experiência psicodélica, nada que ameaçasse a sua vida além da forte dor na cabeça, que continuava a latejar.

Às sete e quarenta e cinco, ainda não havia qualquer sinal de Arthur Lynch na tela de plasma. Lou tamborilou sua caneta contra o vidro impacientemente, sem se importar com a impressão que poderia causar às pessoas do outro lado da câmera. Tomado pela paranoia, não há outra explicação razoável, Lou começou a se convencer de que não haveria nenhuma reunião e que Alfred, de algum modo, armou aquela videoconferência de araque para que ele pudesse ir sozinho ao jantar e fechar o negócio. Mas Lou não permitiria mais que Alfred sabotasse todo o trabalho duro que vinha desenvolvendo. Levantou-se rapidamente, agarrou seu sobretudo e correu para a porta. Abriu-a e estava com um pé sobre a soleira quando ouviu uma voz que vinha do monitor de plasma atrás dele.

– Lamento muito por fazê-lo esperar, Sr. Suffern.

A voz refreou a marcha de Lou. Ele fechou os olhos e suspirou, despedindo-se do seu sonho de ter um escritório com uma vista de trezentos e sessenta graus de Dublin. Pensou rapidamente no que deveria fazer: correr e chegar a tempo para o jantar ou dar meia-volta e encarar o cliente. Antes que tivesse tempo de tomar a decisão, o som de outra voz no seu escritório quase fez seu coração parar.

– Sem problemas, Sr. Lynch. Por favor, me chame de Lou. Compreendo que algumas coisas acabam se atrasando, então não é necessário se desculpar. Vamos cuidar dos negócios? Temos muito a discutir.

– Com certeza, Lou. E me chame de Arthur, por favor. Temos muitas coisas para repassar, mas antes que eu o apresente a estes dois cavalheiros, você gostaria de terminar o que está fazendo por aí? Imagino que esteja acompanhado.

– Não, Arthur, estou sozinho aqui no escritório – Lou ouviu sua própria voz dizer. – Todos os outros já foram embora.

– E aquele homem ao lado da porta? Consigo vê-lo aqui na minha tela.

Apanhado, Lou lentamente se virou e ficou cara a cara consigo mesmo. Ainda estava sentado na mesa da sala de reuniões, no mesmo lugar em que estivera antes de planejar sua escapada, pegar seu casaco e ir em direção à porta. O rosto que o encarou também estava tomado pelo choque. O chão girou sob os pés de Lou, e ele se segurou com firmeza ao batente da porta para não cair.

– Lou? Você está aí? – perguntou Arthur, e as duas cabeças no escritório se viraram para encarar o monitor de plasma.

– Ah, sim, estou aqui – gaguejou Lou na mesa de reuniões. – Desculpe, Arthur. Este cavalheiro é... um colega de trabalho. Ele já está de saída, tem um jantar importante para comparecer. – Lou se virou e deu um olhar de aviso para o Lou que estava em frente à porta. – Não é?

Lou simplesmente confirmou com a cabeça e saiu da sala, os joelhos e as pernas tremendo a cada passo. Perto dos elevadores, ele se apoiou na parede enquanto tentava recuperar o fôlego e esperava a tontura passar. As portas do elevador se abriram, e ele desabou para dentro, socando o botão do andar térreo e encolhendo-se no canto, afastando-se cada vez mais do outro que ficara no décimo quarto andar.

Às oito horas da noite, enquanto Lou estava na sala de reuniões da Patterson Empreendimentos negociando com Arthur Lynch, e Alfred e o grupo de empresários estavam sendo conduzidos à mesa, Lou entrou no restaurante. Entregou seu sobretudo de casimira à recepcionista, com uma mão no bolso e a outra pendendo ao lado do corpo. Seu corpo estava flexível outra vez; nada estava rígido ou contido. Para funcionar direito, ele precisava sentir o balanço do corpo, o movimento casual de um homem que, pessoalmente, não se importa com qualquer decisão, mas que fará o que puder para convencê-lo do contrário, porque sua única preocupação é o cliente.

– Com licença, cavalheiros. Me desculpem por estar um pouco atrasado – disse ele, elegantemente, aos homens cujos narizes estavam enterrados nos cardápios.

Todos ergueram os olhos e Lou ficou muito feliz ao notar a expressão no rosto de Alfred; uma expressão que se parecia com uma ola nas arquibancadas de um estádio de futebol, que demonstrava várias emoções em sequência: surpresa, decepção, ressentimento e raiva. Cada expressão indicava a Lou que toda aquela barafunda fora deliberadamente causada por Alfred. Lou deu a volta ao redor da mesa cumprimentando os convidados, e, quando chegou aonde Alfred estava, o rosto presunçoso deste já havia afastado completamente a expressão de espanto.

– Patterson vai matar você – declarou ele, falando pelo canto da boca. – Mas pelo menos uma negociação será concluída esta noite. Seja bem-vindo, meu amigo. – Ele cumprimentou Lou com um aperto de mão, e o delírio de perceber que Lou seria demitido no dia seguinte iluminou seu rosto.

– Já cuidei de tudo – respondeu Lou tranquilamente, virando-se para tomar seu lugar, algumas cadeiras mais à frente.

– O que quer dizer com isso? – perguntou Alfred com um tom de voz que mostrava que se esquecera do lugar onde estava. Lou sentiu a mão de Alfred apertar seu braço com força, impedindo-o de se afastar.

Lou olhou ao redor da mesa e sorriu; em seguida, virou-se outra vez. Removeu discretamente cada um dos dedos de Alfred do seu braço.

– Eu disse que já cuidei de tudo – repetiu Lou.

– Você cancelou a videoconferência? Não estou entendendo – Alfred sorriu, nervoso. – Me diga o que está acontecendo.

– Não, não foi cancelada. Não se preocupe, Alfred. Que tal darmos atenção aos nossos convidados? – Lou sorriu mostrando seus belos dentes e, finalmente, conseguiu se desvencilhar de Alfred e tomar seu assento. – Bem, cavalheiros, o que há de bom nesse cardápio? Posso recomendar o foie gras. Já pedi esse prato aqui, é uma delícia. – Ele sorriu para a equipe de executivos e deixou-se imergir no prazer da negociação.

Às nove horas e vinte minutos da noite, após a videoconferência com Arthur Lynch, Lou, exausto, mas ao mesmo tempo exultante e triunfante, estava em pé em frente à janela do restaurante The Saddle Room. Estava envolto em seu sobretudo enquanto o vento de dezembro soprava com força, o cachecol apertado ao redor do pescoço. Mesmo assim, não sentia frio enquanto observava a si mesmo, suave e sofisticado, prendendo a atenção de todos enquanto contava uma história. Todos os rostos demonstravam interesse – todos exceto Alfred – e, após cinco minutos de gestos e expressões faciais animadas, todos começaram a rir. Lou conseguiu perceber, pelos seus movimentos e sua linguagem corporal, que estava contando a história de como ele e seus colegas de trabalho entraram num bar gay em Londres em vez da boate de striptease pela qual procuravam. Observando a si mesmo contando aquela história, decidiu que nunca mais a contaria para ninguém. Parecia um idiota.

Lou sentiu uma presença ao seu lado e não precisou olhar para saber quem era.

– Está me seguindo? – perguntou ele, ainda olhando pela janela do restaurante.

– Não. Apenas imaginei que você viria até aqui – respondeu Gabe, tremendo e enfiando as mãos com força nos bolsos da calça. – Como está indo ali dentro? Pelo que vejo, está entretendo a turma toda, como de costume.

– O que está acontecendo, Gabe?

– Um homem ocupado como você? Lou, você conseguiu o que queria. Agora você pode fazer tudo o que quiser. Mas é bom saber que o efeito termina quando a manhã chega. Portanto, é melhor prestar atenção no que faz.

– Qual de nós é o verdadeiro eu?

– Nenhum dos dois, se quiser a minha opinião.

Lou olhou para Gabe e franziu a testa.

– Chega desses momentos de sabedoria. Não funcionam comigo.

Gabe suspirou.

– Vocês dois são reais. Vocês dois agem como sempre agiram. Voltarão a ser um só e tudo ficará certo.

– E quem é você?

Gabe revirou os olhos.

– Você está assistindo a filmes demais. Eu sou Gabe. O mesmo cara que você tirou da rua.

– O que há nesses comprimidos? – Lou tirou a embalagem do bolso. – São perigosos?

– Um pouco de sabedoria. E isso nunca matou ninguém.

– Mas, essas coisas... você poderia ganhar um bom dinheiro com isso. Quem mais sabe a respeito?

– As pessoas certas; as pessoas que inventaram essas pílulas. E não tente ganhar dinheiro com isso ou terá que responder pelos seus atos.

Lou recuou por um momento.

– Gabe, você não pode simplesmente me duplicar e esperar que eu aceite tudo isso sem questionar. Isso pode ter consequências graves para a minha saúde, sem falar nas reações psicológicas que podem alterar toda a minha vida. E o resto do mundo precisa muito saber disso... É uma loucura! Nós precisamos nos sentar para conversar.

– É claro que precisamos. – Gabe o observava. – E então, quando contar ao mundo inteiro, você será trancado num hospício ou vai se transformar na estrela de um show de aberrações. E vai poder ler a respeito de si mesmo todos os dias, em artigos do mesmo tamanho que aqueles que foram escritos sobre a ovelha Dolly. Se eu fosse você, ficaria de boca fechada e tentaria extrair o melhor dessa situação bastante conveniente. Você está muito pálido. Está tudo bem com você?

Lou riu de um jeito histérico.

– Não! Não estou nada bem. Isso não é normal. Por que você está agindo como se tudo isso fosse normal?

Gabe deu de ombros.

– Já estou acostumado, eu acho.

– Acostumado? – Lou apertou os dentes. – Bem, para onde eu devo ir agora?

– Bem, você cuidou dos assuntos no seu escritório, e parece que sua outra metade está cuidando dos assuntos aqui – sorriu Gabe. – Sobrou apenas um lugar especial para onde você pode ir.

Lou pensou naquilo por um momento e, lentamente, um sorriso iluminou seu rosto, e a luz entrou em seus olhos; conseguiu, pela primeira vez naquela noite, compreender Gabe.

– Tudo bem, vamos lá.

– O quê? – Gabe estava embasbacado. – Vamos aonde?

– Para o pub. A primeira rodada é por minha conta. Meu Deus, você devia ver a sua cara. Para onde você acha que eu iria?

– Para a sua casa, Lou.

– Minha casa? – Lou fez uma careta. – Por que eu faria isso? – Ele se virou para observar a si mesmo na mesa de jantar, começando a contar outra história. – Ah, essa é sobre aquela vez em que fiquei preso no aeroporto de Boston. Havia uma mulher no mesmo voo que eu... – ele sorriu, virando-se na direção de Gabe para lhe contar a história, mas Gabe desaparecera.

– Como quiser – resmungou Lou. Observou a si mesmo por mais algum tempo, chocado, sem entender o que estava acontecendo naquela noite. Definitivamente, merecia uma caneca de cerveja, e, se sua outra metade fosse para casa depois do jantar, isso significava que ele poderia passar a noite inteira fora e ninguém perceberia. Ninguém além da pessoa com quem ele estivesse. A noite não poderia ser melhor.

19

Lou encontra Lou

Um Lou triunfante estacionou em frente à sua casa, feliz ao ouvir o som do cascalho debaixo dos pneus e ao ver os portões eletrônicos se fechando atrás do carro. O jantar de negócios tinha sido um sucesso; ele comandou as conversas, conduziu o encontro de maneira bastante convincente, negociando e entretendo os convidados – provavelmente uma das melhores noites da sua carreira. Eles riram das suas piadas, as melhores que ele sabia, e prestaram atenção em cada palavra que disse. Todos os cavalheiros deixaram a mesa satisfeitos e em acordo. Compartilhou uma última bebida com Alfred, que também estava exultante, antes de voltar para casa.

As luzes nos quartos do andar de baixo estavam todas apagadas, mas, no piso superior, apesar do horário, todas estavam acesas, claras o bastante para ajudar um avião a pousar.

Ele entrou na casa, em meio à escuridão. Normalmente, Ruth deixava a lâmpada do hall de entrada acesa, e ele tateou as paredes em busca do interruptor. Havia um cheiro estranho no ar.

– Olá? – disse ele. Sua voz ecoou pelos três lances de escada que levavam até a claraboia.

A casa estava uma bagunça, muito diferente do ambiente limpo e organizado que o recebia quando chegava. Havia brinquedos espalhados pelo chão. Lou estalou a língua em desaprovação.

– Olá? – Ele subiu para o andar de cima. – Ruth?

Esperou que o "Psiu" de Ruth quebrasse o silêncio, mas nada aconteceu.

Em vez disso, quando pisou no último degrau, Ruth saiu correndo do quarto de Lucy, passou por ele em disparada, com a mão sobre a boca, os olhos arregalados e saltados. Correu para o banheiro da suíte e fechou a porta. De lá, Lou a ouviu vomitar.

Do outro lado do corredor, Lucy começou a chorar e a chamar pela mãe.

Lou estava no meio do corredor, olhando de um quarto para outro, paralisado, sem saber o que fazer.

– Vá cuidar dela, Lou – Ruth conseguiu dizer, antes de se encontrar mais uma vez com o vaso sanitário.

Ele vacilou, e o choro de Lucy ficou ainda mais alto.

– Lou! – Ruth gritou, ainda mais urgente dessa vez.

Sobressaltado pelo grito de Ruth, Lou foi até o quarto de Lucy. Abriu a porta lentamente e espiou dentro do cômodo, sentindo-se um intruso entrando num mundo no qual raramente se aventurara antes. A imagem de Dora, a Aventureira, lhe deu as boas-vindas. O cheiro de vômito era forte no quarto da filha. Sua cama estava vazia, mas os lençóis e o edredom cor-de-rosa estavam amarrotados, mostrando que ela dormira ali. Ele seguiu os sons da filha até o banheiro e a encontrou de joelhos sobre os azulejos, com pantufas de coelhinhos nos pés e vomitando no vaso sanitário. Ela chorava, soluçando em voz baixa. Cuspindo e chorando, chorando e cuspindo, os sons ecoando dentro do vaso sanitário.

Lou ficou ali, olhando ao redor, ainda segurando sua maleta na mão, sem saber direito o que fazer. Tirou um lenço do bolso e cobriu o nariz e a boca para afastar o cheiro.

Ruth retornou, para o alívio de Lou, e o viu em pé, apenas observando sua filha de 5 anos vomitar. Ela passou rapidamente por ele para cuidar da menina.

– Está tudo bem, querida. – Ruth ficou de joelhos e colocou os braços ao redor da filha. – Lou, preciso que você traga duas toalhas úmidas.

– Úmidas?

– Molhe-as sob um pouco de água fria e torça. Não precisam estar tão molhadas a ponto de escorrer – ela explicou.

– Ah, é claro. – Ele balançou a cabeça, percebendo a própria falta de reação. Andou em direção ao quarto e ficou paralisado novamente quando chegou em frente à escada. Olhou para a direita, depois para a esquerda. Voltou ao quarto.

– As toalhas estão...

– Ao lado da tábua de passar roupas – disse Ruth.

– Ah, sim. – Lou foi até a lavanderia e, ainda com a maleta nas mãos e vestindo o sobretudo, deslizou um dedo pelas várias cores de toalhas. Marrons, beges, brancas. Não conseguia decidir. Escolheu as marrons e voltou até onde Lucy e Ruth estavam, umedeceu as toalhas sob a torneira e entregou-as a Ruth, esperando que tivesse feito tudo certo.

– Ainda não terminou – explicou Ruth, massageando as costas de Lucy enquanto a menina tomava fôlego.

– Certo, ah... onde eu devo deixá-las?

– Ao lado da cama. Pode trocar os lençóis, também? Aconteceu um acidente.

Lucy começou a chorar, exausta, encostando o nariz contra o peito da mãe. O rosto de Ruth estava pálido, o cabelo preso apressadamente num rabo de cavalo, olhos cansados, vermelhos e inchados. Parecia que a noite fora bastante movimentada.

– Os lençóis também estão ao lado da tábua de passar. E o Deoralite está no armário de remédios na despensa.

– Deo... o quê?

– Deoralite. Lucy gosta do de groselha. Oh, meu Deus! – disse ela, levantando-se num salto, cobrindo a boca com a mão e correndo outra vez pelo corredor até o banheiro da suíte.

Lou foi deixado sozinho no banheiro com Lucy, que estava com os olhos fechados quando se apoiou contra a banheira. Em seguida, a menina olhou para ele, sonolenta. Lou saiu do banheiro e começou a remover os lençóis manchados da cama da menina. Enquanto fazia isso, ouviu o choro de Pud vindo do quarto ao lado. Ele suspirou, finalmente colocou sua maleta no chão, tirou o sobretudo e o paletó, e jogou-os para longe, dentro da casinha de Dora. Abriu o botão da gola da sua camisa, afrouxou a gravata e arregaçou as mangas.

Lou observou o fundo do copo de Jack Daniel's com gelo e ignorou o barman, que estava debruçado sobre o balcão, falando alto ao seu ouvido.

– Está me ouvindo? – rugiu o barman.

– Estou sim, não me encha. – A língua de Lou tropeçava por cima das palavras, como uma criança de 5 anos andando com os cadarços desamarrados, sem conseguir se lembrar do que fizera de errado. Fez um gesto desajeitado indicando sua indiferença, como se estivesse espantando uma mosca.

– Nada de "não me encha", cara. Deixe a garota em paz, entendeu? Ela não quer que você converse com ela, não quer ouvir a sua história, não está interessada em você. Entendeu?

– Certo, certo – resmungou Lou, lembrando-se da loira insolente que insistia em ignorá-lo. Ficaria feliz se não tivesse que conversar com ela, já que não estava conseguindo que ela lhe respondesse, e a jornalista com quem conversara anteriormente não parecia estar muito interessada na história maravilhosa da sua vida. Ele manteve os olhos no seu copo de uísque. Um fenômeno ocorrera e ninguém estava interessado em ouvi-lo. Será que o mundo estava ficando louco? Será que todos estavam tão acostumados a ver novas invenções e descobertas científicas que a possibilidade de se clonar um homem com uma pílula não surpreendia mais ninguém? Não, os jovens clientes daquele bar elegante preferiam tomar seus coquetéis; as jovens mulheres desfilavam de um lado para outro, no meio de dezembro, com pernas bronzeadas, minissaias e cabelos com luzes e reflexos, bolsas de grife penduradas em ganchos escuros parecidos com hastes de candelabros, todas tão exóticas e tão naturais quanto um coqueiro no Polo Norte. Importavam-se mais com isso do que com os grandes eventos do país. Um homem fora clonado. Havia dois Lou Suffern na cidade naquela noite. A bilocalização era uma realidade. Ele riu consigo mesmo e balançou a cabeça ao pensar no quanto a situação era hilária. Era o único que conhecia os imensos poderes do universo, e ninguém mais parecia se interessar.

Ele sentiu o olhar do barman fuzilando-o e parou com seu monólogo estrangulado, preferindo se concentrar no cubo de gelo. Ele observou o gelo girar dentro do copo enquanto ia de um lado para outro, tentando achar um lugar confortável, mergulhando cada vez mais fundo. O simples ato de olhar para o gelo fazia seus olhos pesarem. O barman finalmente o deixou em paz e foi atender os clientes que se aglomeravam no balcão. Ao redor do solitário Lou, o barulho continuava, o som de pessoas junto com outras pessoas: flertes após o expediente; brigas após o expediente; mesas cheias de amigas com os olhares fixos enquanto contavam as últimas fofocas; círculos de rapazes em pé olhando para as mulheres com segundas intenções. As mesas estavam repletas de drinques cobertos com porta-copos de papelão, e os assentos vazios à sua volta eram um sinal de que as pessoas a quem pertenciam aqueles copos estavam fora do bar, acendendo cigarros e criando novos relacionamentos com outros fumantes.

Lou olhou em volta, tentando atrair a atenção de alguém. Fora exigente demais quando escolheu, na primeira vez, sua confidente; na segunda vez, quis alguém de boa aparência com quem pudesse compartilhar sua história. Naquele momento, se contentaria com qualquer pessoa. Com certeza alguém se interessaria pelo milagre que ocorrera naquela noite.

O único olhar que ele conseguiu atrair foi o do barman, outra vez.

– Me dê outro – disse Lou com a voz arrastada quando o barman se aproximou. – Outro Jack on the rocks.

– Eu acabei de lhe dar um – respondeu o barman, um pouco estupefato. – E você nem tocou no copo.

– E daí? – Lou fechou um olho para se concentrar nele.

– Bem, qual é a vantagem de ter dois ao mesmo tempo?

Ao ouvir aquilo, Lou começou a rir, um riso estrangulado e sibilante; a brisa gelada de dezembro invadiu seu peito em busca de calor assim que viu seu paletó aberto e a camisa exposta, movendo-se rapidamente como um gato que entra correndo pela portinhola da casa ao ouvir o barulho dos fogos de artifício.

– Acho que não entendi a piada – sorriu o barman. Agora que o balcão do bar estava menos movimentado, ele não tinha nenhuma bebida para preparar e podia prestar atenção no bêbado.

– Ah, ninguém aqui se importa. – Lou ficou irritado outra vez, fazendo um gesto de desprezo em direção às pessoas que estavam no bar. – Só se importam com seus drinques Sex on the beach, o financiamento em trinta anos da casa própria e viagens a Saint-Tropez. Passei a noite inteira as escutando, e elas só sabem falar disso.

O barman riu.

– Não precisa falar tão alto. Com o quê, exatamente, elas não se importam?

Lou parou de rir e encarou o barman com um olhar sério.

– Clonagem.

A expressão no rosto do barman mudou e o interesse iluminou seus olhos. Finalmente, iria ouvir algo diferente das reclamações de sempre.

– Clonagem? Quer dizer que você tem interesse nisso?

– Interesse? Tenho mais do que somente interesse. – Lou riu desdenhosamente e piscou para o barman. Tomou outro gole do uísque e preparou-se para contar a história. – Isso pode ser difícil de acreditar, mas eu... – Lou respirou fundo. – Fui clonado. Um cara me deu uns comprimidos, e eu os tomei – disse ele, e depois soltou um soluço. – Provavelmente você não acredita em mim, mas aconteceu. Vi com esses olhos que a terra há de comer.

Lou apontou para o próprio olho, mas não calculou direito a distância e acabou enfiando o dedo no globo ocular. Momentos depois, quando a ardência passou, ele enxugou as lágrimas e continuou a tagarelar.

– Há dois de mim. – continuou ele, erguendo quatro dedos, depois três, depois um e, finalmente, dois.

– É mesmo? – perguntou o barman, pegando uma caneca de vidro e começando a servir uma Guinness. – E onde está o outro? Aposto que está tão sóbrio quanto um padre.

Lou riu outra vez, e começou a tossir.

– Ele está em casa com a minha esposa – riu ele. – E com os meus filhos. E eu estou aqui com ela – disse ele, indicando seu lado esquerdo com o polegar.

– Quem?

Lou olhou para o lado e quase caiu da banqueta onde estava sentado.

– Oh, ela... onde ela está? – Ele se virou para o barman outra vez. – Talvez tenha ido ao banheiro. Ela é linda, estávamos tendo uma conversa ótima. Ela é jornalista e vai escrever uma matéria a respeito. De qualquer forma, não tem importância. Estou aqui me divertindo demais, e ele... – Lou riu novamente – ... está em casa com a minha esposa e filhos. E, amanhã, quando eu acordar, vou tomar um comprimido... não são drogas, são remédios homeopáticos, para a minha dor de cabeça – disse ele, apontando para a própria cabeça, com uma expressão séria. – Vou ficar na cama e ele pode ir trabalhar. Rá! Todas as coisas que eu vou fazer, como... – Ele pensou bastante, mas não conseguiu dar nenhum exemplo. – ... como, oh, tantas coisas. Todos os lugares aonde irei... É um maldito milagre. Sabe quando foi a última vez que tirei um dia de folga?

– Quando?

Lou se esforçou para lembrar.

– No Natal do ano passado. Nada de telefonemas, nada de computador. No Natal do ano passado.

O barman estava perplexo.

– Não tirou nenhuma folga este ano?

– Tirei uma semana. Com as crianças – disse ele, torcendo o nariz. – Maldita areia por toda parte. Em cima do meu notebook, no meu telefone. E isso aqui! – ele enfiou a mão no bolso, pegou seu BlackBerry e bateu-o com força sobre o balcão do bar.

– Cuidado aí.

– Essa coisa me persegue por toda parte. Ficou cheio de areia e ainda assim continuava a funcionar. É o ópio da nação. Essa coisa! – ele cutucou o aparelho, pressionando alguns botões por engano, que fizeram a tela se iluminar. Pud com seu enorme sorriso sem dentes, os enormes olhos castanhos de Lucy espiando por baixo da sua franja, Ruth abraçando ambos. Mantendo todos juntos. Ele estudou a imagem com um sorriso no rosto.

A luz se apagou e a imagem desapareceu, deixando a tela preta; o aparelho ficou olhando para ele.

– Nas Bahamas – prosseguiu ele –, e bip-bip, bip-bip, eles me encontravam – riu ele outra vez. – E a luz vermelha? Eu a vejo quando estou dormindo, no chuveiro, cada vez que eu fecho os olhos, a luz vermelha e o bip-bip. Eu odeio esse bip-bip desgraçado.

– Então, tire um dia de folga.

– Não posso. Tenho coisas demais para fazer.

– Bem, agora que está clonado, você pode tirar folga todos os dias que quiser – disse o barman em tom de piada, olhando ao redor para certificar-se de que ninguém mais podia ouvi-lo.

– Sim – Lou sorriu, com uma expressão sonhadora. – Há muitas coisas que eu quero fazer.

– Como o quê? O que você quer fazer agora, mais do que qualquer outra coisa no mundo?

Lou fechou os olhos e, aproveitando-se das pálpebras fechadas, a tontura o derrubou da banqueta.

– Uau! – ele abriu os olhos rapidamente. – Quero ir para casa, mas não posso. Ele não me deixa. Liguei para ele mais cedo e disse que estava cansado e que queria ir para casa. Ele não permite – disse Lou, torcendo o nariz. – O senhor todo-poderoso disse não.

– Quem?

– O outro eu.

– O outro você disse para ficar fora de casa? – o barman tentou não rir.

– Ele está em casa, então não pode haver dois de nós lá. Mas eu estou cansado. – Suas pálpebras se fecharam. E abriram-se rapidamente quando ele pensou em alguma coisa. Ele se aproximou do barman e baixou a voz. – Eu o observei pela janela, sabia?

– O outro você?

– Agora você está entendendo. Fui para casa e o observei pela janela. Ele estava lá dentro, correndo de um lado para outro com os lençóis e as toalhas, subindo e descendo as escadas, correndo de um quarto para outro como se achasse que era alguém especial. – Ele bufou. – Em um momento, eu o vejo contar suas piadas idiotas no jantar e, no momento seguinte, ele está arrumando as camas em casa. Acha que é capaz de fazer as duas coisas. – Lou revirou os olhos. – Por isso, voltei para cá.

– Bem, talvez ele seja capaz – disse o barman, sorrindo.

– Talvez ele seja capaz de quê?

– Talvez ele seja capaz de fazer as duas coisas. – O barman piscou o olho. – Vá para casa – disse ele, tirando o copo vazio das mãos de Lou antes de ir até o outro lado do balcão para servir um cliente.

Enquanto o jovem cliente ditava o pedido, Lou pensou na situação por um longo momento. Se não pudesse ir para casa, não poderia ir para nenhum lugar.

– Está tudo bem, querida, está tudo bem. O papai está aqui – disse Lou, segurando os cabelos de Lucy para que não lhe caíssem sobre o rosto e massageando suas costas enquanto ela se debruçava sobre o vaso sanitário e vomitava pela vigésima vez naquela noite. Estava sentado sobre os azulejos gelados do banheiro, com uma camiseta e uma cueca boxer, encostado contra a banheira enquanto o corpo franzino da filha se agitava mais uma vez e expelia mais e mais vômito.

– Papai... – A voz da menina estava embargada pelo choro.

– Está tudo bem, querida, estou aqui – repetiu ele, sonolento. – Já está quase terminando. – Tinha que estar chegando ao fim. Quanto mais aquele pequeno corpo poderia ter lá dentro para pôr para fora?

A cada vinte minutos, ele ia da cama de Lucy, onde estava dormindo, para ajudá-la no banheiro, onde ela vomitava, a temperatura do corpo variando entre a hipotermia e a febre alta em questão de minutos. Geralmente, passar a noite inteira acordada com as crianças, estivessem doentes ou não, era a tarefa de Ruth; infelizmente para Lou, e para Ruth, ela estava tendo a mesma experiência de Lucy no banheiro da suíte, do outro lado do corredor. A gastroenterite é um presente da época do Natal para as pessoas cujo organismo está pronto para se despedir do ano antes que ele chegue ao fim.

Lou carregou Lucy nos braços até a cama outra vez, com as mãos miúdas da filha agarradas ao seu pescoço. Ela já estava dormindo, exausta pelo que a noite lhe trouxera. Ao deitá-la na cama, envolveu o corpo frio da filha em cobertores e colocou seu urso de pelúcia favorito perto do rosto, como Ruth tinha mostrado antes de correr para o banheiro mais uma vez. O telefone vibrou outra vez sobre a pequena mesa de cabeceira decorada com princesas. Às quatro horas da manhã, era a quinta vez que recebia um telefonema de si mesmo. Olhando para o identificador de chamadas, seu próprio rosto apareceu na tela.

– O que foi agora? – sussurrou ele, tentando manter a voz e a irritação dentro dos limites do tolerável.

– Lou! Sou eu, Lou! – disse a voz embriagada do outro lado da linha, seguida por uma gargalhada.

– Pare de me ligar – disse ele, um pouco mais alto agora.

Ao fundo, Lou ouvia a batida forte de música, vozes altas e uma tagarelice de palavras desconexas. Podia ouvir copos tilintando, gritos e risos explodindo a todo momento de cantos diferentes do salão. Os vapores do álcool quase invadiam o telefone e penetravam no mundo pacífico e inocente da sua filha. Inconscientemente, ele bloqueou o telefone com a mão para protegê-la da intrusão do mundo adulto, que tentava invadir seu mundo adormecido.

– Onde você está?

– Na rua Leeson. Em algum lugar – gritou ele em resposta. – Conheci uma garota ótima, Lou! Porra, ela é maravilhosa! Você vai ficar orgulhoso de mim. Não, ficará orgulhoso de si mesmo! – E ouviu aquela gargalhada outra vez.

– O quê? – disse Lou, mais alto dessa vez. – Não! Não faça nada! – gritou ele, e os olhos de Lucy se agitaram, abrindo-se como duas pequenas borboletas, e ela olhou assustada em sua direção, mas ao perceber que ele estava ali, seu papai, a expressão assustada desapareceu, um pequeno sorriso se formou em seu rosto e seus olhos se fecharam novamente com a exaustão. Um olhar confiante e a fé que ela havia depositado nele com aquele único olhar, provocaram um efeito em Lou naquele exato momento. Ele sabia que era o protetor da filha, aquele que podia arrancar o medo e colocar um sorriso em seu rosto, e isso fez com que ele se sentisse melhor do que já se sentira em toda a sua vida. Melhor do que fechar um negócio durante o jantar; melhor do que ver a expressão no rosto de Alfred quando chegou ao restaurante. Aquilo o fez odiar o homem do outro lado do telefone, detestá-lo com tanta força que sentiu vontade de socá-lo até ficar inconsciente. Sua filha estava em casa, vomitando sem parar, tanto que seu corpo inteiro estava exausto, a ponto de mal conseguir manter os olhos abertos; e ele estava lá, embebedando-se, perseguindo rabos de saia, esperando que Ruth cuidasse de tudo sem sua presença. Odiava o homem que estava do outro lado da linha.

– Ela é muito gostosa, cara. Se você pudesse vê-la... – disse ele, arrastando as palavras.

– Nem pense nisso – disse ele, num tom ameaçador, com a voz baixa e severa. – Eu juro por Deus, se você fizer alguma coisa, eu vou...

– Você vai fazer o quê? Vai me matar? – outra gargalhada escandalosa. – É quase como se você quisesse cortar a própria carne para que eu sentisse a dor, meu chapa. Bem, que diabos eu devo fazer, então? Pode me dizer? Não posso ir para casa, não posso ir para o trabalho. E agora?

A porta do quarto se abriu e uma Ruth igualmente exausta surgiu.

– Eu ligo para você mais tarde – disse ele, e desligou rapidamente o telefone.

– Quem foi que lhe telefonou a essa hora? – perguntou ela, em voz baixa. Estava vestida com o seu robe, os braços envolvendo o corpo para se proteger. Seus olhos estavam inchados e vermelhos, o cabelo amarrado num rabo de cavalo; parecia estar tão frágil que uma voz elevada seria capaz de atingi-la e despedaçá-la. Pela segunda vez naquela noite, o coração de Lou se derreteu, e ele foi na direção dela, com os braços abertos.

– Um cara que eu conheço – sussurrou ele, afagando os cabelos de Ruth. – Está bêbado em algum bar e não para de me ligar. É um fracassado – acrescentou ele, discretamente. Fechou o telefone e jogou-o sobre uma pilha de ursos de pelúcia. – Como você está? – Ele se afastou e observou o rosto de Ruth. Ela estava ardendo em febre e tremia nos braços de Lou.

– Estou bem – disse ela, com um sorriso frágil.

– Não, você não está bem. Volte para a cama. Vou levar uma toalha úmida para você colocar na cabeça. – Ele a beijou afetuosamente na testa. Os olhos de Ruth se fecharam e ela relaxou em seus braços.

Ele quase se desvencilhou daquele abraço para saltar e dar um soco no ar; gritar de júbilo, porque, pela primeira vez em muito tempo, sentiu que ela não queria mais brigar. Durante os últimos seis meses, quando Lou a abraçava, Ruth sempre estava rígida e tensa, como se sentisse que, ao fazer aquilo, mostrava a ele que não aceitava suas atitudes, que estava protestando e se recusando a validar seu comportamento. Ele sentiu uma alegria incrível naquele momento, sentindo-a relaxar nos seus braços; uma vitória silenciosa, mas imensa para o casamento deles.

Por entre a pilha de ursos de pelúcia, o telefone celular vibrou de novo, agitando-se nos braços do urso Paddington. Seu rosto surgiu na tela e ele teve de desviar os olhos, incapaz de suportar a própria imagem. Podia entender como Ruth se sentia agora.

– Seu amigo está ligando outra vez – disse Ruth, afastando-se discretamente, permitindo que ele alcançasse o telefone.

– Não. – Ele ignorou o aparelho, trazendo-a outra vez para perto de si. – Ruth – disse ele gentilmente, erguendo o queixo da esposa para que ela pudesse olhá-lo. – Me desculpe.

Ruth olhou nos olhos de Lou, chocada, e depois o examinou cuidadosamente em busca de algum sinal de que aquilo fosse uma piada. Tinha que ser uma piada. Lou Suffern pedindo desculpas. “Me desculpe” não era uma expressão do seu vocabulário.

Pelo canto do olho, Lou viu o telefone vibrar, saltando de um lado para outro, caindo das garras do urso Paddington na cabeça do ursinho Pooh, sendo passado de um bicho de pelúcia a outro como uma batata quente. A cada vez que o telefone parava, acendia novamente, e seu rosto aparecia na tela, sorrindo para ele, rindo dele, dizendo-lhe que ele era um fracote por dizer aquelas palavras. Ele lutou contra aquele lado de si mesmo, aquele lado bêbado, tolo, infantil e irracional de si mesmo, e se recusou a atender ao telefone. Recusou-se a se afastar da esposa. Ele engoliu em seco.

– Amo você, sabia?

Foi como se ela estivesse ouvindo aquela frase pela primeira vez. Foi como se estivessem de volta ao primeiro Natal que passaram juntos, sentados em frente à árvore na casa dos pais de Ruth em Galway, o gato se enrodilhando em sua almofada favorita ao lado da lareira, e o cachorro louco, que já vivera alguns anos a mais do que deveria neste mundo, no quintal da casa, latindo para tudo que se movia e para tudo que não se movia. Lou lhe dissera naquele momento, em frente à árvore branca de plástico, que fora o motivo de uma discussão entre os pais de Ruth poucas horas antes: o Sr. O'Donnell queria um pinheiro de verdade, e a Sra. O'Donnell não queria ter de passar o dia inteiro com o aspirador de pó ligado para recolher as folhas que cairiam do pinheiro. A árvore espalhafatosa era lentamente iluminada por pequenas lâmpadas verdes, vermelhas e azuis, e, em seguida, as luzes lentamente voltavam a se apagar. Isso acontecia repetidas vezes, sem parar, e, apesar da sua feiura, a árvore era relaxante, como o peito de uma pessoa que se move com a respiração. Foi o primeiro momento em que estiveram a sós durante todo aquele dia, e o único momento que teriam antes que ele tivesse que dormir no sofá, e Ruth desaparecesse pela porta do quarto. Ele não estava planejando dizer aquelas palavras, mas elas surgiram tão naturalmente quanto uma criança ao nascer. Batalhou contra aquilo por algum tempo, retorcendo as palavras dentro da boca, empurrando-as, depois recuando, sem coragem suficiente para dizê-las. Até que as palavras saíram e seu mundo mudou imediatamente. Vinte anos depois, no quarto da filha, parecia que aquele momento estava se repetindo, com a mesma expressão de prazer e surpresa no rosto de Ruth.

– Ah, Lou – ela disse, suavemente, fechando os olhos e saboreando o momento. Em seguida, os olhos de Ruth se abriram com um toque de alerta que deixou Lou bastante assustado em relação ao que ela iria dizer. O que ela sabia? Seu comportamento passado o atacou com força, como um cardume de piranhas fantasmagóricas, voltando para assustá-lo e para morder seu traseiro; ele se deixou tomar pelo pânico. Pensou na outra parte de si mesmo, solta na cidade e bêbada, possivelmente destruindo essa nova relação com a sua esposa, destruindo os reparos que ambos demoraram tanto para conquistar. Ele teve uma visão dos dois Lous: um deles construindo uma parede de tijolos, e o outro derrubando com um martelo toda a estrutura assim que houvesse sido construída. Na realidade, era isso que Lou vinha fazendo o tempo inteiro. Construindo sua família por um lado e, pelo outro, destruindo com suas atitudes tudo o que ele se esforçara tanto para criar.

Ruth rapidamente se afastou dele, correu na direção oposta e entrou no banheiro, onde ele ouviu o assento da privada ser levantado e o conteúdo das entranhas da esposa ser despejado no vaso sanitário. Detestando ter qualquer pessoa por perto durante momentos como aquele, Ruth, que sempre conseguia fazer várias coisas ao mesmo tempo, conseguiu erguer a perna para fechar a porta do banheiro com um chute.

Lou suspirou e desabou no chão sobre a pilha de ursos de pelúcia. Pegou o telefone, que começou a vibrar outra vez.

– O que foi agora? – disse ele com a voz monótona, esperando ouvir sua própria voz embriagada do outro lado da linha. Mas não foi isso que aconteceu.

20

O Garoto do Peru 4

– Isso é besteira – disse o Garoto do Peru enquanto Raphie fazia uma pausa para tomar fôlego. Raphie não disse nada. Decidiu esperar até que algo mais construtivo saísse da boca do Garoto do Peru.

– Grande besteira – disse ele outra vez.

– Bem, agora chega – disse Raphie, levantando-se da mesa e pegando sua caneca, o copo de isopor e as embalagens dos chocolates que comera enquanto contava sua história. – Vou deixá-lo em paz, esperando por sua mãe.

– Não, espere! – disse o Garoto do Peru.

Raphie continuou a andar em direção à porta.

– Você não pode terminar a história dessa maneira – disse ele, incrédulo. – Não pode me deixar nesse suspense.

– Ah, bem. Isso é o que você merece por ser tão ingrato – disse Raphie, dando de ombros. – E por quebrar janelas com peru congelado.

Ele saiu da sala de interrogatório.

Jessica estava na pequena cozinha da delegacia, tomando outra xícara de café. Seus olhos estavam vermelhos e as olheiras escuras estavam mais pronunciadas.

– Fazendo outra pausa para o café? – ele fingiu não notar a aparência da colega.

– Você está lá dentro há décadas. – Ela soprou o café e tomou um gole, sem tirar a caneca da frente dos lábios enquanto falava, com os olhos fixos no quadro de avisos diante dela.

– Seu rosto está melhor?

Ela assentiu com um movimento curto, o mais próximo que já chegara de comentar a respeito dos cortes e arranhões que lhe marcavam a face. E mudou o assunto.

– Até onde conseguiu contar?

– Até a primeira duplicação de Lou Suffern.

– O que ele disse?

– Creio que ele usou a palavra "besteira", que logo foi seguida por "grande besteira".

Jessica abriu um sorriso discreto, soprando seu café e tomando mais um gole.

– Você chegou mais longe do que eu imaginava. Deveria mostrar a ele as gravações daquela noite.

– Já temos gravações em vídeo do pub onde ele estava? – perguntou Raphie, apertando o botão da chaleira elétrica outra vez. – Quem é que estava trabalhando lá no dia de Natal? O Papai Noel?

– Não, ainda não sabemos. Mas a gravação da videoconferência mostra um cara exatamente igual a Lou Suffern saindo da sala. Parece que algumas pessoas na Patterson Empreendimentos não sabem que podem tirar um dia de folga. – Ela revirou os olhos. – É Natal. Francamente!

– Poderia ser aquele tal de Gabe na gravação da videoconferência. Eles são parecidos.

– Poderia ser.

– Por falar nisso, onde ele está? Esse cara deveria ter chegado aqui há uma hora.

Jessica deu de ombros.

– Bem, é melhor ele aparecer por aqui logo e trazer a carteira de habilitação como eu mandei – disse Raphie, irritado. – Se não fizer isso, eu vou...

– Você vai fazer o quê?

– Eu mesmo vou buscá-lo.

Ela afastou lentamente a caneca dos lábios e seus olhos intensos e misteriosos fitaram os de Raphie.

– Buscá-lo para que, Raphie?

Raphie a ignorou e serviu-se de mais uma xícara de café, acrescentando dois tabletes de açúcar. Jessica, percebendo seu humor, não protestou. Ele encheu um copo de isopor com água e voltou a andar pelo corredor.

– Aonde você está indo? – perguntou ela enquanto Raphie se afastava.

– Vou terminar de contar a história pro garoto – resmungou ele.

O restante da história

21

O homem do momento

– Hora de acordaaaar – uma voz que cantarolava penetrou os sonhos embriagados de Lou, onde tudo se repetia pela centésima vez: enxugar a testa de Lucy, colocar a chupeta de Pud de volta em sua boca, segurar os cabelos de Lucy enquanto ela se debruçava sobre o vaso, abraçar sua esposa com carinho, o corpo de Ruth relaxando contra o seu, e depois voltar a dar atenção para a testa febril de Lucy, Pud cuspindo sua chupeta e o sorriso de Ruth quando ele disse que a amava.

Ele sentiu o cheiro de café colado no seu nariz. Finalmente, abriu os olhos e deu um salto para trás, com medo, ao ver a imagem que o cumprimentava, batendo sua cabeça que já latejava contra a parede de concreto.

Lou demorou para entender o que estava acontecendo. Às vezes, as visões que invadiam seus olhos recém-abertos eram agradáveis, outras vezes eram horríveis. Ao contrário da caneca de café que estava colocada a poucos centímetros do seu nariz, ele estava mais acostumado a acordar ao som de uma descarga do vaso sanitário. Geralmente, a espera de que uma misteriosa mulher saísse do banheiro e mostrasse seu rosto no quarto era longa e enervante, e, em algumas ocasiões, embora fossem raras, Lou tomara a iniciativa de desaparecer da cama e do prédio onde estava – exatamente ao mesmo tempo – antes que a mulher misteriosa tivesse a oportunidade de mostrar seu rosto.

Naquela manhã em particular, após Lou Suffern ter sido duplicado pela primeira vez, ele enfrentava um novo cenário: um homem com a mesma idade dele estava à sua frente, estendendo-lhe uma caneca de café com uma expressão satisfeita no rosto. Certamente, aquilo nunca tinha acontecido antes. Por sorte, o homem à sua frente era Gabe, e Lou descobriu, aliviado, que os dois estavam totalmente vestidos e que não havia nenhuma descarga envolvida. Com a cabeça latejando e o cheiro horrível de rato morto que tomava conta da sua boca, como um candidato à presidência estudando a sala do debate, ele observou o lugar onde estava.

Lou estava no chão. Percebeu isso pela proximidade do concreto e pela distância do teto sem forro com a fiação exposta. O piso estava duro, apesar de haver um saco de dormir por baixo do seu corpo. Estava com torcicolo devido à posição infeliz em que sua cabeça fora acomodada contra a parede de concreto. Olhando para cima, viu estantes de metal que iam em direção ao teto: duras, cinzentas, frias e deprimentes, erguiam-se como os guindastes que enfeiam a paisagem de Dublin, invasores de metal dominando a cidade que cresce. À esquerda, um abajur sem a cúpula era o culpado por emitir a implacável luz branca que não iluminava o lugar com tanta eficiência, apontada para a cabeça de Lou como uma pistola numa mão firme. Era mais do que óbvio que Lou estava no depósito de Gabe, no subsolo. Gabe estava debruçado sobre ele, com a mão estendida em sua direção, e nela havia uma caneca cheia de café fumegante. A visão lhe era familiar, uma imagem espelhada do que ocorrera uma semana antes, quando Lou parou na rua para oferecer um café a Gabe. A diferença era que, dessa vez, a imagem era tão distorcida e perturbadora quanto as que surgiam na casa dos espelhos de um parque de diversões, porque, quando Lou tomou consciência da situação, era ele quem estava no chão e Gabe estava em pé à sua frente.

– Obrigado. – Ele pegou a caneca de Gabe, envolvendo a porcelana com as mãos frias. Tremeu. – Está muito frio aqui.

Aquelas primeiras palavras saíram estranguladas, e, quando se ergueu para sentir o peso do mundo esmagando sua cabeça devido à segunda manhã consecutiva de ressaca, lembrou-se de que, embora a idade lhe trouxesse muitos motivos para celebrar – por exemplo, o nariz que sempre foi grande demais para o seu rosto na infância chegara à proporção correta depois dos 30 anos –, a ressaca não estava entre eles.

– É verdade. Alguém prometeu me trazer um aquecedor elétrico, mas ainda estou esperando – disse Gabe, sorrindo. – Não se preocupe. Ouvi dizer que lábios azulados de frio estão na moda este ano.

– Ah, desculpe. Vou mandar Alison cuidar disso – resmungou Lou, e bebeu o café preto. Depois que conseguiu resolver o enigma sobre onde estava e em que posição, relaxou. Mas o primeiro gole de cafeína o alertou para outro problema.

– Que diabos eu estou fazendo aqui? – ele se sentou com as costas eretas, mais atento agora, e olhou para si mesmo em busca de pistas. Estava vestido com o mesmo terno de ontem, um traje desgrenhado e amarrotado com algumas manchas questionáveis – embora todas fossem autoexplicativas – na sua camisa, gravata e paletó. Na verdade, havia sujeira em todos os lugares para onde olhava. – Que cheiro horrível é esse?

– Acho que é você – sorriu Gabe. – Encontrei você nos fundos do prédio ontem à noite, vomitando numa caçamba de lixo.

– Oh, meu Deus... – sussurrou Lou, cobrindo o rosto com as mãos. Em seguida, olhou para cima, confuso. – Mas ontem à noite eu estava em casa. Ruth e Lucy estavam doentes. E, assim que elas caíram no sono, Pud acordou. – Ele esfregou o rosto, cansado. – Será que eu sonhei com tudo isso?

– Não – respondeu Gabe, tranquilamente, despejando água quente sobre sua xícara com café instantâneo. – Você fez isso também. Estava bastante ocupado ontem à noite, não se lembra?

Levou um momento até que os eventos da noite anterior surgissem na memória de Lou, mas uma onda de lembranças – o comprimido, sua duplicação – invadiu sua mente e, de súbito, moedas começaram a cair por toda parte como se uma máquina de refrigerantes estivesse com o dispositivo de troco quebrado.

– A garota que eu conheci... – Ele interrompeu a frase, querendo ao mesmo tempo saber e não saber a resposta. Uma parte dele tinha certeza sobre sua inocência, enquanto a outra queria levá-lo para fora e surrá-lo pela possibilidade de colocar seu casamento em risco outra vez. Seu corpo começou a suar frio, o que acrescentou um novo aroma ao ambiente.

Gabe deixou-o pensar por algum tempo, enquanto soprava seu café e tomava pequenos goles como um rato mordiscando um pedaço quente de queijo.

– Você conheceu uma garota? – perguntou ele, com os olhos arregalados e inocentes.

– Eu, ah... eu conheci uma... deixe para lá. Eu estava sozinho quando você me encontrou na noite passada? – era a mesma pergunta com palavras diferentes. As duas ao mesmo tempo.

– Estava sim, bastante sozinho. Embora não estivesse solitário. Você estava fazendo companhia para si mesmo, resmungando alguma coisa sobre uma garota – disse Gabe, provocando-o. Parecia que você a tinha perdido e não se lembrava de onde a tinha colocado. Ela não estava no fundo da caçamba, de qualquer maneira, mas, se limparmos a poça de vômito que você deixou ali, talvez seja possível encontrar o papelão recortado em forma de mulher.

– O que foi que eu falei? Aliás... não me diga exatamente o que eu falei, diga somente se eu disse alguma coisa sobre... você sabe. Diabos, se eu fiz alguma coisa errada, Ruth vai me matar. – Os olhos de Lou se encheram de lágrimas. – Eu sou o maior idiota do mundo – disse ele, chutando o caixote que estava aos pés do saco de dormir, frustrado.

O sorriso de Gabe se desfez, respeitando a raiva de Lou.

– Você não fez nada com ela.

– Como você sabe?

– Eu sei.

Lou o observou, cauteloso, curioso, desconfiando e confiando, tudo ao mesmo tempo. Gabe parecia ser sua única referência naquele momento; sua figura paterna, o sequestrador a quem ele estava começando a se afeiçoar, a única pessoa que entendia sua situação, embora ele o tivesse colocado naquela situação. Uma relação perigosa.

– Gabe, nó precisamos conversar sobre esses comprimidos. Não os quero mais – disse ele, tirando-os do bolso. – Bem, a noite passada foi uma revelação, realmente, de várias maneiras. – Lou esfregou os olhos, cansado, lembrando-se do som da sua voz bêbada quando falava ao telefone. – O que eu quero saber é... existem dois de mim agora?

– Não, vocês voltaram a ser um só – explicou Gabe. – Quer um doce de figo?

– Mas Ruth... – Lou o ignorou. – Ela vai acordar e perceber que eu não estou em casa. Vai ficar preocupada. Eu desapareci no ar?

– Ela vai acordar e você já terá saído para trabalhar, como sempre.

Ele absorveu aquela informação e se acalmou um pouco.

– Mas isso não é certo, não faz sentido. Nós precisamos discutir sobre onde você conseguiu esses comprimidos.

– Você tem razão, precisamos fazer isso – disse Gabe, sério, pegando o pote das mãos de Lou e enfiando-o no bolso. – Mas não agora. Ainda não é o momento.

– O que você quer dizer com isso? Por que ainda não é o momento? O que você está esperando?

– Estou dizendo que já são quase oito e meia e você tem que estar numa reunião antes que Alfred chegue e roube a sua glória.

Ao ouvir isso, Lou colocou o café sobre uma prateleira, entre uma extensão elétrica e uma pilha de ratoeiras, e se levantou num salto, esquecendo instantaneamente as preocupações em relação àqueles comprimidos estranhos, e também sem se perguntar como Gabe sabia de sua reunião das oito e meia.

– Você tem razão, é melhor eu ir. Conversaremos mais tarde.

– Você não pode entrar numa reunião desse jeito – riu Gabe, olhando para o terno de Lou, sujo e amarrotado de cima a baixo. – E você está cheirando a vômito. E a urina de gato. Pode acreditar em mim, meu nariz sabe identificar tudo isso.

– Vou ficar bem – Lou olhou para o seu relógio enquanto tirava o paletó. – Vou tomar um banho rápido em meu escritório e vestir o outro terno que deixo guardado para emergências.

– Você não pode fazer isso. Quem está usando seu terno sou eu, lembra-se?

Lou olhou para Gabe e lembrou-se de que lhe dera suas roupas de reserva no dia em que o contratou. Poderia apostar que Alison ainda não tinha colocado uma muda nova de roupas para ele; ainda era nova demais no cargo para pensar nisso.

– Merda! Merda, merda, merda! – ele andou de um lado para outro no pequeno depósito, roendo as unhas bem cuidadas, mordendo e cuspindo pedaços delas, mordendo e cuspindo.

– Não se preocupe, minha faxineira vai cuidar disso – disse Gabe com uma expressão divertida, observando os pedaços de unha roídos caírem sobre o piso de cimento.

Lou o ignorou e continuou caminhando um pouco mais.

– As lojas não abrem antes das nove. Onde é que eu vou conseguir um terno?

– Não se preocupe, acho que tenho alguma coisa aqui no meu closet – disse Gabe, desaparecendo no primeiro corredor e surgindo com o novo terno ainda envolto em seu plástico protetor. – Como eu disse, nunca se sabe quando se pode precisar de um terno. Inclusive, é exatamente do seu tamanho. Quase como se fosse feito para você – disse ele, piscando para Lou. – Que a sua dignidade exterior seja um espelho da dignidade de sua alma – disse Gabe, entregando-lhe o terno.

– Ah, sim, é claro. Obrigado – disse Lou, vacilante, mas rapidamente tirou o terno das mãos estendidas de Gabe.

No elevador de serviço vazio, Lou olhou para o seu reflexo no espelho. Estava irreconhecível se comparado ao homem que tinha acordado no chão do subsolo meia hora antes. O terno que Gabe lhe dera, apesar de ser de uma marca desconhecida – algo com o qual Lou não estava acostumado –, surpreendentemente era o terno com o melhor caimento que ele já vestira. O azul da camisa e o da gravata contrastavam com as calças e o paletó azuis-marinhos, os olhos de Lou estavam destacados, inocentes e dignos como os de um querubim.

As coisas correram muito bem para Lou Suffern naquele dia. Voltou a ser o homem elegante e asseado, com os sapatos impecavelmente engraxados por Gabe e de volta à dança entre os pavimentos com os quais estava acostumado. O balanço estava de volta ao seu caminhar, a mão esquerda casualmente colocada no bolso, o braço direito balançando confortavelmente ao lado do corpo no mesmo ritmo dos seus passos, disponível para atender ao telefone ou apertar a mão de alguém a qualquer momento. Ele era o homem do momento. Ao conversar ao telefone com sua esposa e com Lucy, descobriu que era o melhor pai do mundo, de acordo com a filha, e que as chances de ser o melhor marido do mundo durante os próximos anos estavam aumentando. Estava feliz, tão feliz, na verdade, que começou a assobiar e não parou, mesmo quando Alison lhe deu a notícia de que sua irmã estava na linha. Ele pegou alegremente o telefone e encostou o traseiro sobre o tampo da mesa de Alison.

– Marcia, bom dia – disse ele, animado.

– Bem, você está de bom humor hoje. Sei que você é ocupado, Lou, então não vou roubar muito do seu tempo. Só queria lhe dizer que recebemos os convites para o aniversário do nosso pai, e eles são... muito bonitos... muito sofisticados... não eram exatamente o que eu escolheria, mas... de qualquer maneira, algumas pessoas me ligaram para dizer que ainda não receberam seus convites.

– Ah, devem ter se perdido no correio – disse Lou. – Vamos lhes enviar os convites outra vez.

– Mas é amanhã, Lou.

– O quê? – ele franziu a testa e apertou os olhos para se concentrar no calendário que estava na parede.

– Sim, o aniversário dele é amanhã – disse ela, parecendo estar em pânico. – Essas pessoas não vão receber os convites se você os enviar agora. Só queria ter certeza de que não haverá problema se eles não apresentarem os convites na entrada. Afinal de contas, é apenas uma festa familiar.

– Não se preocupe, é só nos enviar um e-mail com todos os nomes e teremos uma lista de convidados. Está tudo sob controle.

– Posso levar algumas coisas para...

– Está tudo sob controle – disse Lou com mais firmeza.

Ele observou seus colegas andando pelo corredor em direção à sala de reuniões, com Alfred no fim da fila, vestindo calças sociais e um blazer com enormes botões dourados, como se estivesse prestes a assumir o comando de um transatlântico.

– O que vai acontecer na festa, Lou? – perguntou Marcia, nervosa.

– O que vai acontecer? – riu Lou. – Ah, não se preocupe, Marcia. Queremos que seja uma surpresa para todos.

– Você sabe o que vai acontecer?

– Se eu sei o que vai acontecer? Você está preocupada com as minhas habilidades de organização?

– Estou preocupada com a possibilidade de você estar repetindo cada uma das minhas perguntas apenas para ganhar tempo antes de responder – disse ela, sem titubear.

– É claro que eu sei o que vai acontecer. Você acha que eu deixaria Alison cuidar de tudo sozinha? – riu ele. – Ela nem conhece o nosso pai – disse ele, repetindo a mesma frase que alguns membros da família tinham dito.

– Bem, é importante que alguém da família esteja envolvido, Lou. Essa Alison parece ser uma boa garota, mas ela não conhece mesmo o nosso pai, não é? Tentei ligar para ela algumas vezes para ajudar, mas ela não me deu muitos detalhes. Quero que o papai tenha o melhor dia de sua vida.

– Será, Marcia, será. – Lou sentiu o estômago embrulhar. – Todos nós vamos nos divertir bastante, eu prometo. Agora, você sabe que eu não chegarei tão cedo porque tenho a festa de fim de ano aqui na empresa. Terei que ficar aqui por algum tempo, mas irei logo em seguida.

– Eu sei, isso é perfeitamente compreensível. Oh, meu Deus, Lou, eu só quero que o nosso pai fique feliz. Ele sempre está preocupado com o nosso bem-estar. Quero que ele finalmente consiga relaxar e se divertir.

– Sim – Lou engoliu em seco novamente, com o primeiro indício de hesitação. – Eu também. Bem, preciso ir, tenho uma reunião agora. Nos vemos amanhã, está bem?

Ele devolveu o fone para Alison, e seu sorriso havia desaparecido.

– Está tudo sob controle, não está?

– O quê?

– A festa – disse ele, firmemente. – A festa do meu pai.

– Lou, passei a semana inteira tentando lhe fazer perguntas a respeito disso...

– Está tudo sob controle? Porque, se não estiver, você me contaria, não é?

– Absolutamente – Alison sorriu, nervosa. – O lugar que você escolheu é muito... legal, digamos assim, e eles têm sua própria equipe de gerenciamento de eventos. Já lhe falei sobre isso... – disse ela, rapidamente – ... algumas vezes durante a semana. Também deixei algumas opções de comida e música sobre a sua mesa para que você decidisse, e, como isso não aconteceu, eu tive que decidir por conta própria...

– Certo, Alison. Aqui está um lembrete para o futuro: quando eu perguntar se tudo está sob controle, tudo o que eu quero é um "sim" ou um "não" – disse ele de modo firme, mas cortês. – Não tenho tempo para perguntas e memorandos. Só preciso saber se você pode cuidar de alguma coisa ou não. Se não puder, não há problemas; vamos resolver de outro jeito. Entendeu?

Ela assentiu rapidamente.

– Ótimo! – ele bateu palmas e desceu de cima da mesa de Alison. – É melhor eu ir para essa reunião.

– Ah, sim. – Ela lhe entregou os documentos. – E parabéns pelo sucesso com aquelas duas negociações ontem à noite. Todos estão falando a respeito.

– É mesmo?

– Sim – disse ela, com os olhos arregalados. – Algumas pessoas estão dizendo que você vai conquistar o cargo de Cliff.

Isso soou como música aos ouvidos de Lou, mas ele decidiu não demonstrar entusiasmo.

– Bem, Alison, não vamos comemorar nada antes de termos certeza do que vai acontecer. Todos nós desejamos que Cliff se recupere rapidamente.

– É claro que desejamos, mas... de qualquer maneira, é o que estão dizendo por aí – disse ela, sorrindo. – Nos vemos na festa amanhã?

– É claro que sim – disse ele, retribuindo o sorriso, e foi somente quando ele estava marchando para longe, seguindo rumo à sala de reuniões, que realmente compreendeu o que ela quis dizer.

Quando Lou entrou na sala de reuniões, todas as doze pessoas ao redor da mesa se levantaram para aplaudi-lo, com seus enormes sorrisos cheios de dentes brancos, abertos de uma orelha a outra, sem realmente perceber seus olhos cansados e ombros tensos, que precisavam urgentemente de uma massagem. Era com isso que todas as pessoas ali tinham de lidar: horas insuficientes de sono, incapacidade de se afastar do trabalho ou de aparelhos relacionados ao trabalho como notebooks, palmtops e telefones celulares, distrações que todos os membros de cada família sentiam vontade de enfiar no vaso sanitário e dar a descarga logo em seguida. É claro que estavam felizes por ele, mas estavam em frangalhos, todos contaminados por energia eletromagnética. Todos estavam se esforçando para continuar vivos, pagar o financiamento da casa, fazer apresentações, alcançar metas, agradar o chefe, sair cedo de casa para não ficar presos no trânsito e trabalhar até mais tarde para evitar os congestionamentos. Todos naquela sala estavam fazendo horas extras para conseguir terminar todo o trabalho antes do Natal, e, à medida que isso acontecia, a pilha de problemas pessoais em suas caixas de entrada crescia cada vez mais. Lidariam com todos esses problemas durante o recesso de Natal. Finalmente teriam tempo para as celebrações em família, postergadas o ano inteiro. Era hora de se divertirem com os seus.

O aplauso foi liderado por um sorridente Sr. Patterson, e todos se ergueram para celebrar, exceto Alfred, que levou um tempão para se levantar. Enquanto os outros estavam de pé, ele estava lentamente empurrando sua cadeira para trás. Enquanto os outros aplaudiam, ele estava ajustando sua gravata e abotoando seus botões dourados. Conseguiu bater palmas uma vez antes dos aplausos esmaecerem, uma única vez, que soou quase como se fosse um balão estourando.

Lou deu a volta ao redor da mesa apertando mãos, dando tapinhas amistosos nas costas, beijando rostos. Quando chegou ao lugar onde Alfred estava, seu amigo já havia se sentado, mas ofereceu a Lou sua mão úmida e desanimada.

– Ah, o homem do momento – disse o Sr. Patterson alegre, apertando a mão de Lou calorosamente e colocando a mão esquerda sobre seu ombro. Ele deu um passo para trás e observou Lou orgulhoso, como um avô que admira seu neto no dia da primeira comunhão.

– Você e eu vamos conversar depois desta reunião – disse ele, discretamente, enquanto os outros continuavam a conversa. – Você sabe que haverá algumas mudanças depois do Natal, isso não é segredo por aqui – disse ele solenemente, mantendo o respeito por Cliff.

– Sim – Lou fez que sim com a cabeça, se deliciando ao ouvir aquele segredo diretamente do dono da empresa, embora todos já soubessem o que estava por vir.

– Bem, conversaremos mais tarde, certo? – disse o Sr. Patterson de maneira decidida; as conversas paralelas começaram a diminuir, ele tomou sua cadeira e todos ficaram em silêncio.

Sentindo-se como se estivesse flutuando, Lou se sentou e teve dificuldades de acompanhar as discussões da manhã. Pelo canto do olho, Lou percebeu que Alfred ouvira o final do comentário do Sr. Patterson.

– Parece que está cansado, Lou. Andou celebrando ontem à noite? – perguntou um colega.

– Fiquei acordado com a minha filha, que estava vomitando. Minha esposa estava com a mesma coisa, então a noite foi bastante movimentada – ele sorriu, pensando em Lucy deitada, com a franja grossa lhe escondendo metade do rosto.

Alfred riu e o chiado em seu riso foi audível na sala.

– Meu filho teve o mesmo problema na semana passada – disse o Sr. Patterson, ignorando a gargalhada de Alfred. – Deve ser algum vírus que está se espalhando por aí.

– Com certeza, está se espalhando por aí. – Repetiu Alfred, olhando para Lou.

A agressividade de Alfred vinha em ondas, quase como o calor visível sobre o asfalto numa rodovia deserta. Parecia transbordar da sua alma, distorcendo o ar ao seu redor, e Lou perguntou a si mesmo se os outros percebiam aquilo. Lou podia ver o quanto Alfred estava perdido e receoso.

– Não é apenas a mim que vocês deveriam parabenizar – anunciou Lou para a mesa. – Alfred também estava na reunião com o pessoal de Nova York. E fez um belo trabalho.

– Absolutamente. – Alfred sorriu, brincando com a gravata, o que deixou Lou nervoso. – Fico feliz que Lou tenha conseguido reunir-se conosco no final, a tempo de ver o contrato ser fechado.

Todos que estavam ao redor da mesa riram, mas aquele comentário atingiu Lou num lugar que doeu bastante. Naquele momento, ele era Aloysius outra vez, com 8 anos de idade, no time de futebol local, tirado do campo poucos minutos antes do apito final porque um de seus companheiros de time, tomado pela inveja ao perceber que Lou marcara mais gols do que ele, deu-lhe um chute entre as pernas e o deixou de joelhos, arfando, com o rosto vermelho, tomado pela tontura e vomitando. Assim como o comentário de Alfred, não foi tanto o chute na virilha que doeu, mas sim o fato de conhecer a pessoa que desferiu o golpe e a razão por trás daquilo. Ele estava deitado no campo, as mãos cobrindo a virilha, o rosto quente e suado, a frustração escapando por seus poros, enquanto o restante do time se amontoava ao seu redor, olhando para ele e imaginando se ele estaria fingindo tudo aquilo.

– Sim, já demos os parabéns a Alfred – disse o Sr. Patterson, sem olhar para ele. – Mas concluir duas negociações ao mesmo tempo, Lou? Como você conseguiu fazer isso? Todos nós sabemos que você é o tipo de pessoa que se ocupa com várias tarefas concomitantemente, mas esse foi um uso extraordinário do gerenciamento do tempo e, é claro, das suas habilidades de negociação.

– Sim, extraordinário – disse Alfred com um toque brincalhão na voz, mas o veneno escorria por baixo daquelas palavras. – Quase inacreditável. Talvez até mesmo sobrenatural. Como conseguiu, Lou? Tomou alguma coisa ilegal?

Ouviram-se alguns risos nervosos, uma tossida e, em seguida, o silêncio. O Sr. Patterson quebrou a tensão dando início à reunião, mas o dano já fora causado. Alfred deixou algo no ar. Uma pergunta substituiu a admiração anterior, uma semente foi plantada em cada mente, e, mesmo que não fosse verdade, cada vez que Lou conseguisse alguma coisa ou que seu nome fosse mencionado no futuro, o comentário de Alfred seria, talvez inconscientemente, relembrado, e essa semente cresceria, brotaria naquele solo sujo e ergueria sua cabeça hedionda.

Depois de todo o seu trabalho duro, de deixar de ir às reuniões e comemorações em família, de sair correndo de casa para chegar ao escritório, de beijos rápidos no rosto de Ruth para poder ter mais tempo para apertar as mãos de estranhos, ele finalmente tivera seu momento de glória. Dois minutos de apertos de mão e aplausos. Seguidos pela semente da dúvida.

– Você parece feliz – comentou Gabe, colocando um pacote sobre uma mesa próxima.

– Gabe, meu amigo, estou lhe devendo uma – disse Lou, sorrindo, enquanto saía da reunião, detendo-se logo antes de abraçá-lo. Ele baixou a voz. – Será que você podia me dar aqueles... o pote, por favor? Eu estava muito cansado e irritado esta manhã, e não sei o que deu em mim. É claro que eu acredito no remédio homeopático.

Gabe não respondeu. Continuou entregando envelopes e pacotes nas mesas que estavam à sua volta enquanto Lou olhava para ele com esperança no rosto, como um cão que espera seus petiscos.

– Acho que vou precisar deles muitas outras vezes – Lou piscou o olho. – Entende?

Gabe ficou confuso.

– Cliff não vai voltar – Lou manteve a voz baixa e tentou esconder sua empolgação. – Está completamente transtornado.

– Ah, o pobre homem que surtou – disse Gabe, ainda colocando a correspondência sobre as mesas.

– Sim. Não diga a ninguém que eu lhe contei isso.

– Que Cliff não vai voltar?

– Sim, sobre isso e... você sabe – disse ele, olhando ao redor. – Outras coisas também. Talvez um novo cargo, muito provavelmente uma promoção. Um belo aumento no salário – disse ele, sorrindo. – Ele vai falar comigo a respeito disso em breve. – Lou pigarreou. – Assim, seja lá o que ele reservou para mim, vou precisar daquelas pequenas belezas homeopáticas, porque não terei condições de sustentar o meu fluxo de trabalho por muito tempo sem que eu termine divorciado ou debaixo de sete palmos de terra.

– Ah, sim, os comprimidos. Bem, você não pode usá-los.

Gabe continuou empurrando o carrinho pelo corredor. Lou o seguiu, tagarelando nos calcanhares de Gabe como um cachorro perseguindo um carteiro.

– Ah, deixe disso. Eu pagarei o que você quiser pelo pote. Quanto você quer?

– Não quero nada.

– Certo, provavelmente você quer guardá-los para si mesmo. Entendo. Pelo menos, me diga onde posso conseguir alguns.

– Você não pode comprá-los em lugar nenhum. Eu os joguei fora. E você tinha razão sobre aqueles comprimidos, eles fazem mal. Psicologicamente. E quem sabe quais são os efeitos colaterais? Provavelmente acabariam apenas prejudicando as pessoas no longo prazo. Não acho que foram feitos para o uso contínuo, Lou. Talvez aquilo fosse um experimento científico que acabou escapando de um laboratório.

– Você fez o quê com os comprimidos? – Lou entrou em pânico, ignorando o que Gabe dissera. – Onde você os jogou fora?

– Nas caçambas de lixo.

– Bem, vá buscá-los. Entre na caçamba e pegue-os de volta – disse Lou, irritado. – Se você os jogou fora hoje cedo, eles ainda devem estar lá. Ande logo, Gabe, vá. – Lou cutucou as costas de Gabe.

– É impossível, Lou. Eu abri o pote e esvaziei tudo na lixeira. E, considerando o que você deixou dentro dela ontem à noite, eu não chegaria perto.

Lou agarrou-o pelo braço e levou-o em direção ao elevador de serviço.

– Me mostre onde estão.

Quando saíram, Gabe indicou a caçamba para Lou, enorme e pintada de amarelo, imunda. Lou correu até ela. Olhando para dentro, viu o pote em cima do lixo, tão perto que seria capaz de tocá-lo, e, ao lado, a pilha de comprimidos repousava em meio a uma espécie de substância pegajosa de cor marrom esverdeada. O cheiro era horrível. Teve que apertar o nariz com a mão e esforçar-se para não vomitar. Os comprimidos estavam encharcados por aquele líquido viscoso, e Lou sentiu seu coração afundar. Tirou seu paletó e jogou-o para Gabe. Arregaçou as mangas da camisa e preparou-se para enfiar as mãos naquele líquido nauseabundo. Ele parou antes de entrar.

– Se eu não conseguir pegar esses comprimidos, onde mais poderei consegui-los?

– Em lugar nenhum – respondeu Gabe, que estava ao lado da porta, observando-o com os braços cruzados e com a voz marcada pelo tédio. – Eles não são mais fabricados.

– O quê? – Lou girou sobre os calcanhares. – Quem os fez? Eu posso pagar para que façam mais.

O pânico continuou por algum tempo, Lou interrogando Gabe sobre como poderia obter mais comprimidos, até perceber que a única maneira de consegui-los seria lidar com o que estava bem à sua frente. Mais uma vez distraído de si mesmo, ele decidiu que o problema que precisava resolver era o da caçamba, não o da sua vida.

– Merda. Talvez eu possa lavá-los. – Ele se aproximou da caçamba e se debruçou. O cheiro lhe provocou ânsias. – Que diabo é isso? – Ele sentiu a garganta fechar outra vez e teve que se afastar da caçamba. – Porcaria! – Lou chutou a caçamba e se arrependeu quando a dor o atingiu.

– Olhe – disse Gabe, com a voz enfastiada. – Parece que deixei um cair no chão.

– O quê? Onde? – Lou esqueceu a dor no dedão e voltou correndo para perto da caçamba como uma criança que corre para o último lugar vago na dança das cadeiras. Examinou o chão. Entre as fendas dos paralelepípedos que calçavam o chão, ele viu algo branco que o olhava de volta. Aproximando-se, ele percebeu que era um comprimido.

– Ahá! Encontrei um!

– Pois é, eu tive que jogá-los de longe, pois o cheiro estava horrível – explicou Gabe. – Alguns acabaram caindo no chão.

– Alguns? Quantos?

Lou abaixou-se e começou a engatinhar, procurando mais comprimidos.

– Lou, você realmente deveria voltar para dentro. Você teve um ótimo dia. Por que não deixa as coisas como estão? Por que não aprende com isso e continua a tocar sua vida?

– Eu aprendi com isso – disse ele, com o nariz perto dos paralelepípedos. – Aprendi que eu sou o herói desse lugar quando tomo essas coisas. Ahá! Achei outro. – Satisfeito depois de ter certeza de que aqueles dois comprimidos eram os únicos perdidos no chão, ele os guardou em seu lenço, enfiou o lenço no bolso, levantou-se e limpou a poeira dos joelhos.

– Dois comprimidos serão suficientes, por ora – disse ele, enxugando a testa com as costas da mão. – Estou vendo mais dois embaixo da caçamba, mas, por enquanto, vou deixá-los ali.

Quando Lou ficou em pé, os joelhos enegrecidos e sujos e o cabelo desgrenhado, ele descobriu que havia mais gente por perto. Alfred estava ao lado de Gabe, com os braços cruzados e um olhar malicioso.

– Deixou cair alguma coisa, Lou? Bem, deem uma olhada nisso. Realmente, é o homem do momento.

22

Esta é a época...

– Você vai estar lá, não vai, Lou? – perguntou Ruth, esforçando-se para esconder o pânico que tingia sua voz. Andava descalça pelo quarto, o som dos seus passos contra as tábuas de madeira como se estivesse pisando na água. Seu cabelo castanho e longo estava armado com grampos e bobes, o corpo enrolado numa toalha, e gotas de água cintilando em seus ombros quando a luz os tocava.

Lou observava a mulher com quem se casara há dez anos deitado na cama, com a cabeça se movendo de um lado para outro como se fosse o espectador de uma partida de tênis. Eles iriam para o centro da cidade em carros separados e em horários diferentes; ele tinha de comparecer à festa da empresa antes de se juntar à da família para a celebração do aniversário de seu pai. Chegou em casa pouco tempo depois de terminar o expediente, tomou banho e vestiu-se no espaço de vinte minutos, mas, em vez de andar de um lado para outro no andar inferior e esperar impacientemente pela esposa, como de costume, ele decidiu deitar-se na cama e observá-la. Acabara de perceber que observar era muito mais divertido do que andar de um lado para outro com uma raiva cada vez maior. Lucy se juntara ao pai na cama e estava agarrada ao seu cobertor. Recém-saída do banho, ela estava vestida com seu pijama e exalava um cheiro delicioso de morangos.

– É claro que estarei lá. – Ele sorriu para Ruth.

– Estou perguntando porque você deveria ter saído de casa há meia hora, e isso vai acabar o atrasando se você continuar aqui. – Ela passou apressadamente por ele e entrou no closet. O resto da frase desapareceu junto com ela, conforme os sons abafados chegavam ao quarto, deixando as palavras dentro do armário, penduradas nos cabides e dobradas impecavelmente sobre as prateleiras. Ele se recostou na cama, colocou os braços atrás da cabeça e riu.

– Ela está falando rápido – sussurrou Lucy.

– Ela sempre faz isso – Lou sorriu, estendeu a mão e colocou uma mecha rebelde do cabelo de Lucy atrás da sua orelha.

Ruth reapareceu, vestida apenas com as roupas de baixo.

– Você está linda – ele sorriu.

– Papai! – Lucy riu escandalosamente. – Ela está só de calcinha!

– Sim, bem, ela fica bonita só de calcinha. – Ele manteve os olhos em Ruth enquanto Lucy rolava na cama, rindo daquela ideia.

Ruth se virou e estudou-o rapidamente. Lou viu que ela engolia em seco, com uma expressão de curiosidade. Não estava acostumada a receber toda aquela atenção; talvez estivesse preocupada com a possibilidade de que ele estivesse agindo assim devido a algum sentimento de culpa. Outra parte dela estaria com medo de ter esperanças, receosa de que aquilo fosse mais um conjunto de promessas que, posteriormente, se transformariam em outra decepção. Ela desapareceu pela porta do banheiro por alguns momentos e, quando voltou ao quarto, começou a saltitar de um lado para outro, somente com a roupa de baixo.

Lucy e Lou começaram a rir enquanto a observavam.

– O que você está fazendo? – riu Lou.

– Estou secando o hidratante. – Ela correu sem sair do lugar, sorrindo.

Lucy levantou-se da cama e se juntou à mãe, rindo e dançando; antes de decidir que a mãe estava seca, voltou para junto do pai na cama.

– Por que você ainda está aqui? – perguntou Ruth gentilmente. – Você não vai querer se atrasar para a festa do Sr. Patterson.

– Isso aqui é bem mais divertido.

– Lou – ela riu. – Embora eu goste do fato de que você não esteja andando de um lado para outro sem parar pela primeira vez nos últimos dez anos, você realmente deveria ir. Eu sei que você disse que estará na festa do seu pai hoje à noite, mas...

– Eu estarei lá hoje à noite – respondeu ele, ofendido.

– Certo, mas, por favor, não se atrase muito – continuou ela, correndo pelo quarto. – A maioria dos convidados já tem mais de 70 anos. É o tipo de gente que já foi dormir ou já foi para casa no horário em que para você a noite está apenas começando. – Ela correu de volta para o closet.

– Eu estarei lá – respondeu ele, para si mesmo.

Lou ouviu Ruth abrir gavetas e portas. Ela esbarrou em alguma coisa, disse um palavrão, deixou outra coisa cair e, quando reapareceu no quarto, estava usando um vestido preto para noite.

Geralmente, Lou diria automaticamente que ela estava bonita e mal olharia para ela ao dizer isso. Sentia que era a sua obrigação, que era isso que ela queria ouvir, que isso bastaria para saírem de casa mais rápido, que faria com que ela se sentisse menos ansiosa durante todo o trajeto, mas, naquela noite, Lou percebeu que estava sem palavras. Ela estava linda. Era como se, durante toda a sua vida, as pessoas lhe dissessem que o céu era azul e, pela primeira vez, ele realmente levantasse a cabeça e o visse com seus próprios olhos. Por que ele não olhava para ela todos os dias? Ele se deitou de bruços e apoiou a cabeça nas mãos. Lucy o imitou. Os dois admiraram a beleza de Ruth. Dez anos com essa imagem à disposição e ele passara o tempo todo andando de um lado para outro no andar de baixo da casa enquanto gritava com ela.

– E lembre-se – disse ela, fechando o zíper do vestido, enquanto passava por eles novamente. – Você comprou uma passagem num cruzeiro para presentear seu pai.

– Achei que fôssemos lhe dar o título de sócio no clube de golfe.

– Lou, ele detesta jogar golfe.

– É mesmo?

– O vovô detesta jogar golfe – disse Lucy.

– Ele sempre quis ir a St. Lucia. Lembra-se da história sobre Douglas e Ann e como eles ganharam uma viagem recortando o fundo de uma caixa de cereal?

– Não – Lou franziu a testa.

– A competição da caixa de cereal. – Ela se deteve no trajeto de volta ao guarda-roupa, olhando-o com surpresa.

– Sim, mas o que houve?

– Ele conta essa história o tempo todo, Lou. Sobre como Douglas entrou na promoção do cereal e eles ganharam uma viagem para St. Lucia... Não se lembra? – ela observou o marido, esperando um vislumbre de recordação.

Lou balançou a cabeça negativamente.

– Uau, como é possível que você não saiba? – Ela continuou em sua missão para chegar até o closet. – É a história favorita dele. Vai até se emocionar.

– Meu pai não vai se emocionar – sorriu ele. – Não é o tipo de pessoa que se emociona.

Ruth desapareceu no closet e voltou a aparecer com um sapato no pé e outro debaixo do braço. Para cima, para baixo, para baixo e de volta para cima, ela chegou até a penteadeira.

Lucy riu.

Ruth colocou suas joias – brincos, pulseira – e depois calçou o sapato que faltava.

Lou sorriu outra vez e a observou entrando no banheiro.

– Ah – ela disse, erguendo a voz quando estava lá dentro. – Quando conversar com Mary Walsh, não diga nada a respeito de Patrick – disse ela, colocando a cabeça para fora do banheiro. Metade do seu cabelo estava presa pelos grampos e bobes, e a outra estava solta e cacheada. Seu rosto estava triste. – Ele a abandonou.

– Certo – disse ele, fazendo que sim com a cabeça e tentando permanecer o mais solene possível.

Quando Ruth se recolheu para dentro do banheiro novamente, Lou se virou para Lucy.

– Patrick abandonou Mary Walsh – disse ele. – Você sabia?

Lucy balançou a cabeça negativamente, com força.

– Foi você quem disse a ele para fazer isso?

Ela balançou a cabeça de novo, rindo.

– Quem imaginava que isso fosse acontecer?

Lucy deu de ombros.

– Talvez Mary soubesse.

Lou riu.

– Talvez.

– Ah, e, por favor, não pergunte a Laura se ela perdeu peso. Você sempre faz isso e ela odeia.

– Mas isso não é algo bom para se dizer a alguém? – perguntou Lou, com o rosto sério.

Ruth riu.

– Querido, ela está engordando consistentemente nos últimos dez anos. Quando você pergunta isso a ela, é como se estivesse zombando dela.

– Laura é uma gorducha – ele sussurrou para Lucy e ela rolou na cama, rindo.

Ele respirou fundo ao olhar para o relógio, e, estranhamente, o pânico tomou conta dele.

– Certo, eu preciso mesmo ir. Até amanhã – disse ele, beijando a testa de Lucy.

– Gosto muito mais de você agora, papai – disse ela, contente.

Lou ficou paralisado, metade do corpo ainda na cama e a outra metade fora.

– O que foi que você disse?

– Eu disse que gosto muito mais de você agora – ela sorriu, revelando que tinha perdido um dente da arcada de baixo. – Eu, a mamãe e o Pud vamos sair para patinar no gelo amanhã. Você vem com a gente?

Ainda embasbacado com o comentário e por quanto aquela frase o tinha afetado, ele simplesmente disse:

– Sim. É claro.

Ruth voltou para o quarto outra vez, trazendo uma brisa do seu perfume, o cabelo solto em cachos longos que lhe caíam até abaixo dos ombros, com a maquiagem impecável. Lou não conseguia tirar os olhos dela.

– Mamãe, mamãe! – Lucy ficou em pé na cama e começou a pular de um lado para outro. – O papai vai patinar no gelo com a gente amanhã.

– Lucy, desça daí, você sabe que não pode ficar pulando na cama. Desça da cama, Lucy, obrigada. Lembre-se, eu lhe disse que o papai é um homem muito ocupado. Ele não tem tempo para...

– Eu irei com vocês. – Lou a interrompeu firmemente.

Ruth ficou de queixo caído.

– Ah.

– Você se importa?

– Ora, claro que não... não. Absolutamente. Vai ser ótimo. – Ela assentiu e depois foi na direção oposta, claramente chocada. A porta do banheiro se fechou delicadamente atrás dela.

Ele deu cinco minutos a Ruth, mas, ao final desse tempo, não conseguiu mais esperar.

– Ruth. – Lou bateu gentilmente na porta do banheiro. – Você está bem?

– Sim, estou bem. – Ela limpou a garganta e parecia estar mais falante do que desejava. – Estou só... assoando o nariz. – Ele ouviu um longo som de um nariz sendo assoado.

– Bem, nos vemos mais tarde – disse ele, querendo entrar no banheiro e despedir-se com um abraço, mas sabendo que a porta só se abriria se essa fosse a vontade de Ruth.

– Certo – disse ela, sem tanta convicção. – Nos vemos na festa.

A porta continuou fechada, e ele saiu.

Os colegas de Lou Suffern, em diversos estágios de embriaguez, lotavam os escritórios da Patterson Empreendimentos. Eram apenas sete e meia da noite e alguns deles já tinham bebido bastante. Diferente de Lou, que fora para casa depois do trabalho, a maioria das pessoas tinha ido para o pub e retornara ao escritório para continuar a festa. Havia mulheres que ele mal reconhecia, em vestidos que revelavam corpos que ele nunca soube que existiam por baixo dos ternos que usavam. A uniformidade do dia fora quebrada; havia um ar de adolescência, o desejo de se exibir e mostrar uns aos outros quem realmente eram. Era um dia para quebrar regras, para dizer o que viesse à cabeça; um ambiente perigoso para explorar. Ramos de visco estavam pendurados no topo de quase todos os batentes das portas. Lou já recebera dois beijos assim que saiu do elevador, de oportunistas que estavam plantadas ali.

Os homens estavam sem paletó e usavam gravatas que tocavam música, gorros de Papai Noel e tiaras com chifres de rena. Enfeites de árvores de Natal estavam pendurados nas orelhas das mulheres e nas de alguns homens. Todos trabalharam duro o ano inteiro e queriam se divertir com a mesma intensidade.

– Onde está o Sr. Patterson? – Lou perguntou a Alison quando a encontrou sentada no colo do quinto Papai Noel que viu por ali. Seus olhos estavam embaçados e não conseguiam focar em nada. Usava um vestido vermelho justo que exibia cada forma e curva do seu corpo. Ele se esforçou para desviar os olhos.

– E o que você vai querer ganhar no Natal, garotinho? – disse a voz por trás da fantasia de Papai Noel.

– Ah. Olá, James – disse Lou, educadamente.

– Ele quer uma promoção – disse alguém no meio da multidão, que foi seguida por algumas risadas contidas.

– Não somente uma promoção. Ele quer o cargo de Cliff – gritou alguém que usava uma tiara com chifres de rena, e as pessoas riram outra vez.

Para esconder a frustração e o constrangimento, Lou riu com eles e, quando a conversa mudou de tema, afastou-se discretamente. Refugiou-se em sua sala, que estava silenciosa e tranquila, sem qualquer vestígio de lantejoulas ou renas à vista. Sentou-se com a cabeça entre as mãos, esperando a ligação do Sr. Patterson, escutando os versos de “Grandma Got Run Over by a Reindeer” cantados pela metade do grupo que estava lá fora e gritada pela outra metade. Repentinamente, a música ficou mais alta quando a porta da sua sala se abriu e voltou a ficar abafada quando a porta se fechou. Adivinhou quem estava ali mesmo antes de abrir os olhos.

Alison caminhou em sua direção, com uma taça de vinho tinto numa mão, um copo de uísque na outra e os quadris balançando no vestido vermelho justo; ela parecia uma úvula pendurada no fundo da garganta. Seus tornozelos vacilavam sobre os sapatos de plataforma e o vinho tinto saltou algumas vezes da taça e molhou seu polegar.

– Tenha cuidado. – Os olhos de Lou acompanhavam cada um de seus movimentos, mantendo a cabeça firme, determinado e hesitante ao mesmo tempo.

– Está tudo bem. – Ela deixou a taça em cima da mesa e chupou o polegar, lambendo o vinho derramado na pele enquanto olhava para Lou de maneira sedutora. – Eu trouxe um uísque para você. – Ela lhe entregou o copo e sentou-se ao lado dele, sobre o tampo da mesa. – Saúde. – Tocou o copo de Lou com sua taça e, em seguida, sem desviar os olhos do rosto dele, deu um gole no vinho.

Lou limpou a garganta, sentindo-se cercado por uma multidão, e empurrou a cadeira para trás. Alison não compreendeu as intenções dele e deslizou o traseiro sobre o tampo da mesa de modo a ficar bem à sua frente. Seu peito estava na altura dos olhos de Lou; ele desviou o olhar e observou a porta. Aquela posição era perigosa. Causaria uma impressão horrível em quem os visse. Mas ele se sentia extremamente bem.

– Nunca chegamos a terminar o que estávamos fazendo antes – disse ela, sorrindo. – Todo mundo está falando sobre limpar suas mesas antes do Natal. – A voz de Alison era suave e sedutora. – Achei que seria bom vir até aqui para dar uma mãozinha.

Ela empurrou algumas pastas que estavam em cima da mesa de Lou; elas deslizaram sobre o tampo e caíram no chão, espalhando-se por toda parte.

– Oops – ela sorriu, sentando-se na mesa na frente de Lou, com o vestido vermelho e curto subindo ainda mais sobre suas coxas, revelando pernas longas, torneadas e bronzeadas.

Gotas de suor se formaram na testa de Lou. Sua mente analisou todas as possibilidades. Sair e procurar pelo Sr. Patterson ou ficar ali com Alison. Ele ainda tinha os dois comprimidos, que encontrara perto da caçamba de lixo, seguramente embrulhados num lenço em seu bolso. Podia tomar um comprimido e fazer ambos. Lembre-se das suas prioridades: estar com Alison e ir para a festa do seu pai. Não. Estar com o Sr. Patterson e ir à festa do seu pai. Os dois ao mesmo tempo.

Descruzando as pernas, Alison usou seu pé para trazer a cadeira de Lou para perto da mesa, a renda vermelha entre suas coxas saudando--o enquanto as rodinhas da cadeira deslizavam lentamente na direção dela. Ela levou o corpo até a borda da mesa, erguendo ainda mais a barra do vestido. Até um ponto em que ele não conseguia mais olhar para lugar nenhum. Poderia tomar um comprimido; ficar com Alison e ficar com Ruth.

Ruth.

Alison estendeu o braço e o puxou para perto, com as mãos em seu rosto. Ele sentiu as unhas postiças. O tap-tap-tap sobre o teclado que o enlouquecia todos os dias. Lá estavam elas, em seu rosto, em seu peito, deslizando por seu corpo. Dedos longos correndo pelo tecido de seu terno, o terno que deveria refletir a sua dignidade interior.

– Sou casado – ele balbuciou quando a mão de Alison chegou à sua virilha. Sua voz estava tomada pelo pânico, parecendo até infantil. Fraca e fácil de convencer.

Alison jogou a cabeça para trás e riu.

– Eu sei – ronronou ela, e suas mãos continuaram a explorá-lo.

– Isso não foi uma piada – disse ele de maneira firme, e ela parou repentinamente para olhá-lo. Ele a encarou de volta, e eles continuaram com aquele jogo de olhares até que o canto dos lábios de Alison se ergueu num sorriso, apesar de tentar reprimi-lo. Quando não conseguiu mais conter o riso, ela explodiu. Seus longos cabelos louros lhe caíram sobre as costas para tocar o tampo da mesa conforme ela se curvava para trás com as gargalhadas.

– Ah, Lou – ela suspirou, finalmente enxugando o canto dos olhos.

– Isso não é uma piada – disse ele com mais firmeza, com dignidade, com convicção. Era mais homem agora do que há cinco minutos.

Percebendo que ele não a estava provocando, o sorriso de Alison se desfez imediatamente.

– Não é uma piada? – ela ergueu uma sobrancelha, olhando-o direto nos olhos. – Talvez você tenha conseguido enganá-la, Lou, mas não enganou o resto de nós.

– Nós?

Ela agitou a mão por trás de si, desdenhosa.

– Nós. Todo mundo. Seja lá quem for.

Ele empurrou a cadeira para longe da mesa.

– Ah, você quer que eu seja mais específica? Serei específica, então. Gemma, na contabilidade; Rebecca, na cantina; Louise, no treinamento; Tracey, sua secretária antes de mim, e a babá, cujo nome eu nunca fiquei sabendo. Quer que eu continue? – ela sorriu e tomou um gole de vinho, observando-o. Os olhos de Alison lacrimejaram, ficando avermelhados como se o vinho estivesse passando diretamente por eles. – Lembra-se de todas elas?

– Isso aconteceu... – Lou engoliu em seco, com dificuldade para respirar. – Isso aconteceu há muito tempo. As coisas são diferentes agora.

– Seu caso com a babá aconteceu há seis meses – ela riu. – Meu Deus, Lou. O quanto você acha que um homem como você é capaz de mudar em seis meses? Considerando que você seja capaz de mudar.

Lou sentiu-se tonto, subitamente enjoado. Deslizou as mãos suadas pelos cabelos, começando a se sentir tomado pelo pânico. O que ele havia feito?

– Pense, Lou. – Ela se empertigou. – Quando você se tornar o Número Dois aqui, você pode ter quem quiser, mas lembre-se de que eu cheguei primeiro – ela riu, deixando a taça de vinho sobre a mesa e estendendo o pé para puxar a cadeira de Lou para perto outra vez. – Se me levar com você, posso cuidar de todas as suas necessidades.

Ela tirou o copo de uísque da mão de Lou e colocou-o sobre a mesa. Em seguida, pegou na mão dele, puxou-o para que ficasse de pé e ele obedeceu, entorpecido e inerte como um manequim. Ela esfregou as mãos no peito de Lou, agarrou sua lapela e puxou-o para bem perto. Quando seus lábios estavam prestes a se tocar, ele parou, desviou a rota, levou os lábios até a orelha de Alison e sussurrou, com um som muito baixo:

– Meu casamento não é uma piada, Alison. Você é. E a minha esposa é o tipo de mulher da qual você nunca conseguirá chegar aos pés, mesmo que queira.

Ao dizer isso, ele recuou e se afastou da mesa.

Alisou ficou sentada sobre a mesa, paralisada e com a boca aberta. O único movimento era da mão, que tentava puxar a barra da saia para baixo.

– Sim – disse ele, observando-a arrumar as roupas. – Você deveria mesmo se cobrir. Aproveite alguns minutos para recuperar a lucidez, mas, por favor, coloque as pastas de volta na minha mesa antes de sair – disse ele, calmo. Colocando as mãos nos bolsos para esconder o quanto seu corpo tremia, ele saiu da sala e viu-se no meio de um karaokê, e um embriagado Alex, da contabilidade, estava colocando sua alma para fora enquanto cantava "All I Want for Christmas", de Mariah Carey. Serpentinas voavam por todos os lados, e homens e mulheres bêbados e com barbas postiças o acossaram com beijos quando ele saiu de sua sala.

– Tenho que ir – disse ele, para ninguém em particular, tentando encaminhar-se para o elevador. Abriu caminho por entre as pessoas; algumas delas tentavam agarrá-lo e puxá-lo para dançar, outras bloqueavam o seu caminho e derramavam bebidas.

– Tenho que ir embora – disse ele, um pouco mais agressivo agora. Sua cabeça latejava; sentia náuseas, como se acabasse de acordar no corpo de um homem que tivesse tomado as rédeas da própria vida e encarado suas próprias fraquezas. – Meu pai faz 70 anos hoje, tenho que ir vê-lo – disse ele, tentando chegar até o elevador. Finalmente, chegou ao corredor, apertou o botão e não virou para trás. Abaixou a cabeça e esperou.

– Lou! – Ele ouviu seu nome, mas manteve a cabeça baixa, ignorando a voz. – Lou! Preciso falar com você por um minuto! – Ele ignorou a voz de novo, olhando para os números dos andares subindo pelo painel do elevador e agitando as pernas ansiosamente, esperando conseguir entrar antes que fosse tarde demais.

Sentiu uma mão em seu ombro.

– Lou! Eu o estava chamando! – disse uma voz amistosa. Ele se virou. Ele se virou.

– Ah, Sr. Patterson, olá. Me desculpe. – Lou sabia que sua voz estava um pouco agressiva, mas precisava sair daquele lugar. Prometera a Ruth que o faria, e apertou o botão do elevador rapidamente. – Estou com um pouco de pressa, hoje o meu pai faz...

– Não vamos demorar, eu prometo. Somente uma palavra. – Ele sentiu a mão do Sr. Patterson em seu braço.

– Tudo bem. – Lou deu meia-volta, mordendo o lábio.

– Bem, eu esperava que pudéssemos conversar no meu escritório, se não se importa – disse o Sr. Patterson, sorrindo. – Você está bem? Parece um pouco abalado.

– Estou bem. Estou só, o senhor sabe, um pouco apressado. – Ele permitiu que o seu chefe o conduzisse pelo braço.

– É claro que está – riu o Sr. Patterson. – Você sempre está apressado.

Ele levou Lou até o seu escritório, e eles sentaram frente a frente em sofás de couro marrons, na parte mais informal da sala do Sr. Patterson. A testa de Lou estava suando; era capaz de sentir o próprio odor corporal e esperava que o Sr. Patterson não tivesse a mesma sensibilidade. Pegou o copo de água que havia à sua frente; sua mão trêmula o levou aos lábios, e o Sr. Patterson o observou enquanto ele engolia.

– Quer algo mais forte, Lou?

– Não, obrigado, Sr. Patterson.

– Laurence, por favor – disse o Sr. Patterson, balançando a cabeça negativamente outra vez. – Francamente, Lou, você faz com que eu me sinta um professor da escola primária quando me chama pelo sobrenome.

– Me desculpe, Sr. Patter...

– Bem, eu vou tomar um trago, de qualquer forma. – O Sr. Patterson levantou-se e foi até o armário das bebidas. Serviu-se do conhaque que estava em um decantador de cristal. – Tem certeza de que não quer um pouco? – ele ofereceu outra vez. – Rémy XO – disse ele, girando o copo no ar, atiçando-o.

– Bem, acho que vou acompanhá-lo, obrigado. – Lou sorriu e relaxou um pouco, o pânico e a ansiedade que sentia em relação a cruzar a rua para chegar à outra festa diminuíram.

– Ótimo – o Sr. Patterson sorriu. – Bem, Lou, vamos falar sobre o seu futuro. Quanto tempo você tem?

Lou tomou o primeiro gole daquele conhaque caro e foi trazido de volta para a sala, de volta para o presente. Cobriu o relógio com o punho da camisa, afastando a distração. Preparou-se para a grande promoção, para que seus sapatos brilhantes seguissem os passos de Cliff, mas não literalmente nem para o hospital no qual ele continuava internado, mas sim para o escritório principal, com uma vista panorâmica da cidade de Dublin. Ele respirou fundo e ignorou os ponteiros do relógio que avançavam lentamente na parede, tentando tirar a festa do seu pai da cabeça. Valeria a pena. Eles entenderiam. Estariam ocupados demais com a festa para perceber que Lou não estava lá.

– Tenho todo o tempo que o senhor precisar. – Lou sorriu nervoso, ignorando a voz dentro de si que gritava, tentando ser ouvida.

Surpresa!

Quando Lou chegou à festa do seu pai – atrasado –, estava suando profusamente, como se estivesse com uma febre alta, apesar do frio de dezembro que tinha o poder de congelar até os ossos de uma pessoa, embrenhando-se por entre as articulações e assobiando ao redor do corpo. Estava sem fôlego e enjoado ao mesmo tempo. Aliviado e exultante. Estava exausto. Tudo ao mesmo tempo.

Decidira promover a festa do seu pai no famoso prédio que Gabe admirara no primeiro dia em que conversaram. Com o formato de uma vela náutica, estava iluminado em azul – o mesmo prédio que conquistou vários prêmios arquitetônicos e que certamente iria impressionar seus pais e os parentes que vinham do restante do país. Bem em frente ao prédio, o mastro do navio viking estava decorado com luzes de Natal.

Quando chegou, Marcia estava fora do prédio, discutindo com um enorme porteiro vestido de preto. Encapotados em seus casacos, chapéus e cachecóis, um grupo de pouco mais de vinte pessoas estava ao redor, agitando os pés sobre a calçada para se aquecerem.

– Oi, Marcia – disse Lou alegre, tentando dar um fim àquela discussão. Estava louco para lhe contar sobre a promoção, mas precisou morder a língua; tinha que encontrar Ruth e contar a ela primeiro.

Marcia se virou para encará-lo, com os olhos vermelhos e inchados, e o delineador borrado.

– Lou – ela disse, seca. A irritação não desapareceu, intensificou-se e estava totalmente direcionada a ele.

O estômago de Lou se revirou, o que era raro. Não costumava se importar com o que sua irmã pensava, mas, naquela noite, estava se importando mais do que habitualmente.

– O que houve?

Ela deixou o grupo de pessoas para trás e partiu para o ataque.

– Estou tentando falar com você há uma hora.

– Eu lhe disse que estava na festa da minha empresa. O que há de errado?

– Você é o que há de errado – disse ela, trêmula, com a voz em algum lugar entre a raiva e a tristeza profunda. Inspirou o ar profundamente e depois exalou. – Hoje é o aniversário do nosso pai, e, por consideração a ele, não vou estragar ainda mais a data provocando uma discussão. Tudo o que eu tenho a lhe dizer é o seguinte: você poderia, por favor, dizer a esse brutamontes para deixar que nossa família entre no prédio? A nossa família! – ela ergueu a voz até o ponto de estar quase gritando. – A família que veio de todos os cantos do país para compartilhar este momento. – Sua voz ficou chorosa outra vez. – O dia especial para o nosso pai. Mas, em vez de estar com a sua família, ele está lá em cima em um salão praticamente vazio, enquanto todos aqui estão sendo barrados. Cinco pessoas já foram para casa.

– O quê? O quê? – O coração de Lou saltava até a sua garganta. Ele correu até os porteiros. – Oi, rapazes, meu nome é Lou Suffern. – Ele estendeu a mão e os porteiros o cumprimentaram com o ânimo de um peixe morto. – Sou eu quem está organizando a festa hoje. – Atrás dele, Marcia bufava e resmungava. – Qual é o problema aqui? – Ele olhou para as pessoas que estavam ao redor, e reconheceu todos os rostos. Todos eram amigos próximos da família, cujos lares ele visitou enquanto crescia. Todos tinham mais de 60 anos; alguns tinham a idade do seu pai, alguns eram mais velhos. Estavam na calçada gelada em dezembro, casais idosos, maridos e esposas se agarravam um ao outro, alguns apoiados em muletas, um homem numa cadeira de rodas. Em suas mãos, havia pacotes reluzentes e cartões, garrafas de vinho e champanhe, presentes que foram embrulhados com cuidado e muito carinho para a grande noite. E agora estavam todos ali, na calçada, tendo a entrada barrada para a festa do amigo que conheciam há tanto tempo.

– Sem convites, sem entrada – explicou um porteiro.

Um dos casais fez sinal para um táxi e andou devagar até o lugar onde o veículo estacionou. Marcia saiu correndo atrás deles, tentando convencê-los a ficar. Lou riu, irritado.

– Cavalheiros, vocês acham que essas pessoas aqui são penetras na festa do meu pai? – Ele baixou a voz. – Vamos lá, olhem para eles. Meu pai está celebrando 70 anos, e estes aqui são os amigos dele. Obviamente, houve algum erro com os convites. Eu disse à minha secretária Alison para elaborar uma lista de convidados.

– Essas pessoas não estão na lista. Este prédio tem regras muito claras sobre quem entra e quem...

– Pro inferno com as regras! – disse ele, furioso, por entre os dentes, para que as pessoas que estavam atrás dele não ouvissem. – É o aniversário do meu pai e esses são seus convidados – prosseguiu ele, firme, e mais enraivecido agora. – E, como sou eu quem está pagando as despesas da festa, estou dizendo a vocês para deixarem essa gente entrar.

Momentos depois, o grupo todo estava esperando no enorme saguão pelos elevadores que os levariam ao último andar, enquanto tentavam aquecer seus corpos envelhecidos.

– Pode relaxar agora, Marcia, está tudo resolvido. – Lou tentou amenizar a situação com sua irmã enquanto estavam sozinhos no elevador. Marcia se recusou a lhe dirigir a palavra ou mesmo a olhar para ele nos últimos dez minutos, enquanto colocavam todos os convidados no elevador rumo à cobertura.

– Deixe disso, Marcia – ele riu, discretamente. – Não precisa agir assim.

– Lou. – O olhar no rosto da irmã foi o suficiente para quebrar o sorriso de Lou e fazer com que ele engolisse em seco. – Eu sei que você acha que sou dramática, controladora e irritante, e que você pensa muitas outras coisas a meu respeito, coisas que eu tenho certeza de que não quero saber. Mas não estou sendo dramática agora. Estou magoada. Não por mim, mas por nossos pais.

Os olhos de Marcia se encheram de lágrimas, e sua voz, que era sempre tão gentil e compreensiva, mudou de tom.

– De todas as coisas egoístas que você fez, esta foi, definitivamente, a pior. Fiquei calada enquanto você ignorava nossos pais ou fazia com que esperassem que você aparecesse, enquanto você traía sua esposa, enquanto ridicularizava e zombava do seu irmão, flertava com a esposa dele, ignorava os seus próprios filhos e enquanto me provocava em todas as ocasiões possíveis. Eu fui, todos nós fomos, extremamente tolerantes com você, Lou, mas agora acabou. Você não merece a família que tem. Esta noite, você passou dos limites. Você magoou nossa mãe, nosso pai, e você não é mais meu irmão.

– Ei, ei, ei, espere um pouco, Marcia! – Lou sentia-se como se tivesse sido atropelado. Nunca ninguém falara com ele daquela maneira, e aquilo o atingiu com força, magoando-o profundamente. Ele engoliu em seco. – Eu sei que todas aquelas pessoas não deveriam ter sido barradas, mas resolvi o problema. De onde vem todo esse rancor?

Marcia riu amargamente.

– O que você viu lá fora não é nem a metade do desastre – disse ela, respirando fundo. – Surpresa! – emendou ela, sem qualquer emoção na voz, quando as portas do elevador se abriram e a visão do salão encheu os olhos de Lou.

Olhando ao redor, o coração de Lou afundou imediatamente, como se estivesse caindo em seu estômago, onde o ácido gástrico começou a corroê-lo. Por todo o salão havia mesas para jogos de cassino e garçonetes usavam trajes curtos e desfilavam por entre as pessoas com bandejas de coquetéis. Era uma festa impressionante, exatamente como a que Lou se lembrava de ter comparecido quando o prédio foi inaugurado, mas percebia agora que aquilo não era adequado para o aniversário de 70 anos do seu pai. Não era para o seu pai, que detestava celebrações em sua homenagem, que detestava forçar amigos e parentes a se reunirem apenas por sua causa, cuja ideia de um dia tranquilo era sair para pescar sozinho. Sendo um homem modesto, a própria ideia de oferecer uma festa o constrangia, mas a família o convencera a celebrar seu aniversário pela primeira vez, uma ocasião grandiosa na qual família e amigos espalhados por todo o país se reuniriam para comemorar com ele. Não queria aquilo, mas, após algum tempo, acabou aceitando a ideia e ali estava ele, com seu melhor terno, no meio de um cassino, onde as funcionárias usavam minissaias e gravatas-borboleta vermelhas, onde o DJ tocava música eletrônica e onde as pessoas precisavam desembolsar um mínimo de 25 euros para jogar numa das mesas. No centro de outra mesa, um homem seminu estava com o corpo coberto por bolos e frutas.

Num dos lados da sala, reunidos num grupo deslocado, estava a família de Lou. Sua mãe, com os cabelos armados num penteado elegante, vestia um terninho lilás novo com uma echarpe ao redor do pescoço, a alça da bolsa por cima do ombro, agarrada firme com as duas mãos, enquanto ela observava o que acontecia ao redor, sem saber como agir. Seu pai estava ao lado dos irmãos que lhe restavam – uma freira e um padre –, parecendo mais deslocado do que Lou jamais o vira. Cada membro da família olhou para ele e desviou os olhos logo em seguida, ignorando-o propositadamente. A única pessoa que abriu um leve sorriso foi seu pai, que o cumprimentou com um movimento de cabeça e um aceno.

Lou olhou ao redor, procurando por Ruth. Ela estava no lado mais distante do salão, conversando educadamente com o restante dos convidados, que se sentiam desconfortáveis naquele lugar. Seus olhares se cruzaram e a expressão no rosto dela era fria. Havia uma tensão constrangedora no ar, e a culpa era toda de Lou. Sentia-se constrangido. Queria resolver a situação; queria fazer com que todos se sentissem melhor.

– Com licença. – Lou abordou o homem de terno que estava ao seu lado, observando a movimentação das pessoas. – Você é o encarregado da festa?

– Sim, Jacob Morrison, o gerente. – Ele estendeu a mão. – Você é Lou Suffern, e nós conversamos na noite da inauguração há alguns meses. Lembro-me de que a festa foi até bem tarde – disse ele, piscando o olho.

– Sim, eu me lembro – respondeu Lou, embora não se lembrasse do homem. – Estava imaginando se você poderia me ajudar a fazer algumas mudanças aqui.

– Ah! – Jacob pareceu surpreso. – Tenho certeza de que tentaremos resolver quaisquer problemas. O que tem em mente?

– Cadeiras. – Lou tentou não soar ríspido. – Este é o aniversário de 70 anos do meu pai. Poderia trazer algumas cadeiras para ele e para os outros convidados?

– Ah! – Jacob fez uma careta. – Receio que este seja um evento sem cadeiras. Não havia menção a cadeiras no orçamento...

– Pagarei por quaisquer despesas extras, é claro. – Lou exibiu seus dentes brancos. – Desde que seja possível assentar os traseiros que já não estejam em cadeiras de rodas.

– Sim, é claro. – Jacob se virou para sair quando Lou voltou a chamá-lo.

– E a música – disse Lou. – Seria possível tocar algo mais tradicional do que isso?

– Tradicional? – Jacob abriu um sorriso questionador.

– Sim, música irlandesa tradicional. Para o meu pai, que tem 70 anos – disse Lou, por entre os dentes. – Em vez dessa música eletrônica, acid jazz, funk, house, ou seja lá como a chamam. Não é exatamente o estilo de que meu pai mais gosta.

– Verei o que posso fazer.

A atmosfera entre os dois estava ficando mais pesada.

– E a comida? Foi Alison quem escolheu a comida? Além do homem seminu coberto de creme, ao lado de onde a minha mãe está neste momento.

– Sim, é claro. Temos tortas de carneiro, lasanha, esse tipo de coisa.

Lou comemorou em silêncio.

– Você sabe, nós discutimos todos os possíveis problemas com Alison antecipadamente – explicou Jacob.

– Discutiram?

– Sim, senhor. Não costumamos receber festas de aniversário de 70 anos. – Ele sorriu, mas a expressão rapidamente se desfez. – A questão é que temos uma arrumação e decoração próprias aqui, especialmente para o período do Natal, e a casa é assim – disse ele, gesticulando em direção à sala, orgulhoso. – O tema do cassino faz bastante sucesso para eventos corporativos e similares – explicou ele.

– Compreendo. Bem, seria melhor saber disso com antecedência – respondeu Lou educadamente.

– Mas o contrato tem a sua assinatura – garantiu Jacob. – Temos todos os documentos explicando os detalhes da noite. Procuramos nos certificar com Alison de que a sua assinatura estaria nos formulários, senhor.

– Ah, sim! – Lou engoliu em seco e olhou ao redor do salão. A culpa era sua. É claro. – É claro. Obviamente, isso passou despercebido. Obrigado.

Quando Lou se aproximou da família, eles se afastaram e se separaram dele como se estivesse cheirando mal. Seu pai, é claro, não acompanhou os outros e recebeu seu filho do meio com um sorriso.

– Feliz aniversário, pai – disse Lou discretamente, estendendo a mão para o seu pai.

– Obrigado – sorriu o homem, apertando a mão do filho. Apesar de tudo isso, apesar do que Lou fizera, seu pai ainda sorria.

– Permita que eu lhe traga uma Guinness – disse Lou, virando-se na direção do bar.

– Oh, eles não servem Guinness aqui.

– O quê?

– Somente cerveja escura, champanhe e um coquetel verde esquisito – disse seu pai, bebendo do copo que tinha na mão. – Estou tomando água. Sua mãe está mais feliz. Ela gosta de champanhe, embora não esteja muito empolgada – ele riu, tentando apaziguar a situação.

Quando ouviu o marido mencioná-la na conversa, a mãe de Lou se virou e olhou para o filho com um olhar que o fez murchar.

– Bem, bem – disse seu pai, suavemente. – De qualquer modo, não posso beber esta noite. Vou sair para velejar com Quentin amanhã, em Howth – disse ele, orgulhoso. – Ele está participando da regata Brass Monkeys e está com um homem a menos. Adivinhe quem vai entrar na equipe para substituí-lo – disse ele, apontando para o próprio peito com o polegar.

– Você não vai subir naquele barco para participar da regata, Fred. – A mãe de Lou revirou os olhos. – Você mal consegue ficar em pé num dia de vento forte. Imagine se estiver num barco? Estamos em dezembro, aquelas águas ficam bastante agitadas.

– Tenho 70 anos, posso fazer o que eu quiser.

– Você tem 70 anos e precisa parar de fazer o que quer ou não chegará aos 71 – esbravejou ela, e todos riram, incluindo Lou.

– Você terá que encontrar outra pessoa, querido – disse ela, olhando para Quentin, que estava cabisbaixo.

– Eu posso fazer isso – disse Alexandra ao marido, colocando os braços ao redor dele, e Lou teve que desviar o olhar, sentindo a inveja dar sinais de vida dentro dele.

– Você nunca competiu numa regata antes – disse Quentin, sorrindo. – De jeito nenhum.

– A que horas será a regata? – perguntou Lou.

Ninguém respondeu.

– É claro que posso – Alexandra sorriu. – Não vai ser como sempre fizemos? Vou levar meu biquíni e deixar que o restante da tripulação leve os morangos e o champanhe.

A família riu outra vez.

– A que horas será a regata? – Lou perguntou novamente.

– Bem, se ela competir usando um biquíni, então eu definitivamente vou querer que ela esteja na equipe – alfinetou Quentin.

Todos riram de novo.

Como se repentinamente ouvisse a pergunta de Lou, embora não o olhasse nos olhos, Quentin respondeu.

– A regata começa às onze horas. Talvez eu ligue para Stephen. – Quentin tirou o celular do bolso.

– Eu entro na sua equipe – disse Lou, e todos olharam para ele, chocados. – Eu entro na sua equipe – ele repetiu com um sorriso.

– Talvez você devesse ligar para Stephen antes, amor – disse Alexandra, gentilmente.

– Sim – respondeu Quentin, voltando a se ocupar com o telefone. – Boa ideia. Vou procurar um lugar mais calmo. – Ele passou por Lou e deixou o salão.

Lou sentiu a agressividade no ar. A família lhe dava as costas e falava sobre lugares onde ele nunca estivera, sobre pessoas com quem ele nunca conversara. Ficou ali, sentindo-se deslocado, enquanto os outros riam de piadas que ele não entendia, piadas internas que traziam lembranças a todos, menos a ele. Era como se estivessem falando uma linguagem secreta, um idioma que Lou era totalmente incapaz de compreender. Após algum tempo, ele parou de fazer perguntas que nunca eram respondidas e parou também de escutar, e percebeu que ninguém se importava com isso também. Estava distante demais da família para tentar entrar, numa única noite, num lugar onde não havia nenhuma vaga disponível.

24

A alma se aproxima

O pai de Lou estava ao seu lado, olhando para o salão como uma criança perdida, sem dúvida nervoso e constrangido por todos terem ido ali por sua causa. Em segedo, esperava que alguma outra pessoa anunciasse que também estava fazendo aniversário, de modo que a atenção pudesse ser desviada dele e dividida com mais alguém.

– Onde está Ruth? – perguntou seu pai.

– Ah... – Lou olhou ao redor pela centésima vez, sem encontrá-la. – Acho que está conversando com os convidados.

– Ah, sim. A vista é bonita aqui de cima. – Ele indicou a janela com um movimento de cabeça. – A cidade cresceu bastante nos últimos tempos.

– Sim, pensei que você fosse gostar – disse Lou, feliz por ter acertado pelo menos nisso.

– E, então, onde é seu escritório? – ele olhou por cima do rio Liffey para os prédios comerciais que continuavam iluminados até aquela hora.

– Aquele ali, bem em frente. – Apontou Lou. – Basta subir treze andares, no décimo quarto andar.

O pai de Lou olhou para ele, obviamente pensando naquela característica peculiar, e, pela primeira vez, Lou sentiu o mesmo. Agora entendia que aquilo era estranho e confuso. Ficou nervoso. Ele sempre tinha tanta convicção do que pensava...

– É aquele onde todas as luzes estão acesas – explicou Lou, de maneira mais simples. – É a festa da empresa.

– Ah, então é ali. – Seu pai assentiu. – Onde tudo acontece.

– Sim – disse Lou, orgulhoso. – Recebi uma promoção esta noite, pai. – Ele sorriu. – Ainda não contei a ninguém, pois hoje a noite é sua, é claro – disse ele, recuando.

– Uma promoção? – as sobrancelhas grossas do seu pai se ergueram.

– Sim.

– Mais trabalho?

– Uma sala maior, iluminação melhor – disse ele em tom de piada. Quando seu pai não riu, Lou ficou sério. – Sim, mais trabalho. Mais horas na empresa.

– Ah, sim. – Seu pai ficou quieto.

A raiva começou a ferver dentro de Lou. Não seria ruim receber os parabéns.

– Você é feliz lá? – perguntou seu pai casualmente, ainda olhando pela janela, a festa atrás deles visível no reflexo. – Não há razão para trabalhar tanto em algo se você não estiver feliz, porque, no fim das contas, é somente isso que importa, não é?

Lou ponderou aquilo, sentindo-se ao mesmo tempo decepcionado pela ausência de elogios e intrigado com o pensamento do pai.

– Mas você sempre me disse para eu trabalhar duro – disse ele subitamente, sentindo uma raiva que nunca soube que tinha dentro de si. – Você sempre nos ensinou a não descansar sobre os louros do sucesso nem por um segundo. Essa era exatamente a frase que você dizia, pelo que me lembro. – Ele abriu um sorriso, mas estava tão tenso que sentiu seu corpo enrijecer.

– Eu não queria que vocês fossem preguiçosos, de maneira alguma – respondeu o seu pai e virou-se para olhar Lou nos olhos. – Em qualquer aspecto da sua vida, não somente no trabalho. Qualquer equilibrista é capaz de andar em linha reta e segurar uma bengala ao mesmo tempo. O que eles têm que praticar é se equilibrar na corda, naquela altura... – ele se limitou a dizer.

Uma funcionária, trazendo uma cadeira, rompeu o silêncio tenso.

– Com licença – disse ela, olhando para os membros da família. – Meu chefe disse que alguém aqui pediu uma cadeira.

– Ah, sim, fui eu – riu Lou, irritado. – Mas eu pedi cadeiras. No plural. Para todos os convidados.

– Oh, bem, não temos tantas cadeiras à disposição – disse ela, desculpando-se. – Bem, quem vai querer esta cadeira?

– Sua mãe – disse o pai de Lou, rapidamente, sem querer criar confusão. – Deixe sua mãe se sentar.

– Não, eu estou bem, Fred. – Recusou a mãe de Lou. – Hoje é o seu aniversário. Você fica com a cadeira.

Lou fechou os olhos e respirou fundo. Gastara doze mil euros para que sua família brigasse por causa de uma cadeira.

– Além disso, o DJ disse que a única música tradicional que ele trouxe é o hino nacional da Irlanda. Gostaria que ele o tocasse?

– O quê? – esbravejou Lou.

– É o que ele toca no final da noite, mas ele não tem nenhuma outra canção irlandesa – ela explicou. – Quer que eu peça que ele o toque agora?

– Não! – vociferou Lou. – Isso é ridículo. Não, de jeito nenhum.

– Pode entregar isso a ele? – disse Marcia educadamente, pegando uma caixa de papelão que estava debaixo da mesa. Estava quase transbordando com chapéus de festa, serpentinas e bandeirolas. Viu até um bolo de relance. Ela entregou ao garçom uma coleção de CDs com as músicas preferidas do seu pai. Olhou para Lou rapidamente e disse: – Só para o caso de você estragar tudo – disse ela e depois desviou o olhar.

Foi um comentário sucinto e discreto, mas o atingiu com mais força do que qualquer coisa que ela lhe dissera naquela noite. Lou pensava que era o filho organizado, aquele que sabia preparar e oferecer uma festa, que sabia como cobrar todos os favores e fazer com que todos se divertissem. Mas, enquanto estava ocupado pensando em tudo aquilo, sua família estava ocupada com a preparação do Plano B, antecipando o fracasso de Lou. Tudo dentro de uma caixa de papelão.

De repente, a sala irrompeu em gritos de alegria quando Quentin saiu do elevador junto com Gabe – que Lou não sabia que tinha sido convidado –, cada um aparecendo com uma pilha de cadeiras nos braços.

– Há mais cadeiras chegando! – anunciou Quentin para as pessoas, e, subitamente, a atmosfera se animou, os rostos familiares que tinham envelhecido desde a infância de Lou se entreolhavam com alívio, um pouco de dor e uma alegria inocente.

– Lou! – O rosto de Gabe se iluminou quando ele o viu. – Que bom que você veio! – Ele dispôs as cadeiras no salão para algumas pessoas que estavam por perto e se aproximou de Lou, com a mão estendida, deixando-o confuso em relação a quem seria o dono da festa. Gabe se aproximou para falar ao ouvido de Lou. – Você se duplicou?

– O quê? Não. – Lou se desvencilhou dele, frustrado.

– Ah – disse Gabe, surpreso. – Quando eu o vi pela última vez, você e Alison estavam conversando na sua sala. Não percebi que você saiu da festa da empresa.

– Sim, é claro que saí. Por que você presumiu a pior das hipóteses: que eu tive de tomar um daqueles comprimidos para aparecer na festa do meu próprio pai? – disse ele, fingindo estar ofendido.

Gabe simplesmente sorriu.

– Ei, é engraçado como a vida funciona, não é? – disse ele, cutucando Lou.

– O que você quer dizer com isso?

– Bem, pense em como é possível você estar aqui em cima num minuto e, no momento seguinte, estar lá embaixo?

Ao sentir o olhar agressivo de Lou, Gabe continuou.

– Só quis dizer que, quando nos conhecemos na semana passada, eu estava lá embaixo, olhando para cima e sonhando em estar aqui. E olhe para mim agora. É engraçado como as reviravoltas acontecem. Estou na cobertura do prédio; o Sr. Patterson me deu um novo emprego e...

– Ele fez o quê?

– Sim, ele me deu um emprego – Gabe sorriu e piscou. – Uma promoção.

Antes que Lou tivesse a oportunidade de responder, uma funcionária se aproximou com uma bandeja.

– Alguém aceita? – ela sorriu.

– Ah, não, obrigada. Vou esperar pela torta de carneiro. – A mãe de Lou respondeu com um sorriso.

– Esta é a torta de carneiro. – A garçonete apontou para uma pequena massa de batatas no fundo de uma fôrma minúscula de cupcake.

Houve um momento de silêncio e o coração de Lou quase lhe arrebentou o peito, de tão forte que batia.

– Vocês vão servir outros pratos mais tarde? – perguntou Marcia.

– Além do bolo? Não. – Ela negou com a cabeça. – Este é o prato da noite. Aperitivos e *hors d'oeuvres.* – Ela sorriu novamente, sem perceber a hostilidade que estava se espalhando.

– Oh – disse o pai de Lou, tentando demonstrar alguma animação. – Você pode deixar a bandeja aqui, então.

– A bandeja inteira? – ela olhou ao redor, hesitante, e depois para trás, na direção do gerente, em busca de apoio.

– Sim, somos uma família faminta aqui – disse Fred, tirando a bandeja das mãos da moça e colocando-a na mesa alta, de modo que todos tiveram que se levantar de suas cadeiras para alcançar os aperitivos.

– Ah, sem problemas. – Ela observou quando a bandeja foi colocada na mesa e começou a se afastar de mãos vazias.

– Você falou sobre um bolo? – perguntou Marcia, com a voz estridente e embargada, possuída e perturbada pela falta de controle, por tudo que estava errado.

– Sim.

– Deixe-me vê-lo, por favor – disse ela, olhando rapidamente para Lou com uma expressão de terror no rosto. – Qual é a cor dele? Qual o sabor? Tem passas? Meu pai odeia passas. – Todos a ouviam dizer enquanto acompanhava a garçonete até a cozinha, levando nas mãos a caixa de papelão com os objetos emergenciais para salvar a festa.

– E então, quem o convidou, Gabe? – Lou sentia-se desconfortável, sem querer discutir a promoção, receoso de que isso o faria jogar Gabe do outro lado da sala.

– Ruth – disse Gabe, pegando uma das minúsculas tortas de carneiro.

– Ah, ela o convidou? É mesmo? Eu acho que não – Lou riu.

– Por que você acha isso? – Gabe deu de ombros. – Ela me convidou no dia em que eu jantei e passei a noite na sua casa.

– Por que você está falando assim? Não fale desse jeito – Lou disse de maneira infantil, encarando-o ameaçadoramente. – Você não foi convidado para jantar na minha casa. Você me levou de volta e comeu as sobras.

Gabe olhou para Lou, curioso.

– Certo.

– Além disso, onde está Ruth? Não a vi até agora.

– Oh, nós ficamos conversando no terraço a noite inteira. Eu realmente gosto dela – respondeu Gabe, com o creme de batatas escorrendo pelo queixo e caindo na gravata emprestada que usava. A gravata de Lou.

Ao ouvir aquilo, o queixo de Lou se tensionou.

– Você realmente gosta dela? Você realmente gosta da *minha esposa*? Bem, isso é engraçado, Gabe, porque eu realmente gosto da minha esposa também. Você e eu temos muita coisa em comum, não é? – perguntou ele, com ironia.

– Lou – Gabe sorriu, nervoso. – Talvez seja melhor baixar um pouco a voz.

Lou olhou em volta e sorriu com a atenção que os dois tinham atraído, colocou um braço ao redor do ombro de Gabe para mostrar que estava tudo bem. Quando os olhares se desviaram, ele encarou Gabe e desfez o sorriso.

– Você quer a minha vida, não é, Gabe?

Gabe pareceu ficar chocado com aquilo, mas não teve oportunidade de responder, pois as portas do elevador se abriram e entraram Alfred, Alison e um grupo de pessoas que estava na festa da empresa. Apesar do som alto das músicas favoritas do pai de Lou, eles conseguiram anunciar sua presença à sala em alto e bom som, vestidos com seus trajes de Papai Noel e chapéus cônicos de papelão, soprando línguas de sogra na direção de qualquer pessoa que lhes dirigisse o olhar.

Lou saiu em disparada do lugar onde sua família estava reunida e subiu os degraus até o elevador, bloqueando o caminho de Alfred.

– O que vocês estão fazendo aqui?

– Viemos para a festaaaaa, meu amigo! – anunciou Alfred, cambaleando e soprando uma língua de sogra no rosto de Lou.

– Alfred, você não foi convidado – disse Lou, em voz alta.

– Alison me convidou – riu Alfred. – E eu acho que você sabe, melhor do que qualquer pessoa, o quanto é difícil recusar um convite de Alison. – Ele sorriu. – Mas eu não me importo de ficar com os restos que você deixa para trás – disse ele, rindo, a embriaguez afetando o seu equilíbrio. Abruptamente, o olhar de Alfred se desviou por cima do ombro de Lou e seu rosto mudou de expressão. – Ruth! Como você está? O coração de Lou quase parou quando ele se virou e viu que Ruth estava atrás dele.

– Alfred. – Ruth cruzou os braços e olhou fixamente para o marido.

Um silêncio tenso pairou no ar.

– Bem, isso é constrangedor – disse Alfred, hesitante. – Acho que vou aproveitar a festa. E deixarei vocês dois a sós para que possam se espancar.

Alfred desapareceu, deixando Lou sozinho com Ruth. A mágoa no rosto da esposa era como um punhal atravessando o coração de Lou. Se pudesse escolher, preferiria lidar com a raiva.

– Ruth – disse ele. – Passei a noite inteira procurando por você.

– Estou vendo que a pessoa responsável por planejar a festa, Alison, veio se juntar a nós – disse ela, com a voz trêmula enquanto tentava permanecer forte.

Lou olhou por cima do ombro e viu Alison, com seu vestido curto e pernas longas, dançando sensualmente no meio do salão com o Papai Noel.

Ruth olhou para o marido, esperando por uma explicação.

– Não fiz isso – disse ele, sentindo o espírito de luta o abandonar, não querendo mais ser aquele homem. – Juro por tudo o que é mais sagrado, não fiz. Ela tentou esta noite, e eu recusei.

Ruth soltou um riso amargo.

– Ah, aposto que ela tentou!

– Juro que não fiz nada.

– Nada? Nunca? Ela estudou o rosto de Lou intensamente, odiando a si mesma; estava constrangida e furiosa por ter de perguntar.

Ele engoliu em seco. Não queria perdê-la, mas não queria mentir.

– Um beijo. Uma vez, apenas isso. Nada mais. – Ele falava mais rápido, entrando em pânico. – Mas eu sou diferente agora, Ruth. Eu sou...

Ela não escutou o resto da frase. Virou-lhe as costas, tentando esconder o rosto e as lágrimas. Ela abriu a porta que levava ao terraço e o ar frio atingiu Lou. O terraço estava vazio. Os fumantes haviam entrado e estavam comendo todas as minitortas que podiam para aplacar a fome.

– Ruth! – ele tentou agarrar seu braço e puxá-la de volta para dentro do salão.

– Lou, não toque em mim. Eu juro por Deus, não estou com a mínima vontade de falar com você agora – disse ela, irritada.

Ele a seguiu para o terraço e eles se afastaram das janelas para que ninguém dentro do salão pudesse vê-los. Ruth apoiou o corpo contra a mureta e olhou para a cidade. Lou se aproximou por trás dela, abraçando-a firmemente e recusando-se a soltá-la, apesar de sentir que o corpo da esposa ficou rígido assim que ele a tocou.

– Me ajude a consertar isso – ele sussurrou, quase chorando.

Ela suspirou, mas sua raiva ainda fervilhava.

– Lou, que diabos você estava pensando? Quantas vezes nós lhe dissemos o quanto esta noite era importante?

– Eu sei, eu sei – gaguejou ele, pensando rápido. – Eu estava tentando provar a todos vocês que eu podia...

– Não se atreva a mentir para mim outra vez – ela o interrompeu. – Não se atreva a mentir para mim logo depois de pedir a minha ajuda. Você não estava tentando provar nada. Estava farto dos telefonemas de Marcia, farto da insistência dela em tentar fazer a coisa certa para o seu pai, estava ocupado demais para...

– Por favor, não preciso ouvir isso neste momento – gemeu ele, como se cada palavra lhe causasse uma nova enxaqueca.

– Isso é exatamente o que você precisa ouvir. Você estava ocupado demais com o seu trabalho para se importar com o seu pai ou com os planos de Marcia. Você mandou que uma estranha, alguém que não conhece nada sobre os setenta anos que seu pai passou neste mundo, planejasse tudo isso para você. Ela? – Ruth apontou para Alison, dentro do salão, com o corpo curvado para trás enquanto tentava passar por baixo da fonte de fondue de chocolate, revelando a lingerie de renda vermelha para todos que estivessem olhando. – Uma vagabunda que você provavelmente estava fodendo enquanto ditava a lista de convidados – ela disse, dura.

Lou achou melhor não dizer a Ruth que Alison era uma profissional qualificada com um diploma em administração de empresas e, se desconsiderasse a organização da festa, era uma funcionária competente. Não seria apropriado defender a honra de Alison. Mesmo porque o comportamento dela no escritório e na festa de seu pai não ajudavam muito a defender sua honra.

– Isso não aconteceu, eu juro. Eu sei que estraguei tudo. Me desculpe. – Ele já estava bem acostumado a dizer aquelas palavras.

– E tudo isso para quê? Para conseguir uma promoção? Um aumento no salário, algo de que você nem precisa? Mais horas de trabalho no dia, algo humanamente impossível de cumprir? Quando você vai parar? Quando será o bastante? Até onde você quer subir, Lou? Sabe de uma coisa? Na semana passada, você disse que somente uma empresa é capaz de demiti-lo, mas uma família não podia fazer isso. Mas eu acho que você está percebendo que sua família pode, sim, demiti-lo.

– Ruth... – Ele fechou os olhos, pronto para se jogar do terraço naquele exato momento se ela decidisse abandoná-lo. – Por favor, não me abandone.

– Não sou eu, Lou – disse ela. – Estou falando deles.

Ele se virou e viu sua família dançando, em fila, levantando as pernas e chutando o ar após alguns passos. – Vou participar da regata com Quentin amanhã. No barco. – Ele olhou para Ruth em busca de um elogio.

– Achei que Gabe fosse fazer isso – comentou Ruth, confusa. – Gabe se ofereceu para completar a tripulação de Quentin aqui mesmo, bem na minha frente. Quentin disse que sim.

A raiva cresceu enquanto o sangue de Lou fervia.

– Não, eu vou fazer isso. – Iria se certificar daquilo.

– Ah, é mesmo? E isso vai ser antes ou depois de patinar no gelo comigo e com as crianças? – perguntou ela, antes de lhe dar as costas e deixá-lo sozinho no terraço.

Lou amaldiçoou a si mesmo por esquecer a promessa que fizera a Lucy.

Quando Ruth abriu a porta que levava ao salão, a música ficou mais alta e o ar frio correu para dentro. Em seguida, a porta se fechou outra vez, mas ele sentiu uma presença às suas costas. Ela não tinha entrado. Não o tinha abandonado.

– Me desculpe por tudo o que fiz, desde sempre. Quero consertar as coisas – disse ele, exausto. – Estou cansado. Quero consertar tudo. Quero que todos saibam que eu lamento. Farei qualquer coisa para que eles saibam disso e acreditem em mim. Por favor, me ajude a consertar as coisas – repetiu ele.

Se Lou tivesse se virado, veria que sua esposa realmente o deixara sozinho; que ela correra para um lugar tranquilo para, mais uma vez, derramar lágrimas de frustração pelo homem, que, há poucas horas, em seu quarto, a convencera de que estava mudado. Não; foi Gabe quem se aproximou quando Ruth saiu em disparada, e foi Gabe quem ouviu as confissões de Lou no terraço.

Gabe sabia que Lou Suffern estava exausto. Lou passara tantos anos movendo-se tão rápido pelos minutos, pelas horas, pelos dias, pelos momentos da vida, que parou de percebê-la. Os olhares, gestos e emoções das outras pessoas, há muito tempo já não eram importantes ou visíveis para ele. A paixão era o que o impulsionava, a princípio; posteriormente, enquanto trilhava o caminho até onde queria chegar, acabou por deixá-la para trás também. Andava rápido demais, nunca parava para tomar fôlego; seu ritmo era veloz, e seu coração mal era capaz de acompanhá-lo.

Quando Lou inspirou o ar frio de dezembro e ergueu o rosto para o céu para sentir – e apreciar – as gotas geladas de chuva que caíam na sua pele, ele soube que sua alma estava vindo buscá-lo.

Podia senti-la.

25

O melhor dia

Às nove horas da manhã de sábado, no dia seguinte à festa do septuagésimo aniversário de seu pai, Lou Suffern estava sentado no jardim atrás de sua casa, erguendo o rosto e com os olhos fechados para receber o sol da manhã. Esforçara-se para passar por cima da cerca que separava seu jardim particular dos oito mil metros quadrados – onde trilhas de cascalhos e seixos rolados, canteiros e vasos gigantescos sinalizavam o caminho por onde se devia andar – do terreno acidentado e selvagem que se estendia além da interferência humana. Moitas amareladas de carqueja estavam espalhadas por toda parte, como se alguém em Dalkey tivesse disparado uma arma de paintball em direção aos bairros mais ao norte. A casa de Lou e Ruth ficava exatamente no topo daquela montanha e o jardim nos fundos tinha uma vista ampla para o vilarejo de Howth, para o porto, mais abaixo, e, mais adiante, para a ilha do Olho da Irlanda. Frequentemente, do alto da colina, também era possível ver o monte Snowdon no Parque Nacional de Snowdonia, no país de Gales, a cento e trinta e oito quilômetros de distância; apesar disso, neste dia de céu claro, Lou Suffern tinha olhos somente para o futuro.

Lou estava sentado sobre uma pedra e inspirou o ar fresco. Seu nariz, entorpecido pelo frio, escorria; suas bochechas pareciam estar congeladas e suas orelhas doíam quando o vento batia contra elas. Seus dedos tinham adquirido uma coloração azul-arroxeada, como se estivessem sendo estrangulados nas articulações. O tempo não era bom para o corpo, mas era ideal para velejar. Diferente dos jardins cuidadosamente conservados que havia em sua casa e nas casas de seus vizinhos, a carqueja selvagem fora deixada livre para crescer e se espalhar como quisesse, como o segundo filho, criado com mais espaço e menos regras.

Espalhara-se pela encosta e firmara sua autoridade naquela região de colinas. O terreno era montanhoso e acidentado, alternando as altitudes sem qualquer aviso, sem se desculpar por nada e sem oferecer qualquer assistência aos montanhistas que passavam por ali. Era o aluno no fundo da sala de aula, silencioso, mas participativo, recostado em sua cadeira para observar as armadilhas que havia preparado. Apesar dos contornos ermos das colinas e de toda a movimentação de um vilarejo de pescadores, a cidade em si sempre tivera uma aura de tranquilidade. Seu espírito era paciente, como o de um avô ou de uma avó; faróis que guiavam os habitantes das águas em segurança para a terra; penhascos que se erguiam como uma linha impenetrável de guerreiros espartanos, ferozes contra as intempéries, com peito arfante e músculos desenhando o abdômen. Havia o ancoradouro que agia como um mediador entre a terra e o mar, e que, obedientemente, levava as pessoas até onde era possível ir; a torre Martello que resistia, como um soldado envelhecido e solitário que se recusava a deixar seu posto, mesmo depois do fim dos conflitos. Apesar das constantes rajadas de vento que atacavam a região, a cidade continuava firme e resoluta.

Lou não estava sozinho enquanto ponderava sobre sua vida. Ele mesmo estava sentado ao seu lado. Estavam vestidos de maneira diferente: um pronto para ir velejar com o irmão, e o outro, para patinar no gelo com sua família. Olhavam para o mar, ambos observando o brilho do sol no horizonte, parecido com uma gigantesca moeda de prata que fora lançada na água para dar sorte e que, agora, cintilava sob as ondas. Estavam sentados ali há um bom tempo, sem dizer nada. Apenas sentindo-se bem na companhia um do outro.

Lou, sobre o gramado coberto de musgo, olhou para Lou, sentado na pedra, e sorriu.

– Sabe o quanto eu estou feliz agora? Estou feliz vezes dois – disse ele, rindo.

O Lou sentado na pedra não sorriu.

– Quanto mais eu me ouço contando piadas, mais eu percebo que não sou engraçado.

– Sim, eu também tenho a mesma impressão. – Lou puxou uma longa folha da grama selvagem do chão e rolou-a entre os dedos arroxeados. – Mas também eu percebo que sou um cara muito bonito.

Os dois riram.

– Você também tem o hábito de não deixar as outras pessoas falarem – disse o Lou que estava sobre a pedra e lembrava-se de ter visto seu outro eu comandar discussões.

– Eu percebi. Eu realmente deveria...

– E você também não presta atenção quando as pessoas falam com você – acrescentou ele, imerso em pensamentos. – E suas histórias sempre são longas demais. As pessoas não estão tão interessadas quanto você pensa – disse ele. – Você não pergunta às pessoas o que elas estão fazendo. Deveria começar a fazer isso.

– Fale por si mesmo – disse o Lou que estava sobre a grama, sem se deixar abalar.

– Mas estou fazendo isso.

Continuaram sentados em silêncio, porque Lou Suffern recentemente aprendera que muitas coisas vinham do silêncio e da contemplação; não era preciso ir de um lado para outro o tempo inteiro. Uma gaivota se aproximou, dando um voo rasante, piou, olhou-os com desconfiança e voou para longe.

– Ela vai falar sobre nós para seus amigos – disse o Lou que estava na pedra.

– Não precisamos nos preocupar tanto com isso, porque elas todas parecem iguais também – disse o outro Lou.

Os dois riram outra vez.

– Não acredito que estou rindo das minhas próprias piadas – O Lou sobre a grama esfregou os olhos. – É constrangedor.

– O que você acha que está acontecendo aqui? – perguntou Lou seriamente, empoleirado em sua pedra.

– Se você não sabe, então eu também não sei.

– Sim, mas, se eu tenho algumas teorias, você também tem.

Eles se entreolharam, cada um sabendo exatamente o que outro estava pensando.

Lou escolheu suas palavras cuidadosamente, deixando que rolassem por sua boca antes de saírem.

– Não sou supersticioso, mas creio que seria melhor guardarmos essas teorias para nós mesmos, não acha? As coisas são como são. Vamos mantê-las assim.

– Não quero que ninguém saia magoado – disse o Lou da grama.

– Você ouviu o que eu acabei de dizer? – perguntou ele, irritado. – Eu disse para não falar sobre isso.

– Lou! – Ruth os chamou do jardim, e aquilo quebrou o encanto que havia entre eles.

– Estou indo! – gritou ele, erguendo a cabeça acima da cerca. Viu Pud, que ainda ensaiava seus primeiros passos, escapando rumo à liberdade pela porta da cozinha, correndo desajeitado pelo gramado como se fosse um ovo chocado prematuramente, de onde apenas as pernas tinham saído. Arrastava os pés enquanto perseguia uma bola, tentando agarrá-la, mas, sem querer, chutava-a cada vez que se aproximava dela. Finalmente, ele entendeu e parou de correr antes de alcançar a bola e chegou lentamente por trás dela, como se o brinquedo fosse sair em disparada por si só. Ergueu um pé. Como não estava acostumado a se equilibrar sobre uma perna só, caiu para trás sobre o traseiro gorducho sem se machucar. Lucy correu para fora, já com seu chapéu e o cachecol, e ajudou-o a se erguer.

– Ela é muito parecida com Ruth. – Ele ouviu uma voz ao lado e percebeu que Lou havia se aproximado.

– Eu sei. Veja a careta que ela faz. – Eles observaram Lucy enquanto ela dava uma bronca em Pud por ser descuidado. Os dois riram exatamente no mesmo momento em que ela fez a careta.

Pud gritou quando Lucy tentou levá-lo pela mão para dentro de casa. Afastou-se dela e ergueu a mão no ar num gesto de rebeldia infantil. Em seguida, resolveu voltar sozinho para dentro.

– De quem você se lembra ao olhar para ele? – disse Lou.

– Bem, é melhor irmos. Você pode ir a pé até o porto, e eu levarei Ruth e as crianças para a cidade no carro. Certifique-se de que você vai estar lá no horário certo, entendeu? Eu praticamente tive que subornar Quentin para concordar em deixar que eu o ajudasse hoje.

– É claro que eu estarei lá. Não vá quebrar uma perna.

– Não vá se afogar.

– Vamos aproveitar o dia. – Lou estendeu a mão e cumprimentou a si mesmo. O aperto de mão se transformou num abraço, e Lou estava na encosta daquela colina dando em si mesmo o abraço mais forte e carinhoso que já recebera em muito tempo.

Lou chegou ao porto duas horas antes da regata. Fazia muitos anos que não competia; queria se acostumar à conversa, sentir como era estar num barco outra vez. Além disso, precisava construir uma relação com o restante da equipe: a comunicação era muito importante e ele não queria decepcionar ninguém. Na verdade, não queria decepcionar Quentin. Encontrou o belo Alexandra, o veleiro de quarenta pés que Quentin comprara há cinco anos, no qual gastara cada centavo de que não precisava para a sua sobrevivência e onde passava cada momento em que estava acordado. Já a bordo, Quentin e cinco outros tripulantes estavam agrupados, com as cabeças bem próximas, repassando os detalhes da rota e suas táticas.

Lou fez as contas. Deveria haver apenas seis pessoas no barco. Sua presença faria com que a equipe tivesse sete membros.

– Oi, pessoal – disse ele, aproximando-se dos outros.

– Lou! – Quentin ergueu os olhos, surpreso, e Lou percebeu, naquele momento, por que havia seis pessoas. Quentin não acreditava que ele fosse aparecer.

– Não estou atrasado, não é? Você disse nove e meia. – Lou tentou esconder sua decepção.

– Ah, sim, é claro. – Quentin tentou esconder sua surpresa. – Absolutamente. Eu apenas, eu... – Ele se virou para os outros homens que estavam esperando e observando. – Deixe eu apresentá-lo ao resto da equipe. Amigos, este aqui é o meu irmão, Lou.

Uma expressão de surpresa passou de relance por alguns rostos.

– Não sabíamos que você tinha um irmão – sorriu um deles, avançando para cumprimentar Lou. – Eu sou Geoff, seja bem-vindo. Espero que você saiba o que está fazendo.

– Já faz algum tempo. – Lou olhou para Quentin sem muita certeza. – Mas Quentin e eu frequentamos um bom número de escolas de vela durante anos; é difícil esquecer. É como andar de bicicleta, não é?

Eles riram e lhe deram as boas-vindas a bordo.

– E então, onde você quer que eu fique? – ele olhou para o irmão.

– Você está mesmo a fim de fazer isso? – perguntou Quentin, discretamente, longe dos outros.

– É claro que sim. – Lou tentou não se ofender. – Nas mesmas posições em que costumávamos navegar?

– Você assume o convés dianteiro?

– Sim, capitão – disse Lou, sorrindo e fazendo uma saudação.

Quentin riu e virou-se para o resto da tripulação.

– Bem, rapazes, quero ver todos trabalhando em harmonia. Lembrem-se: vamos conversar uns com os outros. Quero as informações fluindo no barco o tempo inteiro. Se vocês deixarem de fazer o que deveriam ter feito, gritem. Todos nós precisamos saber exatamente o que está acontecendo. Se ganharmos a regata, eu pago a primeira rodada no bar.

Todos vibraram de alegria.

– Bem, Lou... – Ele olhou para o irmão e piscou. – Sei que você está querendo fazer isso há muito tempo.

Embora aquilo não fosse verdade, Lou não achou que seria uma boa ideia discordar.

– Você finalmente vai ver do que *Alexandra* é capaz.

Lou deu um soco amistoso no braço do irmão.

Ruth empurrou o carrinho de Pud por baixo do Arco dos Fuzileiros, e eles entraram em St. Stephen's Green, um parque bem no centro da cidade de Dublin. Um rinque de patinação fora montado no gramado, atraindo as pessoas que vinham fazer compras e os turistas de outras cidades do país para participar daquela experiência única. Passando por baixo do lago cheio de patos e caminhando na direção da ponte O'Connell, eles logo entraram numa terra de sonhos. Em vez dos jardins bem cuidados de sempre, uma feira natalina ocupava o lugar decorado, que parecia ter saído diretamente de um filme. Quiosques que vendiam chocolate quente com marshmallow, tortas de carne moída e bolos de frutas estavam armados ao lado das trilhas, e os aromas de canela, cravo e marzipã tomavam conta do ar. Os donos dos quiosques usavam fantasia de duende, músicas natalinas tocavam pelos alto-falantes, estalactites de gelo gotejavam da cobertura de cada um dos quiosques, e máquinas sopravam flocos de neve artificial no ar.

O iglu do Papai Noel era o centro das atenções, e uma longa fila se formava à sua porta, enquanto duendes vestidos com roupas verdes e sapatos pontudos se esforçavam para entreter as pessoas que aguardavam. Enormes bengalas de doce listradas de vermelho e branco formavam um arco na frente da entrada do iglu, e bolhas de sabão saíam pela chaminé e flutuavam no céu. Num gramado próximo, um grupo de crianças – supervisionadas por um dos duendes – brincava de cabo de guerra contra um homem gigante fantasiado. Uma árvore de Natal de sete metros de altura fora erguida e decorada com guirlandas e bolas metalizadas enormes. Havia também balões de água gigantes pendurados nos galhos. Sob eles, uma fila de crianças – embora houvesse mais pais do que crianças – jogavam bolas cobertas de folhas de azevinho, tentando estourar os balões e libertar os prêmios que estavam ali dentro. Um duende com o rosto avermelhado, molhado pelos balões que estouravam, corria pelo gramado recolhendo os presentes que estavam no chão, enquanto seu assistente enchia outros balões e passava-os a um terceiro, para que ele os pendurasse nos galhos outra vez. Não demonstravam nenhum cansaço enquanto faziam seu trabalho.

O dedo indicador gorducho de Pud apontava para todos os lados, sempre que algo novo atraía sua atenção. Lucy, que geralmente conversava bastante, estava muito quieta. Seu cabelo cor de chocolate fora cortado na altura do queixo, e a franja pairava acima das sobrancelhas que emolduravam os grandes olhos castanhos. Estava vestida com um casaco vermelho vivo que ia até os joelhos, as lapelas, os enormes botões e os colarinhos forrados com pelúcia preta, calças justas cor de creme e sapatos pretos de verniz. Segurava-se no carrinho de Pud com uma mão e praticamente flutuava, perdendo-se em seu próprio mundo de sonhos. Vez por outra, ela via alguma coisa e olhava para Lou e Ruth com um sorriso imenso no rosto. Ninguém dizia nada. Não precisava. Eles entendiam o encanto da filha.

Após cruzarem a feira de Natal, eles chegaram ao rinque de patinação, que estava cheio de pessoas jovens e idosas. A fila serpenteava ao lado do rinque, de modo que aqueles que perdessem o equilíbrio e caíssem poderiam ser admirados por espectadores que riam a cada queda engraçada.

– Por que não vão até lá assistir ao show? – disse Lou, indicando o pequeno espetáculo de mímicos que estava sendo apresentado no coreto. Dezenas de crianças estavam sentadas em cadeiras dobráveis, encantadas pelo mundo mágico à sua frente. – Eu guardarei o lugar na fila para nós.

Era um gesto generoso e egoísta ao mesmo tempo, pois Lou Suffern não poderia mudar tão drasticamente da noite para o dia. Estava tentando passar o dia com a família, mas seu BlackBerry já estava ardendo em seu bolso e ele precisava de algum tempo a sós para verificá-lo antes que o aparelho explodisse.

– Certo, obrigada – disse Ruth, empurrando o carrinho de Pud para perto de Lou na fila. – Não vamos demorar muito.

– O que você está fazendo? – perguntou Lou, em pânico.

– Estou indo assistir ao show.

– Não vai levá-lo com você?

– Não. Ele está dormindo. Ficará bem com você.

Ela se afastou com uma Lucy saltitante, enquanto Lou olhava para Pud sentindo um princípio de pânico e rezava para que ele não acordasse. Estava com um olho no BlackBerry, o outro em Pud, e um terceiro olho que nunca soubera que tinha num bando de adolescentes à sua frente, que, subitamente, começaram a gritar e pular quando seus hormônios começaram a dominá-los. Cada berro de suas bocas e movimentos daquelas mãos desajeitadas eram uma ameaça ao seu filho, que dormia. Ele percebeu o volume da música "Jingle Bells" diminuir nos alto-falantes e a microfonia, que soava como um engavetamento de cinco carros, irritar todos os ouvidos, quando uma voz anunciou o membro perdido de uma família que aguardava na Central dos Duendes. Percebia cada som solitário, cada berro de uma criança sobre o gelo, cada grito quando os pais caíam e batiam os traseiros no chão, cada estalar de ossos. Em estado de alerta máximo, como se estivesse esperando que alguém o atacasse a qualquer momento, o BlackBerry e sua luz vermelha piscante voltaram para o bolso. A fila avançou e ele empurrou, com cuidado, o carrinho de Pud para frente.

À sua frente, um adolescente de cabelos ensebados, que contava uma história aos seus amigos fazendo sons de fortes explosões e com movimentos ocasionais dignos de um ataque epilético, chamou a atenção de Lou. O garoto, chegando ao clímax da história, deu um salto para trás e chocou-se com o carrinho do bebê.

– Me desculpe – disse, virando-se e esfregando o braço, que havia batido. – Me desculpe, senhor. Ele está bem?

Lou fez que sim com a cabeça. Engoliu em seco. Queria avançar sobre o garoto e estrangulá-lo, queria encontrar os pais daquele adolescente para que pudesse mandá-los ensinar ao seu filho a praticar a arte de contar histórias sem gestos exagerados e explosões regadas a cuspe. Deu uma olhada em Pud. O monstro fora despertado. Os olhos de Pud, vidrados, sonolentos e cansados, e ainda próximos do estado de hibernação, se abriram lentamente. Olharam para a esquerda, olharam para a direita e ao seu redor, enquanto Lou prendia a respiração. Ele e Pud se entreolharam por alguns momentos num silêncio tenso, até que, decidindo que não gostava da expressão de horror no rosto do pai, Pud cuspiu sua chupeta e começou a berrar. Berrar.

– Ah, psiu – disse Lou, desajeitado, olhando para o seu filho.

Pud gritou ainda mais alto, com grossas lágrimas se formando em seus olhos cansados.

– Ah, deixe disso, Pud – Lou sorriu para ele, exibindo seu melhor sorriso de porcelana, que geralmente funcionava com todas as pessoas que conhecia.

Pud chorou ainda mais alto.

Lou olhou ao seu redor, constrangido, desculpando-se com qualquer pessoa com quem seu olhar cruzasse, particularmente o pai carrancudo que trazia um bebê num *sling* e duas outras crianças, segurando-as pela mão. Ele resmungou na direção do homem carrancudo e virou-lhe as costas, tentando dar um fim nos gritos do filho, empurrando o carrinho para a frente e para trás, deliberadamente batendo contra os calcanhares do adolescente ensebado que o deixara naquela situação. Tentou colocar a chupeta de volta na boca de Pud dez vezes. Tentou cobrir seus olhos com a mão, esperando que a escuridão fizesse com que o garoto sentisse vontade de dormir. Não funcionou. O corpo de Pud estava se contorcendo, curvando-se para trás enquanto ele tentava se livrar das amarras como o Incrível Hulk rasgando as próprias roupas. Ele continuou a berrar, soando como um gato sendo dependurado pelo rabo e enfiado na água quente, seguido por um ruído estrangulado. Lou mexeu na bolsa que estava presa ao carrinho e lhe ofereceu brinquedos, que foram arremessados violentamente para longe do carrinho, espalhando-se pelo chão.

O Homem de Família Carrancudo, com o bebê a tiracolo no *sling*, curvou-se para ajudar Lou a recolher os brinquedos espalhados. Lou os pegou sem olhar nos olhos do homem, resmungando seus agradecimentos. Depois que a maior parte das coisas da bolsa estavam jogadas pelo chão, Lou decidiu libertar o monstro. Lutou para conseguir abrir a fivela de segurança, enquanto os gritos de Pud se intensificavam e atraíam mais olhares. Quando alguém estava prestes a ligar para o serviço social, ele finalmente conseguiu libertar o filho. Pud não parou de chorar e continuou a gritar enquanto o catarro saía borbulhante pelo seu nariz; o rosto tão arroxeado quanto uma ameixa.

Dez minutos apontando para árvores, cães, crianças, aviões, pássaros, árvores de Natal, presentes, duendes, coisas que se moviam, coisas que não se moviam, qualquer coisa que pudesse atrair seus olhos, e Pud ainda estava chorando.

Ruth chegou correndo com Lucy.

– O que houve?

– Ele acordou assim que você saiu. Não para de chorar. – Lou estava suando.

Pud olhou para Ruth e estendeu os braços para ela, quase saltando para longe das mãos de Lou. Seus gritos cessaram instantaneamente, ele bateu palmas, a cor do seu rosto voltou a um tom normal e ele balbuciou algumas palavras. Olhava para a sua mãe, brincava com o colar que ela usava e agia como se nada tivesse acontecido. Lou teve a certeza de que, quando ninguém mais estava olhando, Pud lhe deu um sorriso matreiro.

Sentindo-se em seu ambiente, o estômago de Lou estava agitado com a ansiedade enquanto observava o litoral se afastar e seguia rumo ao ponto de partida da competição, ao norte da ilha do Olho da Irlanda. Familiares e amigos encapotados acenavam para os velejadores do farol na ponta do atracadouro, com binóculos nas mãos.

Havia certa magia no mar. As pessoas eram atraídas por ele. Queriam viver próximas a ele, nadar e brincar em suas águas, observá-lo. Era algo vivo, tão imprevisível quanto os melhores atores de teatro: poderia estar tranquilo e receptivo, abrindo seus braços para abraçar seu público num momento, mas poderia também explodir com seu temperamento tempestuoso, arremessando as pessoas de um lado para outro, querendo expulsá-las para longe, atacando litorais e destruindo ilhas. Tinha seu lado mais brincalhão também, já que gostava da atenção do público, derrubava as crianças, virava espreguiçadeiras infláveis, virava pranchas de windsurfe e ocasionalmente ajudava algum marinheiro; fazia tudo com um riso secreto. Para Lou, não havia nada como a sensação do vento no cabelo, cortar a água com a chuva em seu rosto ou o sol brilhando no céu. Fazia muito tempo desde que velejara pela última vez – ele e Ruth, é claro, tinham passado vários feriados nos iates de amigos, mas fazia muito tempo desde que Lou participara de uma equipe; isso em qualquer aspecto da sua vida. Estava ansioso pelo desafio; ansioso não somente por estar numa competição contra outros trinta barcos, mas tentando também derrotar o mar, o vento e todos os outros elementos da natureza.

Na área de partida, eles foram até as proximidades do barco de controle Free Enterprise para se identificarem. A linha de partida ficava entre um mastro vermelho e branco no barco de controle e uma boia alaranjada cilíndrica que ficava a bombordo. Lou assumiu sua posição na proa enquanto o barco circulava pela área, tentando chegar na posição certa para poder cruzar a linha no momento da largada. O vento soprava para noroeste com força quatro e a maré estava subindo, indicando que o humor do mar estava piorando. Isso teria que ser observado para que o barco continuasse avançando rapidamente pelo mar encapelado e agitado. Como nos velhos tempos, Lou e Quentin tinham conversado sobre o assunto, de modo que ambos sabiam o que era necessário. Se atravessassem a linha de partida prematuramente, o barco seria eliminado; era tarefa de Lou fazer a contagem regressiva, posicioná-los corretamente e comunicar-se com o timoneiro, que era Quentin. Quando eram adolescentes, os dois haviam refinado essa dinâmica até tornarem-na perfeita, venceram várias regatas e eram capazes de competir de olhos fechados, simplesmente sentindo a direção do vento; mas isso tinha sido há muito tempo, e a comunicação entre eles se fragmentara de maneira dramática nos últimos anos.

Lou se benzeu quando o sinal de alerta surgiu às onze e vinte e cinco. Eles avançaram, tentando alcançar a posição em que seriam os primeiros a passar pela linha de partida. Às onze e vinte e seis, a bandeira preparatória subiu. Às onze e vinte e nove, a bandeira que sinalizava um minuto até a largada foi recolhida. Lou agitava os braços com movimentos largos, tentando apontar o lugar para onde Quentin deveria guiar o barco.

– Direita estibordo, direita estibordo, Quentin! – gritou ele, agitando o braço direito. – Trinta segundos!

Eles se aproximaram perigosamente de outro barco. Por culpa de Lou.

– Ah, esquerda bombordo! ESQUERDA! – gritou Lou. – Vinte segundos!

Cada barco lutava para conseguir uma boa posição, mas, com trinta embarcações na corrida, apenas algumas conseguiriam passar pela linha de partida numa posição favorável, perto do barco da organização. O restante teria que se esforçar para alcançar os outros.

Às onze e meia, o sinal de partida soou, e pelo menos dez barcos cruzaram a linha de partida antes deles. Não foi a melhor largada, mas Lou não deixaria que aquilo o afetasse. Estava enferrujado, precisava recuperar a prática, mas não tinha tempo para isso. A regata era a única coisa real.

O barco deslizou sobre a água, com o Olho da Irlanda à direita, as regiões montanhosas à esquerda, mas não havia tempo para apreciar a paisagem. Lou não se movia, pensando rápido, olhando à sua volta, observando todos os barcos na corrida, o vento em seus cabelos, o sangue pulsando em suas veias, sentindo-se mais vivo do que nunca. Gradualmente, voltou a se lembrar de tudo, a verdadeira sensação de estar num barco. Talvez não fosse tão rápido quanto gostaria, mas não perdera seus instintos. Corriam pelo mar, o barco batendo contra as ondas conforme avançavam em direção à escora meteorológica, a uma milha de distância da linha de partida.

– Mudança de trajetória! – gritou Quentin, observando e guiando o barco enquanto todos se preparavam. Alan, responsável por recolher as velas, verificou que elas tinham sido desinfladas. Luke, do outro lado, certificou-se de que a nova vela a ser erguida contra o vento estava pronta e girou sua manivela duas vezes. Lou não se moveu um milímetro, pensando no que precisava fazer e observando os outros barcos à sua volta, para ter certeza de que nenhum deles estava perto demais. Sabia instintivamente que eles estavam alterando a trajetória para bombordo e que não poderiam cruzar com os barcos a estibordo. Suas velhas táticas de corrida encheram sua mente e ele sentiu uma alegria tranquila em relação a como tinha posicionado o barco exatamente no rumo da escora meteorológica. Podia sentir a confiança de Quentin crescendo, agora que chegavam numa posição favorável após mudarem a trajetória, rasgando a água com um caminho tranquilo à sua frente. Lou estava se esforçando para fazer com que Quentin acreditasse nele, além de tentar conquistar a vitória na corrida.

Quentin certificou-se de que havia espaço para alterar a trajetória do barco e começou a fazer a curva. Geoff, que estava na cabine, foi rapidamente até a vela traseira, e, conforme ela se inflou com o vento, ele a soltou. O barco cortou o vento, a vela principal foi movida para uma posição melhor e a longarina do mastro girou. Luke a puxou rápido, e, quando não conseguiu mais puxá-la, girou a roldana mais duas vezes e os sons de metal raspando contra o metal começaram. Quentin firmou o barco no novo curso.

– CONTRABALANÇAR! – gritou Lou, e todos correram para colocar as pernas por sobre a amurada do barco que se ergueu ao fim da curva.

Quentin assobiou e Lou riu contra o vento.

Depois de cruzarem a primeira marca e irem em direção à segunda com o vento soprando contra a lateral do barco, Lou entrou em ação para erguer a bujarrona, e, em seguida, fez um sinal para Quentin com o polegar. O resto da equipe começou a agir instantaneamente, cuidando das suas próprias tarefas. Lou atrapalhou-se um pouco com o equipamento, mas percebeu que as coisas estavam dando certo.

Vendo que a vela subia até o topo do mastro, Lou gritou alegremente:

– EM CIMA!

Alan puxou a corda da bujarrona enquanto Robert a prendia. Eles velejavam rapidamente, e Lou deu um soco no ar, gritando. Atrás do timão, Quentin ria; a vela inflava e com o vento a seu favor, eles correram em direção à próxima marca. Quentin permitiu-se uma rápida olhada para trás e a visão lhe causou certa alegria: havia cerca de 25 barcos com as bujarronas inflando, perseguindo-os. Nada mau. Ele e Lou trocaram um olhar e sorriram. Não disseram nada. Não precisava. Ambos sabiam.

Depois de passar trinta minutos na fila do rinque de patinação, Lou e sua família finalmente chegaram ao portão de entrada.

– Bem, divirtam-se – disse Lou, batendo as mãos uma contra a outra e pisando com força para se aquecer. – Vou até aquela cafeteria ali adiante para observar vocês.

Ruth começou a rir.

– Lou, eu pensei que você tivesse vindo aqui para patinar.

– Não – disse ele, torcendo o nariz. – Acabei de passar a última meia hora observando homens mais velhos do que eu no gelo, e eles pareciam uns idiotas. E se alguém perceber? Prefiro ficar aqui fora, obrigado. Além disso, as calças que estou usando são novas e só podem ser lavadas a seco – acrescentou.

– Certo – disse Ruth, seca. – Você não vai se importar de tomar conta de Pud enquanto Lucy e eu vamos patinar, então.

– Vamos lá, Lucy! – Ele agarrou a mão da filha no mesmo instante. – Hora de pegarmos os patins. – Ele piscou para Ruth, que ria sozinha, e foi em direção às prateleiras onde estavam os patins. Chegou ao balcão antes do Homem de Família Carrancudo, que, assim como o Flautista de Hamelin, conduzia ainda mais crianças agora. Rá-rá-rá. Sentiu o gosto de uma vitória silenciosa quando chegou ao balcão antes dele. A pista estava perto e a criança que havia dentro de Lou saiu para brincar.

– Qual o tamanho? – perguntou o homem atrás da mesa, olhando para ele.

– Quarenta e dois, por favor – respondeu Lou, e olhou para Lucy, esperando que ela falasse. Os grandes olhos castanhos da menina estavam fixos nos seus.

– Diga o tamanho do seu sapato para o homem, querida – disse ele, sentindo o Homem de Família Carrancudo bufar atrás do seu pescoço enquanto esperava.

– Não sei, papai – ela disse, quase sussurrando.

– Bem, você tem 4 anos, não é?

– Cinco – ela franziu a testa.

– Ela tem 5 anos – disse ele ao homem. – Portanto, um tamanho que sirva numa criança dessa idade.

– Bem, depende da criança.

Lou suspirou e sacou seu BlackBerry, recusando-se a ter de enfrentar a fila outra vez. Atrás dele, o Homem de Família Carrancudo com o bebê no *sling* disse, em voz alta:

– Dois pares de tamanho 34, um par 33 e um 44, por favor.

Lou revirou os olhos e imitou os maneirismos do homem enquanto esperava que sua ligação fosse completada. Lucy riu e fez a mesma careta.

– Alô?

– Qual é o número que Lucy calça?

Ruth riu.

– Vinte e quatro.

– Certo, obrigado. – Ele desligou.

Na pista, ele se segurou na lateral do rinque com cuidado. Pegou Lucy pela mão e ajudou-a a se equilibrar. Ruth estava logo atrás da grade de proteção com Pud, que esperneava, animado, enquanto pulava para cima e para baixo, apontando a esmo para qualquer coisa que lhe chamasse a atenção.

– Bem, querida. – A voz e os tornozelos de Lou vacilaram quando ele pisou no gelo. – Este lugar é muito perigoso, entendeu? Você vai ter que tomar muito cuidado. Segure-se na grade, certo?

Lucy segurou-se na grade de proteção com uma mão e lentamente começou a deslizar sobre o gelo, enquanto os tornozelos de Lou equilibravam-se, recalcitrantes, sobre os patins.

Lucy começou a patinar mais rápido.

– Querida – disse Lou, com a voz trêmula enquanto olhava para baixo, encarando o gelo duro e frio, temendo o que poderia acontecer se caísse. Não conseguia se lembrar da última vez em que sofrera uma queda. Provavelmente quando era criança. A infância é o lugar ao qual pertencem as quedas.

A distância entre Lucy e Lou aumentou.

– Fique perto dela, Lou – Ruth gritou do outro lado da grade, acompanhando-o enquanto ele tentava se equilibrar. E Lou ouvia o sorriso na voz de Ruth.

– Aposto que você está adorando isso – disse ele. Mal era capaz de olhá-la nos olhos. Estava se concentrando.

– E como!

Ele empurrou o pé esquerdo, que deslizou mais do que desejava, e quase caiu com as pernas abertas. Sentia-se como Bambi na primeira vez em que tentou ficar em pé, girando e cambaleando, agitando os braços em movimentos circulares como uma mosca presa num pote de geleia; estava perto o suficiente para que pudesse ouvir a risada familiar de Ruth. Mas estava fazendo progressos. Levantava os olhos ocasionalmente para observar Lucy, que era bem visível com seu casaco vermelho fogo, já do outro lado do rinque.

O Homem de Família Carrancudo passou voando por ele, agitando os braços como se estivesse prestes a entrar numa corrida de trenós, e sua velocidade quase derrubou Lou. Atrás dele, os filhos do Homem de Família Carrancudo o acompanhavam de perto, de mãos dadas e... estavam cantando? Agora, chega! Soltando-se lentamente da grade de proteção, suas pernas vacilantes tentaram se equilibrar. Em seguida, pouco a pouco, moveu um pé para a frente, quase caindo na direção oposta, suas costas se curvando para trás, mas conseguiu recuperar o equilíbrio.

– Oi, papai – disse Lucy, passando rapidamente ao seu lado quando completava a primeira volta no rinque.

Lou se afastou da lateral do rinque, indo para longe dos principiantes que avançavam milímetro a milímetro, determinado a ultrapassar o Homem de Família Carrancudo, que agora corria pelo rinque como se fosse o Papa-Léguas.

Na metade da volta completa no rinque, Lou já estava patinando por conta própria. Sentindo-se um pouco mais confiante, começou a forçar os próprios limites, tentando mover os braços como os outros estavam fazendo. Ganhou velocidade. Esquivando-se de crianças e pessoas mais velhas, conseguiu deslizar rapidamente pelo gelo, mesmo que ainda estivesse um pouco desajeitado. Movia-se mais como um jogador de hóquei do que como um patinador artístico. Esbarrava em crianças, derrubando algumas e fazendo com que outras se desequilibrassem. Ouviu uma criança chorar. Passou entre um casal que estava de mãos dadas. Estava tão concentrado em não cair que mal conseguia encontrar tempo para se desculpar. Passou por Lucy, mas, sem conseguir parar, teve que continuar em frente, aumentando a velocidade conforme avançava pelo gelo. As luzes que decoravam as árvores do parque se transformaram em borrões para ele. Os sons e cores dos patinadores eram um redemoinho à sua volta. Sentindo-se como se estivesse num carrossel, ele sorriu e relaxou um pouco mais, dando voltas e mais voltas ao redor do rinque. Passou pelo Homem de Família Carrancudo; passou por Lucy pela terceira vez; passou por Ruth, ouvindo quando ela chamou seu nome e tirou uma fotografia. Não podia parar e não iria parar; não sabia como fazer isso. Estava desfrutando da sensação do vento batendo em seu rosto, as luzes da cidade à sua volta, o frio que permeava o ar, o céu cheio de estrelas conforme a noite começava a cair, ainda cedo. Sentia-se livre e vivo, mais feliz do que há muito tempo. E continuou a rodar e rodar pelo rinque.

Alexandra e a tripulação alteraram o curso pela terceira e última vez. A velocidade e coordenação de Lou estavam bem melhores durante a última hora, e ele corrigiu os deslizes que cometera no início. Estavam passando por mais uma marca e precisavam executar mais uma vez a manobra em que a bujarrona era girada.

Lou se certificou de que as cordas estavam livres para correr. Geoff ergueu a vela traseira, Lou guiou-a até a ranhura adequada, e Luke a prendeu na posição correta. Robert posicionou-se para agarrar a corda ainda frouxa debaixo da vela principal, de modo que pudesse usá-la para erguer a bujarrona. Assim que estavam nas posições, todos se prepararam para o movimemto orquestrado. Geoff soltou as amarras e ajudou a recolher a bujarrona. Joey desprendeu o cabo e verificou que ele corria rapidamente para que a bujarrona pudesse se inflar como uma bandeira ao vento do lado de fora do barco. Quando a bujarrona estava em posição, Luke ajustou a vela traseira para a nova trajetória, Joey ajustou a vela principal, Geoff baixou o mastro e Lou o prendeu.

Com a posição da bujarrona alterada pela última vez e aproximando-se da linha de chegada, eles entraram em contato com os árbitros pelo rádio no canal 37 e aguardaram a resposta. Não eram os primeiros a cruzar a linha de chegada, mas todos estavam felizes. Lou olhou para Quentin enquanto o barco avançava. Não disseram nada um ao outro. Não precisava. Ambos sabiam.

Deitado com as costas contra o chão no meio do rinque com as pessoas voando à sua volta, Lou segurava o tórax dolorido e tentava parar de rir, mas não conseguia. Fizera aquilo que sempre temeu durante a vida inteira e sofreu a queda mais dramática e cômica do dia. Estava deitado no centro do rinque, com Lucy ao seu lado, rindo muito, tentando erguer seu braço e puxá-lo para que ficasse em pé. Estavam de mãos dadas, circulando lentamente sobre o gelo, quando Lou tropeçou em seus próprios pés, ergueu-se no ar e caiu de costas. Felizmente, nada havia se quebrado, a não ser o seu orgulho, mas, surpreendentemente, ele não se importava. Deixou que Lucy acreditasse que o estava ajudando a se levantar quando ela o puxou pelo braço. Olhou para Ruth e viu um flash quando ela tirou outra fotografia. Seus olhares se cruzaram, e ele sorriu.

Não disseram nada sobre os eventos do dia naquela noite. Não precisava. Ambos sabiam.

Aquele foi o melhor dia da vida deles.

– Sou todo ouvidos – disse Lou, com o pânico crescendo dentro de si. As portas do elevador se fecharam outra vez. A rota de fuga desaparecera.

– Ele queria trocar algumas palavras sobre... bem, sobre você.

– Sim – disse Lou, com calma.

– Ele me trouxe isto. – O Sr. Patterson colocou a mão no bolso e pegou o pote de comprimidos que Gabe dera a Lou. Havia apenas um comprimido ali dentro. Alfred, aquele rato, obviamente correu para dentro da caçamba de lixo para coletar as evidências necessárias para destruí-lo.

Lou olhou para o pote, chocado, e tentou decidir se deveria negar aquilo ou não. O suor se formou entre o lábio e o nariz enquanto tentava formular uma história. Pertenciam ao seu pai. Não. À sua mãe. Por causa da cirurgia no quadril. Não. Sentia dores nas costas. Percebeu que o Sr. Patterson estava falando, então decidiu prestar atenção.

– Ele disse alguma coisa sobre encontrar isso aqui debaixo de uma caçamba. Não sei ao certo. – O Sr. Patterson franziu a testa. – Mas ele disse que sabia que pertencia a você... – Ele observou Lou outra vez, buscando por uma confirmação.

O coração de Lou batia forte em seus ouvidos.

– Sei que você e Alfred são amigos – disse o Sr. Patterson, um pouco confuso, com o rosto exibindo seus 65 anos. – Mas a preocupação que ele tem em relação a você não me parece boa. Tive a impressão de que ele estava querendo utilizar isto aqui para colocá-lo numa situação ruim, Lou.

– Bem... – Lou engoliu em seco, olhando para o pote marrom. – Isso não é... bem... esses comprimidos não são... – ele gaguejava enquanto tentava formular uma frase.

– Não gosto de me intrometer na vida privada das pessoas, Lou. O que meus colegas de trabalho fazem quando não estão trabalhando é problema deles, desde que não afete a empresa. Assim, não me agradou o fato de receber isto aqui das mãos de Alfred – disse ele, sério. Quando Lou não respondeu e continuou a suar profusamente, o Sr. Patterson acrescentou. – Mas, talvez... isso era o que você queria que ele fizesse? – perguntou ele, tentando encontrar um sentido em tudo aquilo.

– O quê? – Lou enxugou o suor da testa. – Por que eu iria querer que Alfred lhe desse isso?

O Sr. Patterson olhou para ele, com os lábios tremendo levemente.

– Não sei, Lou. Você é um homem inteligente.

– O quê? – respondeu Lou, totalmente confuso. – Não estou entendendo.

– Corrija-me se eu estiver errado, mas eu presumi – os lábios trêmulos lentamente se abriram num sorriso – que você, deliberadamente, tentou enganar Alfred com esses comprimidos; que, de alguma forma, fez com que ele acreditasse que são mais do que realmente são. Estou certo?

Lou ficou de queixo caído e olhou para o seu chefe, surpreso.

– Eu sabia. – O Sr. Patterson deu uma risada, balançando a cabeça. – Você é bom. Mas não é tão bom quanto pensa. Eu percebi pelas marcas azuis – explicou ele.

– Como assim? Quais marcas azuis?

– Você não conseguiu raspar todo o símbolo do comprimido – explicou ele, abrindo o pote e segurando-o com uma mão para esvaziá-lo sobre a outra palma. – Está vendo a marca azul? E, se olhar bem de perto, vai ver os restos do "D" que estava estampado. Eu já deveria saber. Acredite, conheço meus rapazes.

Lou engoliu em seco.

– Esse era o único com uma marca azul? – Preguiçoso como era, Alfred não fora capaz de enfiar a mão na lixeira para salvar a própria pele. Teve que raspar a inicial decalcada num simples comprimido para dor de cabeça.

– Não, havia dois comprimidos. Ambos com as marcas azuis. Tomei um deles, espero que não se importe. Encontrado numa caçamba de lixo ou não, minha cabeça estava doendo tanto que eu tive de tomá-lo. Esta maldita época de Natal é o bastante para levar qualquer um para o túmulo.

– O senhor tomou um? – Lou perguntou surpreso.

– Eu o devolverei – disse ele, com um gesto de indiferença. – Você pode comprá-los em qualquer farmácia. Até mesmo em bancas de jornal. Não precisa de receita médica.

– O que aconteceu quando o senhor o tomou?

– Bem, o comprimido acabou com a minha dor de cabeça, não foi? – ele franziu a testa. – Mesmo assim, para ser sincero, se eu não chegar em casa nas próximas horas, vou ganhar outra dor de cabeça, tenho certeza. – Ele olhou para o relógio.

Lou estava estupefato, em silêncio.

– De qualquer maneira, eu só queria lhe dizer que não gostei do que Alfred tentou fazer, e que não acho que você seja um... bem, seja lá o que for que Alfred tentou fazer com que eu acreditasse. Não há lugar na empresa para pessoas como ele. Tive que demiti-lo. É véspera de Natal, meu Deus... e este trabalho nos transforma em monstros às vezes – disse ele, cansado, parecendo ter bem mais que seus 65 anos.

Lou estava em silêncio, sua mente gritando perguntas. Havia duas opções: ou Alfred as havia trocado, ou Lou também tomara comprimidos para dor de cabeça nas duas ocasiões em que se duplicou. Lou tirou o lenço do bolso, abriu-o e examinou o comprimido que restava. Seu coração congelou. A leve inicial do comprimido para dor de cabeça podia ser vista. Por que ele não percebeu aquilo antes?

– Ah, estou vendo que você tem mais um – riu o Sr. Patterson. – Apanhado em flagrante, Lou. Bem, aqui está, pode ficar com o último. Junte-o à sua coleção. – Ele entregou o pote a Lou.

Lou olhou para ele e abriu e fechou a boca como se fosse um peixe de aquário, sem conseguir dizer uma palavra, enquanto recebia o comprimido do Sr. Patterson.

– É melhor eu ir agora – disse o Sr. Patterson, afastando-se lentamente. – Tenho um kit de trens e trilhos em miniatura para montar e pilhas para colocar no corpo da Pequena-Qualquer-Coisa, que só falará bobagens, e com certeza serei forçado a escutar o que ela diz durante a semana inteira. Tenha um bom Natal, Lou. – Ele estendeu a mão.

Lou engoliu em seco, com a mente ainda no meio de um turbilhão por causa dos comprimidos para dor de cabeça. Seria alérgico a eles? O fato de se desdobrar em dois seria algum tipo de efeito colateral? Seria tudo um sonho? Não. Tudo aquilo acontecera, sua família testemunhou sua presença em ambas as ocasiões. Assim, se não foram os comprimidos, então...

– Lou – disse o Sr. Patterson, com a mão ainda estendida.

– Adeus – disse Lou, distraído, e, em seguida, limpou a garganta. – Digo, feliz Natal. – Ele cumprimentou o chefe e se despediu.

Assim que o Sr. Patterson se virou para ir embora, Lou correu para a escada de incêndio e disparou pelas escadas até chegar ao subsolo. Estava mais frio do que de costume, e a luz no final do corredor finalmente fora consertada. Não piscava mais como as luzes estroboscópicas típicas das danceterias da década de 1980. O som de músicas natalinas vazava por baixo da porta, "Driving Home for Christmas", interpretada por Chris Rea, ecoando pelo corredor longo, frio e estéril.

Lou não bateu antes de entrar. Empurrou a porta com os pés, ainda trazendo a caixa nas mãos. O quarto estava bem mais vazio do que antes. Gabe estava no segundo corredor, enrolando em seu saco de dormir e no cobertor.

– Oi, Lou – disse ele, sem se virar.

– Quem é você? – perguntou Lou, com a voz trêmula enquanto colocava a caixa numa prateleira.

Gabe se ergueu e saiu do corredor.

– Certo – disse ele, olhando Lou para cima e para baixo. – Essa é uma forma interessante de iniciar uma conversa. – Seus olhos apontaram para a caixa na prateleira e ele sorriu. – Um presente para mim? – disse ele, com a voz tranquila. – Não precisava ter se incomodado. – Ele avançou um passo para recebê-lo e Lou recuou um passo, enquanto o observava, com medo.

– Hummm – disse Gabe, franzindo a testa ao perceber aquilo, e depois se virou para a caixa embrulhada para presente na estante. – Posso abri-la agora?

Lou não respondeu. O suor brilhava em seu rosto e seus olhos se moviam abruptamente para seguir cada movimento de Gabe.

Sem se precipitar, Gabe abriu o presente perfeitamente embrulhado. Começando pelas pontas, removeu lentamente a fita adesiva, tomando cuidado para não rasgar o papel.

– Adoro dar presentes para as pessoas – explicou ele, ainda mantendo o mesmo tom de voz tranquilo. – Mas não é sempre que as pessoas dão presentes para mim. Mas você é diferente, Lou. Eu sempre soube disso. – Ele sorriu. Desembrulhou a caixa e finalmente revelou o que havia dentro, um aquecedor elétrico para o depósito onde morava. – Bem, é muito carinhoso da sua parte. Obrigado. Vai aquecer bastante o meu próximo espaço. Mas não será aqui, infelizmente. Estou de mudança.

Lou estava com as costas contra a parede agora, tão longe de Gabe quanto podia, antes de falar com a voz vacilante.

– As pílulas que você me deu eram comprimidos para dor de cabeça.

Gabe continuou a observar o aquecedor.

– Suspeito que o Sr. Patterson tenha lhe dito isso.

Lou ficou desconcertado. Esperava que Gabe negasse aquilo.

– Sim – respondeu ele. – Alfred as recolheu da caçamba de lixo e as entregou a ele.

– Aquele rato – Gabe balançou a cabeça negativamente, sorrindo. – O velho Alfred é muito previsível. Achei que ele fosse fazer isso. Bem, podemos lhe dar pontos pela persistência, pois ele realmente não queria que você conseguisse o emprego, não é?

Quando Lou não respondeu, Gabe continuou:

– Aposto que correr até o Sr. Patterson não lhe rendeu nenhum benefício, não é?

– O Sr. Patterson o demitiu – disse Lou em voz baixa, ainda tentando entender a situação.

Gabe sorriu, sem parecer surpreso. Apenas satisfeito; especialmente muito satisfeito consigo mesmo.

– Me conte sobre os comprimidos – Lou percebeu que sua voz tremia.

– Sim, era um pote de comprimidos para dor de cabeça que comprei numa banca de revistas. Levei um bom tempo para conseguir raspar aquelas letrinhas; você sabe que não há muitos comprimidos sem decalques hoje em dia.

– QUEM É VOCÊ? – Lou gritou, com a voz tomada pelo medo.

Gabe deu um salto, e pareceu estar um pouco incomodado.

– Está com medo de mim agora? Por que descobriu que sua clonagem não aconteceu por causa de um punhado de comprimidos? O que está havendo com as pessoas hoje em dia? Todos acreditam muito rápido em todas essas novas descobertas científicas, comprimidos para isso, comprimidos para aquilo. Emagreça, recupere os cabelos, blá-blá-blá, mas quando é preciso ter um pouco de fé em alguma coisa, todo mundo fica louco – disse ele, balançando a cabeça. – Se milagres tivessem equações químicas, todos acreditariam neles. É decepcionante. Eu tive que fingir que os comprimidos funcionavam, Lou, porque você não confiaria em mim de outra forma. E eu estava certo, não estava?

– O que você quer dizer com "confiar em você"? Quem diabos é você, e o que significa tudo isso?

– Bem – disse ele, olhando para Lou, entristecido. – Achei que isso já estivesse bem claro agora.

– Claro? Pelo que me consta, as coisas não poderiam estar mais confusas.

– As pílulas. Eram apenas um truque com a ciência. Um truque com ciência. Consciência. – Ele sorriu.

Lou esfregou o rosto, cansado, confuso e com medo.

– Tudo que aconteceu foi para lhe dar sua oportunidade, Lou. Todos merecem uma oportunidade. Até mesmo você, apesar do que pensa.

– Oportunidade PARA QUÊ? – gritou ele.

As palavras que Gabe falou a seguir fizeram a espinha de Lou tremer com calafrios e lhe deram uma vontade enorme de sair correndo para perto de sua família.

– Vamos lá, Lou. Você sabe a resposta.

Aquelas eram as palavras de Ruth. Pertenciam a Ruth.

O corpo de Lou estava tremendo agora, e Gabe continuou.

– Uma oportunidade de passar algum tempo junto da sua família, para realmente conhecê-los, antes que... bem, simplesmente, a oportunidade de passar algum tempo junto deles.

– Para realmente conhecê-los antes de quê? – perguntou Lou, sem tremer agora.

Gabe não respondeu, desviando os olhos, sabendo que falara demais.

– ANTES DE QUÊ? – Lou gritou outra vez, aproximando-se do rosto de Gabe.

Gabe ficou em silêncio, mas seus olhos de um azul cristalino fuzilaram os olhos de Lou.

– Vai acontecer alguma coisa com eles? – a voz de Lou tremia enquanto o pânico se instalava. – Eu sabia. Tinha medo disso. – O que vai acontecer com eles? – Lou rangeu os dentes. – Se você fez alguma coisa com eles, eu vou...

– Não aconteceu nada com a sua família, Lou – respondeu Gabe.

– Não acredito em você – disse ele, em pânico, enfiando a mão no bolso para pegar seu BlackBerry. Olhou para tela: nenhuma chamada perdida. Digitando rapidamente o número da sua casa, ele saiu do depósito dando um último olhar ameaçador para Gabe e correu, correu, correu.

– Lembre-se de apertar o cinto de segurança, Lou! – Gabe gritou, a voz retinindo nas orelhas de Lou enquanto ele corria para o estacionamento.

Com o BlackBerry discando automaticamente para a sua casa e ainda chamando, Lou saiu do estacionamento em alta velocidade. Uma chuva forte e pesada batia contra seu para-brisa. Acionando os limpadores na velocidade mais alta, ele guiou o Porsche para fora do estacionamento e acelerou pelas ruas ao longo do rio, que agora estavam vazias. O aviso indicando que o cinto de segurança não estava afivelado soava cada vez mais alto, mas ele não conseguia ouvi-lo, com todas as preocupações que dominavam seus pensamentos. As rodas do Porsche deslizaram um pouco na pista molhada enquanto ele corria pelas ruas secundárias da região do cais e pela estrada do litoral de Clontarf em direção a Howth. Do outro lado do mar, as duas chaminés listradas de vermelho e branco da usina de energia se erguiam a duzentos metros de altura, como dois dedos erguidos. A chuva caía forte, prejudicando a visibilidade, mas ele conhecia bem aquelas ruas. Dirigira por elas durante toda a sua vida, e tudo que lhe importava no momento era atravessar o pequeno pedaço de terra que o separava da sua família e chegar em casa o mais rápido possível. Eram seis e meia da tarde, e a escuridão era total agora que o sol havia se posto. A maioria das pessoas estava nas missas ou nos pubs, preparando-se para colocar os presentes embaixo da árvore de Natal e deixar um copo de leite e um pedaço de bolo para o Papai Noel, e algumas cenouras para suas renas. A família de Lou estava em casa, jantando – ocasião de que ele prometera participar –, mas ninguém atendia ao telefone. Ele olhou para o seu BlackBerry para ter certeza de que o aparelho ainda estava chamando, tirando os olhos da estrada. O carro acabou se movendo para a faixa que dividia a estrada. Um carro na direção oposta buzinou alto, e ele rapidamente voltou para a sua faixa. Passou voando pelo Marine Hotel, em Sutton Cross, que estava movimentado com os festejos de Natal. Vendo que a estrada estava livre à sua frente, ele pisou fundo no acelerador. Passou em disparada pela igreja de Sutton, deixou para trás a escola, que ficava no litoral, passou por bairros seguros e amistosos, onde velas queimavam tranquilamente na frente das janelas, árvores de Natal cintilavam e Papais Noéis estavam empoleirados nos telhados. Do outro lado da baía, as dúzias de guindastes que pontilhavam o contorno de Dublin estavam envoltas em luzes de Natal. Despediu-se da baía e entrou na estrada íngreme que começou a ascender em direção à sua casa, no topo. A chuva torrencial continuava a cair, em grandes rajadas, embaçando sua visão. A condensação estava começando a aparecer no lado interno do para-brisa, e ele se inclinou para enxugar o vidro com a manga do sobretudo de casimira. Pressionou os botões no painel para conseguir limpar o vidro. O bip-bip-bip do alerta do cinto de segurança ecoava em seus ouvidos, e a condensação rapidamente encheu o para-brisa conforme o carro esquentava. Ainda assim, ele continuava a acelerar, com o sinal de chamada do telefone ainda tocando, seu desejo de estar com a família dominando qualquer outra emoção que devesse sentir. Levou doze minutos para chegar até a rua da sua casa após passar por aquelas estradas vazias.

Finalmente, seu telefone tocou, indicando que estava recebendo uma chamada. Ele olhou para o aparelho e viu a o rosto de Ruth, sua imagem no identificador de chamadas. Feliz por ela estar segura, já que estava ligando para ele, baixou os olhos, aliviado, e pegou o BlackBerry.

O Porsche 911 Carrera 4S tem um sistema exclusivo de tração nas quatro rodas que se prende à estrada melhor do que qualquer carro esportivo com tração traseira. Transfere de cinco a quarenta por cento da energia para as rodas dianteiras, dependendo de quanta resistência as rodas traseiras enfrentam. Assim, se você acelerar com muita força na saída de uma curva para fazer com que as rodas traseiras girem em falso, a energia é transferida para a dianteira para fazer com que o carro siga na direção correta. Uma tração total, basicamente, significa que o Carrera 4S poderia navegar por uma estrada coberta de gelo com muito mais controle e segurança do que a maioria dos outros carros esportivos.

Infelizmente, esse não era o Porsche de Lou. Havia encomendado o veículo. Chegaria em janeiro, dali a uma semana.

E assim, quando Lou olhou para o seu BlackBerry, deixando-se dominar pelo alívio e pela emoção de ver o rosto da esposa, acabou tirando os olhos da estrada e entrou numa curva em velocidade alta demais. Num reflexo, ele levantou o pé do acelerador, o que jogou o peso do carro para frente e aliviou o peso sobre as rodas traseiras; em seguida, voltou a pisar no acelerador e virou o volante com força para tentar contornar a curva. A traseira do carro perdeu a tração, e ele derrapou para o outro lado da pista, que era um declive forte em direção à beira do penhasco.

Os momentos que se seguiram foram de intenso horror e confusão. O choque entorpeceu a dor. O carro capotou uma vez, duas vezes e, depois, uma terceira. A cada vez, Lou soltava um grito porque sua cabeça, seu corpo, suas pernas e braços batiam pelo interior do carro, como se ele fosse uma boneca jogada dentro de uma máquina de lavar. O airbag de emergência o atingiu no rosto, fazendo seu nariz sangrar, nocauteando-o momentaneamente; os instantes seguintes foram silenciosos, mas manchados de sangue.

Algum tempo depois, Lou abriu os olhos e tentou analisar a situação. Não conseguiu. Estava cercado pela escuridão e percebeu que não conseguia se mover. Uma substância grossa e oleosa cobria um de seus olhos, impedindo-o de enxergar, e, com a mão que conseguia mover, percebeu que cada parte do seu corpo estava coberta pela mesma substância. Moveu a língua por dentro da boca, sentiu o gosto de ferrugem e percebeu que era sangue. Tentou mover suas pernas, mas não conseguiu. Tentou mover seus braços e só conseguiu erguer um deles. Ficou em silêncio enquanto tentava manter a calma, descobrir o que fazer. Pela primeira vez na vida, não conseguiu formular um único pensamento. Quando o choque passou, e a percepção se concretizou, a dor o atingiu com toda a força. Não conseguia tirar a imagem de Ruth da mente. Nem a de Lucy, Pud, seus pais. Não estavam tão longe dele; ali em algum ponto no alto daquela montanha. Quase conseguira chegar lá. Em meio à escuridão, num carro destruído, no meio da vegetação selvagem, em algum lugar na encosta de uma montanha em Howth, Lou Suffern começou a chorar.

Raphie e Jessica estavam fazendo a ronda habitual e trocando farpas sobre o CD de música country que Raphie gostava de ouvir para atormentar a jovem policial, quando passaram pelo local onde o carro de Lou havia saído da estrada.

– Espere, Raphie – disse ela, interrompendo o dueto de "Achy Breaky Heart" que Raphie fazia com Billy Ray Cyrus.

Ele cantou ainda mais alto.

– RAPHIE! – ela gritou, socando o aparelho de som para desligar a música.

Ele a observou, surpreso.

– Tudo bem, tudo bem, pode colocar o seu CD dos Freezing Monkeys ou sei lá como se chamam.

– Raphie, pare o carro – disse Jessica, com a voz tão firme que fez com que ele estacionasse a viatura imediatamente. Ela saltou do carro e correu até a cena que atraíra sua atenção, onde as árvores estavam quebradas e retorcidas. Ela sacou sua lanterna e iluminou a encosta da montanha.

– Oh, meu Deus, Raphie! Precisamos chamar os serviços de emergência – ela gritou para ele. – Ambulância e bombeiros!

Ele interrompeu sua breve corrida em direção a ela e voltou para a viatura, acionando o rádio.

– Vou até lá! – ela gritou, descendo imediatamente pela encosta íngreme, passando por entre as árvores quebradas.

– Não, Jessica! – ela ouviu Raphie gritar em resposta, mas ela não lhe deu atenção. – Volte aqui, é perigoso demais!

Ela podia ouvi-lo, mas ignorou os gritos do colega e, instantes depois, só conseguia ouvir sua própria respiração, rápida e furiosa, as batidas do seu coração ecoando em seus ouvidos.

Jessica, ainda uma novata, nunca deveria ter presenciado uma cena como aquela: um carro destroçado, virado de cabeça para baixo e irreconhecível. Mas não era novidade. Para Jessica, era algo bastante familiar; uma imagem que assombrava seus sonhos e praticamente todos os momentos em que estava acordada. Frente a frente com seu pesadelo e revivendo aquelas lembranças, a tontura tomou conta dela e ela teve que se abaixar e colocar a cabeça entre os joelhos. Jessica tinha segredos e um deles acabara de voltar para lhe assombrar. Rezou silenciosamente para que não houvesse ninguém naquele carro; o carro estava estraçalhado, irreconhecível, sem placas e, na escuridão, ela não sabia dizer se o veículo era azul ou preto.

Ela se aproximou do carro, com a chuva fria caindo inclemente e a encharcando. Havia lama e ela perdeu o equilíbrio várias vezes, mas, enquanto o coração batia forte no seu peito e ela percebia que estava de volta a uma memória distante, revivendo-a, não sentiu a dor no tornozelo quando tropeçou e caiu de mau jeito; não sentia os arranhões dos galhos e gravetos em seu rosto, nem as pedras escondidas entre a vegetação que arranhavam suas pernas.

Jessica viu uma pessoa dentro do carro. Ou um corpo, pelo menos. Sentiu seu coração afundar. Apontou a lanterna na direção daquele homem. Ele estava completamente ensanguentado. A porta estava esmagada e ela não conseguia abri-la; mas o vidro da janela do lado do motorista estava quebrado, e ela tinha acesso ao tronco e à cabeça da vítima. Tentou manter a calma enquanto iluminava o interior do carro com a lanterna.

– Tony – ela suspirou quando viu a figura. – Tony. – Lágrimas encheram os seus olhos. – Tony.

Ela estendeu as mãos para o homem, tocando-lhe o rosto para tentar fazer com que acordasse.

– Tony, sou eu – disse ela. – Estou aqui.

O homem gemeu, mas seus olhos continuaram fechados.

– Vou tirar você daqui – ela sussurrou em seu ouvido, beijando-lhe a testa. – Vou levá-lo para casa.

Os olhos dele se abriram lentamente e ela sentiu um choque. Olhos azuis. Não eram castanhos. Tony tinha olhos castanhos.

Ele olhou para Jessica. Ela olhou para o homem. Fora arrancada do seu pesadelo.

– Senhor – disse ela, com a voz mais trêmula do que gostaria. Respirou fundo e começou outra vez. – Senhor, consegue me ouvir? Meu nome é Jessica, consegue me ouvir? O socorro está a caminho. Vamos ajudá-lo.

Ele gemeu outra vez e fechou os olhos.

– Eles já estão vindo – arfou Raphie lá de cima, começando a descer.

– Raphie, é perigoso aqui embaixo. É escorregadio demais. Fique aí em cima para que possam vê-lo.

– Alguém está vivo? – perguntou ele, ignorando o pedido e continuando a descer devagar, um pé de cada vez.

– Sim – disse ela na direção do colega. – Senhor, me dê sua mão.

Ela apontou a lanterna para olhar a mão do homem, e seu estômago se revirou com o que viu. Demorou um momento até conseguir ajustar sua respiração, e ela ergueu a lanterna outra vez.

– Senhor, segure na minha mão. Estou aqui, consegue sentir? – Ela o agarrou com força.

Ele gemeu.

– Fique comigo. Vamos tirá-lo daqui.

Ele gemeu de novo.

– O que foi? Não consigo... ah... não se preocupe, senhor, há uma ambulância a caminho.

– Quem está aí? – chamou Raphie. – Você o conhece?

– Não – respondeu ela, lacônica, sem querer desviar a atenção, concentrada naquele homem, sem querer perdê-lo.

– Minha esposa – ela o ouviu sussurrar, tão baixo que aquilo poderia ser confundido com a própria respiração. Ela aproximou o ouvido dos lábios dele, tão perto que era capaz de sentir no lobo da sua orelha a viscosidade do sangue.

– Você tem uma esposa? – perguntou ela, gentilmente. – Você logo a verá. Eu prometo, você a verá. Qual é o seu nome?

– Lou – disse ele e, em seguida, começou a chorar baixinho. Até mesmo aquilo precisou de um esforço tão grande que ele teve de parar.

– Por favor, aguente firme, Lou. – Ela lutou contra as lágrimas que se formavam em seus olhos e encostou a orelha em seus lábios outra vez, ele murmurava mais algumas palavras.

– Um comprimido? Lou, eu não tenho nenhum...

Ele soltou a mão de Jessica subitamente e começou a puxar seu sobretudo, batendo no peito com uma mão sem vida como se aquele movimento fosse o equivalente a levantar um carro. Ele grunhiu com o esforço; gemeu com a dor. Estendendo a mão para o bolso interno do casaco, que estava encharcado de sangue, Jessica retirou o pote. Havia um único comprimido branco dentro da embalagem.

– Essa é a sua medicação, Lou? – perguntou ela, incerta. – Você quer que eu... ? – Ela ergueu os olhos na direção de Raphie, que estava tentando descobrir uma maneira de descer pelo terreno acidentado. – Não sei se devo dá-la a você...

Lou segurou a mão de Jessica e apertou-a com tanta força que ela imediatamente abriu o pote com a mão trêmula e fez com que aquele comprimido solitário rolasse para cima da sua palma. Com dedos trêmulos, ela abriu a boca de Lou, colocou o comprimido em sua língua e fechou sua boca. Ela olhou em volta para ver se Raphie havia visto fazendo aquilo. Ele ainda estava a uma boa distância.

Quando olhou novamente para Lou, ele a observava, com os olhos arregalados. Observava-a com um olhar tão cheio de amor, de gratidão absoluta por aquele ato simples, que o coração de Jessica se encheu de esperança. Em seguida, ele arfou, buscando o ar, e seu corpo estremeceu uma última vez, antes que ele fechasse os olhos e deixasse o mundo para trás.

28

Para lembrar os velhos tempos

Exatamente ao mesmo tempo em que Lou Suffern deixou um mundo, entrou em outro; ele estava no jardim em frente à sua casa em Howth, encharcado até os ossos. Tremia pelo que acabara de viver. Não teria muito tempo, mas não havia nenhum outro lugar no mundo onde quisesse estar naquele exato momento.

Entrou pela porta da frente, com os sapatos guinchando contra os azulejos do piso. A lareira na sala de estar estava crepitando, havia vários presentes no chão, sob a árvore de Natal, todos embrulhados com belos laços. Lucy e Pud, até o momento, eram as únicas crianças na família, e por isso a tradição familiar ditava que os pais de Lou, Quentin e Alexandra, e Marcia, que se divorciara naquele ano, passassem a noite de Natal com eles. A alegria que sentiriam ao ver a reação de Lucy na manhã de Natal seria grande demais para lhes ser negada. Naquela noite, ele não conseguia se imaginar longe deles; não conseguia pensar em nada que preencheria o seu coração com a mesma alegria. Lou entrou na sala de jantar, esperando que eles o vissem, esperando que o último presente milagroso de Gabe não falhasse agora.

– Lou – Ruth tirou os olhos da mesa de jantar e o viu primeiro. Ela se levantou da cadeira com um salto e correu até onde ele estava. – Lou, querido, você está bem? Aconteceu alguma coisa?

Sua mãe saiu correndo para buscar uma toalha.

– Estou bem – disse ele, tocando-lhe o rosto com as mãos em concha, sem desviar o olhar dela. – Estou bem agora. Eu estava tentando ligar para cá – sussurrou ele. – Você não atendeu.

– Pud escondeu o telefone de novo – disse ela, observando-o com um pouco de preocupação. – Você está bêbado? – perguntou ela, sussurrando.

– Não – ele riu. – Estou apaixonado – sussurrou ele em resposta e depois ergueu a voz para que toda a sala pudesse ouvir. – Estou apaixonado pela minha bela esposa – repetiu ele. Beijou-a intensamente nos lábios e inspirou o perfume em seus cabelos, beijou-lhe o pescoço e todos os lugares do seu rosto, sem se importar se havia outras pessoas olhando.

– Me desculpe – ele sussurrou no ouvido de Ruth. Mal conseguia falar. As lágrimas eram fortes demais.

– Desculpá-lo por quê? O que aconteceu?

– Pelas coisas que fiz a você. Por ser como eu era. Amo você. Nunca tive a intenção de machucá-la ou magoá-la.

Os olhos de Ruth se encheram de lágrimas.

– Oh, eu sei disso, querido. Você já me disse, eu sei.

– Eu percebi que, quando não estou ao seu lado, sou um canalha – ele sorriu para ela, e a sua mãe, que também chorava e acabara de retornar com uma toalha, riu e bateu palmas, antes de segurar na mão do marido que estava sentado à mesa.

– Para todos vocês – disse ele, afastando-se de Ruth, mas sem soltar sua mão. – Eu peço desculpas a todos vocês.

– Sabemos disso, Lou – Quentin sorriu, com a emoção forte em sua voz. – São águas passadas, certo? Pare de se preocupar e sente-se conosco para o jantar. Está tudo bem.

Lou olhou para os seus pais, que sorriam e acenavam afirmativamente com a cabeça. Seu pai tinha lágrimas nos olhos e, silenciosamente, confirmava que tudo estava bem. Sua irmã, Marcia, estava piscando furiosamente para conter as lágrimas, mexendo os talheres sobre a mesa.

Eles o secaram, eles o amaram, eles o beijaram e o alimentaram, embora ele não tivesse fome. Lou lhes disse que os amava, várias e várias vezes, até que todos começaram a rir, dizendo-lhe para parar. Subiu ao andar de cima para trocar de roupa antes que, de acordo com sua mãe, pegasse uma pneumonia. Enquanto se trocava, ouviu Pud chorando e imediatamente deixou o seu quarto para ir ver o filho.

O quarto estava escuro, iluminado apenas por uma luminária noturna de baixa potência. Lou percebeu que Pud estava acordado e em pé sobre o colchão, segurando a grade do berço, como um prisioneiro desperto vigiado pelo exército do sono. Lou acendeu a luz e entrou. Pud o encarou irritado, no início.

– Olá, homenzinho – disse Lou, gentilmente. – O que está fazendo acordado?

Pud soltou um gemido.

– Oh, venha cá! – Lou se inclinou por cima da grade do berço e o ergueu, segurando-o carinhosamente em seus braços para acalmá-lo. Pela primeira vez na vida, Pud não gritou a plenos pulmões quando seu pai se aproximou. Em vez disso, ele sorriu e pressionou o dedo contra o olho, o nariz e a boca de Lou, e tentou agarrar os dentes do pai. Lou começou a rir.

– Ei, você não pode pegá-los. Em breve você terá os seus. – Ele beijou Pud no rosto. – Quando você crescer, vai passar por todo tipo de experiência. – Ele olhou para o filho, sentindo-se triste porque não veria nada daquilo. – Cuide da mamãe para mim, está bem? – ele sussurrou com a voz trêmula.

Pud riu, subitamente agitado, e soprou, vibrando os lábios e fazendo um ruído alegre.

As lágrimas de Lou rapidamente desapareceram ao ouvir o riso de Pud. Ele o ergueu, apoiou a barriga do menino sobre a cabeça e começou a balançá-lo suavemente, de um lado para outro. Pud ria tanto que Lou não conseguia gargalhar junto com o garoto.

Pelo canto dos olhos, Lou viu que Lucy estava na porta, observando os dois.

– Agora, Pud – ele disse, em voz alta –, que tal irmos até o quarto de Lucy e pularmos na cama dela para acordá-la? O que você acha?

– Não, papai! – riu Lucy, entrando no quarto. – Estou acordada!

– Oh, você está acordada também? Vocês dois são os duendes que ajudam o Papai Noel?

– Não – Lucy riu, e Pud riu também.

– Bem, então é melhor voltarem para suas camas, caso contrário o Papai Noel não virá deixar presentes se perceber que vocês estão acordados.

Lucy torceu o nariz.

– Pud está cheirando a cocô. Vou chamar a mamãe.

– Não, deixe isso comigo. – Ele olhou para Pud, que retribuiu o seu olhar e sorriu.

Lucy olhou para ele como se ele fosse louco.

– Não me olhe assim – disse ele, rindo. – Não pode ser tão difícil. Bem, vamos lá, amigão, me ajude aqui. – Lou olhou para Pud, nervoso. A palma de Pud bateu contra o rosto do pai, em tom de brincadeira. Lucy rugia de tanto rir.

Lou colocou Pud no chão, de modo que não rolasse para fora do colchonete que havia sobre o trocador que Ruth usava.

– A mamãe o coloca ali em cima.

– Bem, o papai faz diferente – disse Lou, enquanto tentava descobrir como abrir o macacão do filho.

– Os botões ficam embaixo – disse Lucy, sentando-se ao seu lado.

– Ah, sim. Obrigado. – Ele abriu os botões e tirou o macacão de Pud, afastando todas as roupas dos arredores. Tirou a nova fralda da embalagem e abriu-a. Girou-a de um lado para outro em suas mãos, tentando descobrir qual era a posição correta.

– Ah, não! – Lucy se afastou, apertando o nariz com os dedos. – O desenho do Leitão fica na frente e o ursinho Pooh fica atrás – disse ela, com a voz anasalada.

Lou se moveu rapidamente para controlar a situação, enquanto Lucy rolava pelo chão, abanando o ar em frente ao nariz com uma dose de drama. Impaciente com o progresso de seu pai, Pud começou a espernear, forçando Lou a se afastar dele. Pud saiu engatinhando, com o traseiro virado na direção do rosto do pai, Lou se arrastou por trás do garoto, aproximando-se dele com um lenço umedecido, como se o estivesse atacando com um espanador de pó. As esfregadas suaves não ajudavam a melhorar a situação. Precisava colocar a mão na massa. Prendendo a respiração, ele avançou. Com Pud momentaneamente sob controle e brincando com uma bola que lhe prendeu a atenção, Lucy entregava os inúmeros aparatos a Lou.

– Você precisa colocar esse creme depois.

– Obrigado. Você sempre vai cuidar de Pud, não é, Lucy?

Ela assentiu, solenemente.

– E você vai cuidar da mamãe também?

– Sim – ela disse, dando um soco no ar.

– E Pud e a mamãe vão cuidar de você – disse ele, agarrando as pernas gorduchas de Pud, puxando-o de onde tentava se esconder, debaixo do berço, e arrastando-o pelo carpete, enquanto o garoto gritava.

– E todos nós vamos cuidar do papai – gritou ela, dançando ao redor dos dois.

– Não se preocupe com o papai – disse ele em voz baixa, tentando descobrir qual era o lado certo para colocar a fralda em Pud. Quando pegou o jeito, fechou rapidamente os botões do macacão do filho. – Hoje, vamos deixá-lo dormir sem pijama – disse ele, tentando parecer seguro de si.

– A mamãe apaga as luzes para que ele fique com sono – sussurrou Lucy.

– Ah, sim. Vamos fazer isso – sussurrou Lou, desligando as lâmpadas até que os desenhos formados pela luz fraca da luminária noturna do Ursinho Pooh circulassem no teto.

Pud emitiu alguns ruídos e resmungos em meio à saliva enquanto observava as luzes.

Lou recuou no escuro, puxando Lucy para perto de si, e sentou-se no carpete, abraçando sua garotinha e observando o ursinho com um cérebro muito pequeno perseguindo um pote de mel no teto. Chegou o momento de contar a ela.

– Você sabe que, não importa onde o papai esteja, não importa o que estiver acontecendo na sua vida, não importa se você se sentir triste, feliz, sozinha ou perdida... lembre-se de que eu sempre estarei ao seu lado. Mesmo se você não conseguir me ver, saiba que eu estarei aqui... – Ele tocou a cabeça da filha – ... e aqui – disse Lou, tocando-a sobre o coração. – E eu sempre estarei olhando para você. Sempre terei orgulho de você e de tudo que fizer. E se às vezes você tiver dúvidas sobre o que eu sentia por você, lembre-se deste momento. Lembre-se do que vou dizer agora: amo você, minha querida. O papai ama você.

– Sim, papai – disse ela, entristecida. – E se eu me comportar mal? Você vai me amar se eu me comportar mal?

– Quando você se comportar mal – ele pensou naquele caso –, lembre-se de que o papai sempre estará em algum lugar esperando que você consiga ser a melhor pessoa que puder.

– Mas onde você vai estar?

– Se eu não estiver aqui, estarei em algum outro lugar.

– E onde é isso?

– É segredo – sussurrou ele, tentando conter as lágrimas.

– Um lugar secreto – ela sussurrou em resposta, com o seu hálito quente e doce tocando-lhe o rosto.

– Sim. – Ele a abraçou com força, tentando não deixar nenhum som escapar de seus lábios enquanto as lágrimas rolavam, quentes e grossas.

No andar de baixo, na sala de jantar, não havia um único olho seco na casa enquanto eles ouviam a conversa no quarto de Pud pelo intercomunicador da babá eletrônica. Para os Sufferns, aquelas eram lágrimas de alegria, porque um filho, um irmão e um marido tinha finalmente voltado para eles.

Naquela noite, Lou Suffern fez amor com sua esposa e abraçou-a contra si, deslizando as mãos por aqueles cabelos sedosos até cair no sono. E, ainda assim, as pontas dos seus dedos continuaram a traçar os contornos do rosto de Ruth: a curvatura suave na ponta do seu nariz, as maçãs do seu rosto, a ponta do queixo, passando pelo contorno do maxilar e indo até os cabelos, como se fosse um homem cego que a estivesse vendo pela primeira vez.

– Vou amá-la para sempre – Lou sussurrou para ela, e ela sorriu, a meio caminho do seu mundo dos sonhos.

O mundo dos sonhos se despedaçou no meio da noite quando Ruth foi despertada pela campainha do portão. Ainda sonolenta e vestindo a camisola, ela deu as boas-vindas a Raphie e Jessica, convidando-os a entrar em sua casa. Quentin e o pai de Lou a acompanharam, com a intenção de proteger a casa contra perigos que poderiam surgir àquela hora da madrugada. Mas não poderiam protegê-la do que estava por vir.

– Bom dia – disse Raphie, com a voz grave, quando todos se reuniram na sala de estar. – Lamento perturbá-los a esta hora.

Ruth observou a jovem policial que estava ao lado dele de cima a baixo. Seus olhos castanhos pareciam estar frios e tristes. Havia grama e lama ressecada em suas botas, manchando também a barra da calça azul-marinho que ela usava. E pequenos arranhões em seu rosto, e um corte, que ela tentava esconder com os cabelos.

– O que foi? – sussurrou Ruth, com a voz embargada na garganta. – Me diga, por favor.

– Sra. Suffern, eu acho que seria melhor se a senhora se sentasse – disse Raphie gentilmente.

– Vá buscar Lou – sussurrou ela, olhando para Quentin. – Ele não estava na cama quando eu acordei. Deve estar no estúdio.

– Ruth – disse a jovem policial, com a voz tão baixa que Ruth sentiu seu coração afundar ainda mais, e, quando seus joelhos fraquejaram, ela deixou que Quentin estendesse as mãos em sua direção e a puxasse para o sofá, sentando-a entre ele e o pai de Lou. Os três ficaram de mãos dadas, apertando com tanta força que ficaram ligados como os elos de uma corrente, e escutaram enquanto Raphie e

Jessica lhes explicavam como a sua vida tinha se transformado para sempre, dizendo que um filho, um irmão e um marido os deixara tão repentinamente quanto havia chegado.

Enquanto o Papai Noel entregava presentes nas casas por todo o país, enquanto as luzes nas janelas começavam a se apagar no meio da noite, enquanto as guirlandas nas portas se transformavam em dedos sobre os lábios, e as cortinas se fechavam como os olhos de uma casa sonolenta, horas antes de um peru atravessar a janela de uma casa em outro bairro, Ruth Suffern ainda não sabia que, apesar de perder seu marido, ela ganhara um filho.

Nas primeiras horas da manhã de Natal, a família de Lou se deu conta do verdadeiro presente que Lou lhes dera na noite mais mágica do ano.

29

O Garoto do Peru 5

Raphie observou a reação do Garoto do Peru enquanto ouvia o final da história. O garoto ficou em silêncio por um momento.

– Como você sabe de tudo isso?

– Estivemos juntando todas as peças hoje. Conversando com a família de Lou e com seus colegas de trabalho.

– Vocês conversaram com Gabe?

– Rapidamente, mais cedo. Estamos esperando que ele chegue aqui na delegacia.

– E vocês ligaram para a casa de Lou esta manhã?

– Sim.

– E ele não estava lá.

– Não estava em lugar nenhum. Os lençóis ainda estavam quentes no lugar onde ele se deitou.

– Você inventou tudo isso?

– De jeito nenhum.

– Você espera que eu acredite nessa história?

– Não.

– Então, por que você me contou tudo isso?

– As pessoas contam histórias, e aqueles que as ouvem devem decidir se acreditam nelas ou não, e isso não depende do contador de histórias.

– Não seria melhor se o contador de histórias acreditasse nelas?

– O dever do contador de histórias é contar – disse ele, piscando o olho.

– E você acredita nela?

Raphie olhou ao redor da sala para ter certeza de que ninguém tinha entrado sem que ele percebesse. Ele deu de ombros, todo desajeitado, movendo a cabeça ao mesmo tempo.

– A lição de um homem é o conto de outro homem, mas, frequentemente, o conto de um homem pode ser uma lição para outro.

– O que isso quer dizer?

Raphie evitou a pergunta tomando mais um gole do seu café.

– Você disse que havia uma lição. Que lição é essa?

– Se eu tiver que lhe dizer isso, garoto... – Raphie revirou os olhos.

– Ah, vamos lá.

– Respeitar e amar os seus entes queridos – disse Raphie, um pouco constrangido no início. – Reconhecer todas as pessoas especiais na sua vida. Concentrar-se no que é importante. – Ele pigarreou e desviou os olhos, sentindo-se desconfortável com aquele sermão.

O Garoto do Peru revirou os olhos e fingiu bocejar.

Raphie afastou o constrangimento, dando a si mesmo mais uma oportunidade de se aproximar daquele adolescente antes de entregar os pontos de vez. Deveria estar em casa, servindo-se da ceia de Natal pela segunda vez, e não ali com esse garoto que lhe causava tanta frustração. Ele se inclinou para a frente.

– Gabe deu um presente a Lou, filho. Um presente muito especial. Não vou me incomodar em perguntar a você o que era, vou simplesmente lhe dizer. E é melhor você prestar atenção, porque, logo depois, vou deixar você aqui e você ficará sozinho para pensar sobre o que fez. E, se não prestar atenção, você vai voltar ao mundo real como um rapaz furioso que sentirá raiva pelo resto da vida.

– Certo – disse o Garoto do Peru, na defensiva, endireitando as costas contra o assento da cadeira como se estivesse recebendo uma bronca do seu professor.

– Gabe deu a Lou a dádiva do tempo, filho.

O Garoto do Peru torceu o nariz.

– Você tem 14 anos e acha que tem todo o tempo do mundo, mas não é assim. Nenhum de nós tem. Nós gastamos o tempo com a mesma força e indiferença que as pessoas que fazem compras nas liquidações de janeiro gastam seu dinheiro. Daqui a uma semana, essas pessoas estarão lotando as ruas, enchendo as lojas, com suas carteiras abertas, simplesmente jogando todo o seu dinheiro fora. – Raphie pareceu se encolher de volta em sua concha por um momento, os olhos disfarçados por trás das suas sobrancelhas grossas e cinzentas.

O Garoto do Peru se inclinou para a frente e o observou com um olhar duro, divertindo-se com a emoção súbita que Raphie demonstrara.

– Mas você pode ganhar mais dinheiro. Quem se importa?

Raphie acordou do seu transe e ergueu os olhos como se estivesse vendo o Garoto do Peru naquela sala pela primeira vez.

– Bem, isso faz com que o tempo seja mais precioso que o dinheiro, mais precioso do que qualquer coisa. Você nunca pode ganhar mais tempo. Quando uma hora passa, uma semana, um mês, um ano, você nunca consegue recuperá-los. Lou Suffern estava ficando sem tempo, e Gabe lhe deu um pouco mais para ajudá-lo a amarrar as pontas soltas e terminar suas coisas adequadamente. Esse é o presente.

O coração de Raphie batia forte em seu peito. Ele olhou para o seu café e afastou a xícara, sentindo seu coração doer outra vez.

– Assim, é melhor consertarmos as coisas antes que...

Ele ficou sem fôlego e esperou que a dor passasse.

– Você acha que é tarde demais para... você sabe – disse o Garoto do Peru, retorcendo o cordão do capuz do seu moletom ao redor do dedo, falando como se estivesse constrangido. – Para consertar as coisas com o meu... você sabe.

– Com o seu pai?

O garoto deu de ombros e desviou os olhos, sem querer admitir aquilo.

– Nunca é tarde demais para... – Raphie parou abruptamente, assentiu para si mesmo como se estivesse registrando um pensamento, assentiu outra vez como se concordasse definitivamente, e finalmente afastou a cadeira, arrastando as pernas contra o piso e levantando-se.

– Espere aí, aonde você vai?

– Consertar algumas coisas, garoto. Consertar algumas coisas. E sugiro que você faça o mesmo quando sua mãe chegar.

Os olhos azuis do adolescente piscaram para ele. Ainda havia certa inocência ali, embora estivesse perdida em algum lugar nas brumas de sua confusão e sua raiva.

Raphie foi até o fim do corredor, afrouxando a gravata. Ouviu seu nome ser chamado, mas continuou andando. Saiu das áreas restritas aos policiais e chegou na área de atendimento ao público que estava vazia naquele dia de Natal.

– Raphie – Jessica o chamou, vindo atrás dele.

– Sim? – disse ele, virando-se, quase sem fôlego.

– Está tudo bem? Parece que você viu um fantasma. O que foi? É o seu coração? Você está bem?

– Estou bem – disse ele, assentindo. – Está tudo bem. O que houve?

Jessica apertou os olhos e o estudou, sabendo que ele mentia.

– Aquele garoto está lhe causando problemas?

– Não, ele está tranquilo. Ronronando feito um gatinho agora. Está tudo bem.

– Então, aonde você vai?

– Hein? – ele olhou para a porta, tentando pensar em outra mentira, outra inverdade para contar a alguém pelo décimo ano consecutivo. Mas ele suspirou, um longo suspiro que estava guardado há muitos anos, e entregou os pontos. A verdade finalmente venceu; parecia estranha, mas era reconfortante ouvi-la saindo de sua boca.

– Quero ir para casa – disse ele. De repente, aparentava ser bem mais velho. – Quero que o dia de hoje termine para que eu possa ir para casa ver minha esposa. E minha filha.

– Você tem uma filha? – perguntou ela, surpresa.

– Sim – disse ele. Palavras simples, cheias de emoção. – Tenho, sim. Ela mora no alto de Howth. É por isso que eu fico lá todas as noites na viatura. Gosto de ficar de olho nela. Mesmo que ela não saiba.

Eles trocaram um longo olhar, sabendo que algo estranho havia tomado conta deles naquela manhã. Algo estranho os tinha mudado para sempre.

– Eu era casada – disse ela, finalmente. – Um acidente de carro. Eu estava lá. Segurando a mão dele. Assim como aconteceu na madrugada de hoje. – Ela engoliu em seco e baixou a voz. – Eu sempre disse que faria qualquer coisa para lhe dar pelo menos mais algumas horas. – Pronto, ela disse. – Dei um comprimido para Lou, Raphie – disse ela, olhando-o diretamente nos olhos. – Sei que não deveria ter feito isso, mas eu lhe dei um comprimido. Não sei se toda aquela história sobre os comprimidos é verdadeira ou não, já que não estamos conseguindo localizar Gabe. Mas, se eu ajudei Lou a ter mais algumas horas com sua família, estou satisfeita. E faria isso novamente se alguém pedisse.

Raphie simplesmente assentiu com um movimento de cabeça, reconhecendo as duas confissões. Ele nunca diria a ninguém, mas não precisou dizer isso a ela. Jessica sabia.

Eles simplesmente se olharam, mas sem se enxergarem. Suas mentes estavam em outro lugar. Em tempos passados, o tempo perdido que nunca conseguiriam recuperar.

– Onde está o meu filho? – a voz urgente de uma mulher quebrou aquele silêncio. Quando ela abriu a porta, a luz iluminou a delegacia escura. O frio do dia entrou no lugar. Flocos de neve estavam presos nos cabelos e nas roupas da mulher, e se desprendiam de suas botas enquanto ela as batia contra o chão. – Ele é somente um menino – ela engoliu em seco. – Um menino de 14 anos. – Sua voz tremia. – Eu o mandei comprar caldo de carne. E o peru desapareceu. – Ela falava como se estivesse delirando.

– Eu cuidarei disso – disse Jessica, fazendo um gesto para Raphie com a cabeça. – Vá para casa.

E ele foi.

Algo muito importante pode afetar uma pequena parcela de pessoas. Da mesma forma, algo de pouca importância pode afetar uma multidão. De qualquer maneira, um acontecimento – grande ou pequeno – pode afetar uma série de pessoas. Acontecimentos podem conectar várias pessoas. Como você pode ver, somos todos feitos da mesma matéria. Quando alguma coisa acontece, desencadeia algo dentro de nós que nos conecta a uma situação, a outras pessoas, nos ilumina e nos une como as luzes de uma árvore de Natal, retorcidas e apontando em direções diferentes, mas, ainda assim, conectadas por um fio. Algumas se apagam, outras piscam, outras se acendem e brilham intensamente; mesmo assim, estamos todos no mesmo fio.

Eu disse, no início desta história, que ela seria sobre uma pessoa que descobre quem é. Sobre uma pessoa que é desvendada e cujo âmago é revelado para todos que se importam com ela. E todos os que são importantes são revelados a ela. Você pensou que eu estava falando sobre Lou Suffern, não foi? Pois errou. Eu estava falando sobre todos nós.

Uma lição encontra um denominador comum e nos une uns aos outros, como os elos de uma corrente. No final dessa corrente, há um relógio, e a passagem do tempo é registrada no mostrador do relógio. Nós o ouvimos, o tique-taque apressado que quebra qualquer silêncio, e nós o vemos, mas frequentemente não o sentimos. Cada segundo deixa uma marca na vida de cada pessoa; vem e vai, desaparecendo silenciosamente sem qualquer alarde, evaporando no ar como o cheiro de um bolo de Natal que acabou de sair do forno. Quando há bastante tempo, sentimo-nos aquecidos; quando nosso tempo acaba, ele nos abandona ao frio. O tempo é mais precioso que ouro, mais precioso que diamantes, mais precioso que petróleo ou quaisquer tesouros. É o tempo, o que nunca temos em quantidade suficiente. É o tempo que causa a guerra dentro de nossos corações. Devemos usá-lo com sabedoria. O tempo não pode ser embrulhado para presente e deixado embaixo de uma árvore na manhã de Natal.

O tempo não pode ser dado. Mas pode ser compartilhado.